LA BONNE ÉTOILE

SOPHIA LOREN

LA BONNE ÉTOILE

AVEC LA COLLABORATION
DE A.E. HOTCHNER

Traduit de l'américain
par Marie-France de Paloméra

ÉDITIONS DU SEUIL
*27, rue Jacob, Paris VIe*

ISBN original : 0-688-03428-4.
ISBN : 2-02-005180-X.

Il était une fois une petite fille qui avait des jambes très maigres, des yeux immenses et une bouche inquiète. Elle se détestait tant qu'elle croyait ne pas plaire aux fées. Mais elle aimait le plus petit brin d'herbe et la fleur des champs la plus humble, et elle pensait que si l'on trouve un trésor, on ne doit jamais en parler. Elle était née sous une mauvaise étoile, mais elle découvrit, dans l'éclat de cette étoile, le monde, avec ses montagnes que l'on pouvait escalader et ses rues où courir.

L'univers lui appartenait ; elle voulait tout voir et tout connaître. Mais elle avait peur du rôle que la vie lui réservait, peur d'avoir à marcher droit, avec bien du mal, en direction d'un but très lointain; peur d'être faible, d'aimer et d'être aimée. Elle s'obstina pourtant. Et elle triompha de sa peur.

Ce livre lui est dédié, à elle et à toutes les petites filles avec de grands yeux et des jambes de sauterelle, nées comme elle sous une mauvaise étoile.

Du chaos naît une étoile.
Charlie Chaplin.

Je suis née sage. Sagesse de la rue, sagesse du peuple. Ma sagesse. Ce fut mon titre de naissance.

Je suis née vieille aussi.

Et bâtarde.

Mais j'avais deux privilèges à la naissance : être née sage, être née pauvre.

Prologue

Je suis dans une petite chambre d'hôpital à Rome; mon père est en train de mourir. Je m'assieds à côté de lui sur le lit, sa main qui ne se réchauffe plus dans la mienne. Il y a quatre autres personnes dans la pièce; toutes ont le regard fixé sur sa lente agonie. Ma mère, qu'il a séduite et abandonnée; ma sœur, qu'il a terriblement fait souffrir en refusant de lui donner son nom; un jeune homme, Giuseppe, l'un des enfants illégitimes d'une femme qui, elle, n'est pas là; Carol, une petite blonde, l'Allemande avec qui mon père a vécu les dix dernières années de sa vie.

Il agonise, et je suis là et je pense. Malgré sa volonté de dire non à tout, son refus de ce que nous voulions lui apporter, mon père a réussi à rassembler dans cette pièce une famille. Il m'a liée, affectivement, à des étrangers.

Je pense. Il a si longtemps été pour moi une cause de souffrances et d'humiliations, je me suis si souvent sentie rejetée, et pourtant : au moment où sa vie s'achève, quels que soient les sentiments que j'aie pu éprouver à son égard, ils sont gommés, lavés par une vague de pitié. Et une lueur d'amour a filtré tant bien que mal à travers la grisaille de nos rapports passés.

Pitié et amour.

Je l'ai vu si peu, il a refusé si souvent de m'aider alors que je n'en pouvais plus et que je menaçais de tout lâcher — et pourtant, sans que je comprenne pourquoi, il a représenté dans ma vie un élément de force. Si je regarde en arrière, je vois que l'histoire de ma vie doit commencer et finir avec mon père. Je l'ai cherché partout, je l'ai épousé, c'est avec lui que j'ai fait mes meilleurs films, j'ai cherché à lui plaire, je me suis assise sur ses genoux, je me suis blottie contre lui.

Et pourtant, combien de fois l'ai-je vu ? Une fois quand il est venu à Pozzuoli et m'a apporté une petite voiture bleue. Une fois au tribunal. Une fois vers la fin de sa vie, quand je suis allée le voir chez lui. Quelques rencontres isolées, c'est tout. Mais il a dominé mon existence.

Maintenant qu'il vit ses derniers instants, et malgré tout ce qu'il y a eu de pénible entre nous, je sais qu'il a été un père, mon père. Peut-être n'est-ce qu'une illusion, une de ces déformations dues à l'approche de la mort. Peut-être aussi qu'en réfléchissant à ce que fut ma vie, en évoquant les événements et les émotions d'un temps déjà lointain, je découvrirai ce qu'il en fut vraiment. De lui.

Et de moi.

Chapitre 1

Cela faisait dix minutes à peine que nous avions décollé de Paris lorsque l'avion heurta un mur de pierre, tangua violemment et amorça ce qui parut une chute interminable avant de se redresser. Chacune de ses articulations craqua, se tendit, gémit. De nouveau, il percuta de plein fouet un mur, frémit, retomba à la verticale comme un ascenseur emballé. Un goût de peur m'emplit la bouche, je hurlai. Arraché à ses fixations invisibles, l'écran de cinéma heurta le plafond, puis le sol. La Caravelle se redressa brutalement, l'écran percuta de nouveau le plafond comme si la main géante qui brutalisait l'appareil s'en prenait aussi à lui.

Je poussai un nouveau hurlement tandis que l'avion semblait éperonné sur sa gauche, l'impact le projetant vers le haut et le secouant comme un bateau pris dans la tempête. Devant moi, les portes du placard s'ouvrirent brutalement, déversant une avalanche de couvertures. De l'autre côté de l'allée, une femme se mit à crier; derrière moi, c'était la confusion la plus totale. A chaque mouvement de l'avion, je hurlais et enfonçais encore plus profondément mes ongles dans les accoudoirs. L'équipage s'était enfermé dans la cabine avant : chacun pour soi.

Ce matin-là, j'avais quitté tôt mon appartement parisien pour prendre un avion qui devait me déposer une heure plus tard à Nice où Carlo m'attendait. Mes deux petits garçons m'avaient mise en retard, je m'étais énervée pour des bêtises.

La voiture m'attendait dans le parking en sous-sol; je voulais éviter les journalistes qui, sachant que je me rendais au festival de Cannes, assiégeaient depuis deux jours l'entrée de l'immeuble. Ils sont d'ailleurs souvent dans cette entrée, festival ou non. Combien de fois n'ai-je pas rêvé d'un peu de répit, d'un coin à moi où je serais hors de portée des téléobjectifs...

Comment aurais-je pu deviner que ce 19 mai, par un beau matin de printemps à Paris, à une heure d'avion seulement de Nice, comment aurais-je pu savoir que ma vie allait s'arrêter là, dans cet avion maudit qui tanguait follement? La ceinture du siège me retient à peine à mesure que l'avion plonge, vrille et hoquette. L'écran de cinéma monte et descend au rythme des secousses. Chaque fois que se rouvrent les portes du placard, de nouvelles couvertures sont catapultées. Le temps et la distance semblent s'étirer à l'infini. Dans ma tête, c'est un bizarre mélange de lucidité et de panique. Je crie « Mon Dieu! Mon Dieu! », mais je ne prie pas. Je ne suis plus croyante. Du moins, pas de cette façon. J'essaie seulement de m'abriter derrière quelque force spirituelle et cosmique, derrière Dieu. Dans l'autre travée, la femme sanglote hystériquement. Je suis dans la première rangée de sièges et tout ce que je vois, ce sont l'écran fou et les portes du placard tout aussi démentes; mais derrière moi, c'est un tumulte inimaginable.

Je pense à mes deux petits garçons, à ce qu'ils deviendront si je meurs de cette mort idiote; tous ces ennuis, ces souffrances, ces angoisses pour les porter et leur donner la vie en même temps que je leur donnais la mienne, tout cela et ne plus jamais les revoir, seulement par vanité, parce qu'on me demandait de venir à Cannes présenter mon film... Que vont-ils faire sans moi? Et Carlo? Des bribes de mon existence repassent devant mes yeux, comme un film au montage : ma mère, qui vit, d'une certaine façon, ma vie par procuration; ma sœur, et notre intimité, notre interdépendance jamais remises en question; des instantanés jaillis de la mémoire, des moments de joie intense, de chagrin, de regrets; et toujours les violentes secousses de l'appareil. Je suis certaine maintenant que la mort est imminente : l'avion (j'ai peur de l'avion même en temps normal) ne parviendra jamais à sortir de cet étau meurtrier. Une fois seulement, j'ai frôlé de près la mort, quand j'ai failli être asphyxiée lors du tournage de *la Cité disparue ;* mais l'état de semi-inconscience dans lequel je me trouvais alors anesthésiait ma peur. Ici, rien de pareil. Ma peur est là, insupportable.

Quand j'étais petite, la peur faisait partie de ma vie. La peur de ne rien avoir à manger, la peur des moqueries des autres enfants à l'école parce que je n'avais pas de père, la peur surtout des énormes bombardiers apparaissant soudain dans le ciel et larguant leurs charges mortelles. On aurait dit que nous n'arrêtions jamais de courir jusqu'à l'abri du tunnel de la voie ferrée avant la première explosion. Mais c'était la peur d'un enfant. Une peur très différente de celle d'un adulte.

Carlo m'agrippe solidement par le bras et me guide sur la piste d'atterrissage. Quelqu'un m'a tendu un bouquet de roses rouges. J'ai l'impression d'être encore violemment secouée dans l'avion, mais je souris fixement à la légion des photographes déployés en demi-cercle et qui reculent devant nous dans les éclairs des flashes et le cliquetis des déclencheurs. Je n'ai pas été capable de parler à Carlo du vol, mais il sait à quel point je suis encore bouleversée. Carlo. Tout en intuition, en force. Le havre de son bras entourant le mien. Son sourire énergique. Jamais je n'ai eu davantage besoin de lui qu'en cette minute où je dois retrouver la terre après m'être cent fois crue morte dans ce ciel en furie.

Hier, un « ami » m'a téléphoné (un de ces « amis » qui ne se décident toujours qu'à contrecœur, bien sûr, à attirer votre attention sur ce genre de choses) pour me lire l'article d'une revue dont la couverture arborait une photo de Carlo et de moi. Notre mariage battrait de l'aile, nous vivrions séparés, ce ne serait plus qu'une question de détails à régler au niveau des avocats. Il se passe rarement une semaine sans que quelque publication n'enterre notre union, sans qu'on n'en lise le requiem rédigé par quelque témoin bien informé. Cela dérange les journalistes côtoyant les prétendues « célébrités » que Carlo et moi, qui appartenons tous deux à une profession où les couples sont fragiles et éphémères, soyons encore ensemble après vingt-cinq ans de vie commune. J'avais quinze ans lorsque je l'ai rencontré, il est vraiment entré dans ma vie quand j'en ai eu dix-neuf, et aujourd'hui, où j'en ai quarante-quatre, il compte toujours autant pour moi. Nous avons vécu des années terribles, l'Église nous a mis au pilori et le gouvernement italien nous a poursuivis pour bigamie, mais la calomnie n'a fait que renforcer la solidité de notre union.

Carlo resserre son étreinte : « On y est presque, chuchote-t-il. Tu vois la voiture? » Carlo, l'amant, le protecteur, l'ami; sensible, doué d'esprit créateur. L'image du père? Oui. Je pense qu'il est le père que je n'ai jamais eu, ce père que réclamait ma vie. Même aujourd'hui. J'ai quarante-quatre ans donc, mais la petite fille timide, illégitime, sans père, de Pozzuoli vit toujours en moi et j'ai autant besoin d'un Carlo qui soit mon père qu'au premier jour.

Dans dix minutes, je dois quitter ma chambre d'hôtel pour me rendre à la première de mon film, *Une journée particulière.* Le choc de cette expérience terrifiante s'estompe et je suis toute au plaisir d'être là. Pour moi, ce film a une grande importance, c'est un peu un nouveau coup de dés. J'y incarne, sans maquillage, une ménagère peu soignée, mal attifée, solitaire, dans la Rome de Mussolini. Ce soir, pour la première, j'inaugure une nouvelle robe, gaie, colorée, un peu gitane; bref, une robe faite pour accentuer encore le contraste entre mon rôle à l'écran et celui que je joue ce soir, celui de la star resplendissante. Ma robe me va bien, elle est parfaitement adaptée à la circonstance et elle me donne confiance en moi — mon critère en matière de vêtements.

Dans cette chambre d'hôtel règne une tension palpable, bien supérieure à celle qui précède habituellement chaque première, chaque confrontation avec les réactions du public. Il y a là deux agents équipés de talkies-walkies, en contact permanent avec la police déléguée pour l'occasion dans le hall de l'hôtel et à l'extérieur. Depuis que le festival de Cannes existe, c'est la première fois, m'affirment-ils, qu'ils ont à faire face à une telle cohue. Le hall est bourré à craquer de centaines de curieux, photographes et journalistes. Dehors, la foule s'est agglutinée aux abords immédiats de l'hôtel et sur le parcours, la salle de projection est à cinq minutes à pied, les badauds ne cessent d'affluer.

« Ça ne va pas être commode de traverser l'entrée pour aller jusqu'à la voiture sans que vous soyez étouffée », dit l'un d'eux.

« Encore faudra-t-il qu'on puisse rouler, ajoute l'autre. Mais le pire, ça va être de vous faire sortir de voiture et monter toutes ces marches! »

Mastroianni vient d'entrer : en smoking, beau, souriant. Les détectives lui parlent de leurs appréhensions. Il hausse les épaules, à l'italienne, s'approche de moi, m'embrasse dans le cou et me sourit. C'est le huitième film que nous tournons ensemble et il ne fait aucun doute que cette association est appelée à durer. Nous nous respectons, nous nous aimons beaucoup, et, sur le plateau, nous nous entendons comme larrons en foire. Mais surtout, nous rions. Marcello peut vous faire mourir de rire.

Pourtant, nous nous voyons rarement ailleurs que sur un plateau. Marcello est un homme rempli, assailli de problèmes qu'il ne peut résoudre, mais qui ne cessent de le tourmenter; depuis vingt ans que je le connais, ce sont toujours les mêmes. Les gens passent dans sa vie, les problèmes restent, inchangés, et Marcello a toujours obstinément refusé de modifier sa façon de vivre pour essayer de les atténuer. Je pense qu'il aime et ses problèmes et la vie impossible qu'ils lui créent. Mais lorsqu'il nous est arrivé, très rarement, de sortir ensemble et qu'il a bien voulu les oublier et se détendre, il s'est montré l'être le plus drôle et le plus gai que j'aie jamais rencontré. Ce qui me séduit surtout chez lui, c'est son sens de l'humour, un humour toujours à contretemps, sec et sophistiqué.

Mais Marcello révèle très peu souvent cet aspect de lui-même, plein d'entrain et de gaîté; une fois plongé dans ses pensées, il redevient comme toujours sévère et peu liant. Il adore la petite fille qu'il a eue de son idylle avec Catherine Deneuve, mais il vit en Italie et elle à Paris, et il la voit peu. C'est un exemple parmi d'autres des difficultés qui le dépriment et dans lesquelles s'enlise sa vie privée.

Les agents aux talkies-walkies jettent un regard à leur montre et discutent en langage codé avec leurs collègues du rez-de-chaussée. La porte de l'ascenseur s'ouvre, Marcello et moi risquons un pied dans le hall; déflagration aveuglante de centaines de flashes. L'entrée de l'hôtel est bourrée de gens qui forment un mur compact entre nous et les portes. Derrière eux, en rangs serrés, littéralement agglutinés jusqu'au plafond, les photographes s'activent sur leurs appareils.

A notre vue, la masse des curieux pousse un véritable rugissement. Transpirant à grosses gouttes, les policiers convoqués pour la circonstance forment un cordon de protection avec leurs bras entrecroisés et commencent à nous diriger vers la sortie au milieu d'une foule qui ne recule qu'à contrecœur, qui se presse autour de nous, avide de nous toucher, poussant de toutes ses forces le cordon de policiers.

En dépit de quelques légères échauffourées, et bien que nos anges gardiens aient failli être renversés et nous écraser, nous arrivons jusqu'à la voiture dont l'accès est protégé par d'autres forces de police. C'est un miracle que nous réussissions à nous y installer mais, cette fois, la foule massée dans la rue empêche le véhicule d'avancer, le secoue, tape sur les vitres, scande : « Sophia ! Sophia ! Marcello ! Marcello ! » et ne cède que lorsque les policiers commencent à jouer des poings.

C'est la cinquième fois que je viens présenter un de mes films à Cannes, mais jamais je n'ai vu un tel délire. On dirait que je suis quelque sublime nouvelle venue, une idole de Woodstock essayant de se frayer un passage parmi les fervents du « hash »; en fait, il s'agit tout simplement de la population locale et des professionnels du cinéma, et leur accueil me laisse sans voix.

Lorsque nous arrivons au Palais des festivals où le film doit être projeté, c'est encore pire : la foule est plus nombreuse, plus compacte, plus bruyante. Un double cordon de police nous protège tandis que nous montons les marches du grand escalier. Cette fois, la pression s'exerce du haut vers le bas. Et toujours le même appel scandé : « Sophia ! Sophia ! » On nous pousse, on nous bouscule de tous côtés, les gens passent leur bras au-dessus de ceux des policiers pour nous toucher. Je trébuche, des mains me saisissent et m'empêchent de dégringoler les marches. Ma robe s'accroche, je l'entends qui se déchire. Sincèrement, dans des moments pareils, je ne sais si je dois être terrifiée ou transportée de joie; ces gens, en effet, me communiquent une sorte de message qui fait de ce moment quelque chose d'unique et qui ne se répétera peut-être jamais plus.

Quand ce genre de chose se produit, j'ai l'impression d'être dans un rêve, de me dédoubler; je regarde Sophia essayer d'avancer au milieu d'un cordon de policiers, d'atteindre la porte en haut des marches. Un peu comme si je me regardais à la télévision. Toute ma vie, j'ai eu recours à ce dédoublement qui me permet de me poser en observateur, de voir de l'extérieur. C'est ce qui m'aide à garder mon équilibre.

Mais plus que tout, j'aime sentir que ces gens m'apprécient en tant que personne, en tant qu'actrice, et qu'ils me le disent avec tout l'enthousiasme dont ils sont capables. Ils me montrent ce qu'ils pensent de mes films. De moi. On ne trompe pas un public sur ce que l'on est vraiment. Le gros plan a la sincérité du sérum de vérité ou du détecteur de mensonges. Vous pouvez faire appel au maquillage le plus poussé, au jeu le plus outré : votre vraie personnalité transparaît toujours. Et les défauts et tout. Vous êtes ce que vous êtes, et le public le voit dans le microscope du gros plan qui ne laisse rien dans l'ombre.

Dans la salle silencieuse, entourée des inévitables smokings et du scintillement furtif de bijoux tout droit sortis de chez Van Cleef et Arpels, j'attends le verdict des spectateurs. Un film est, au même titre qu'un livre, une entreprise solitaire, et rien ne permet de savoir à l'avance comment réagira le grand public qu'il vise. L'heure de vérité sonne au moment où le mot « fin » apparaît sur l'écran. Quelle va être « leur » réaction ? Vont-ils applaudir ? Et s'il le font, est-ce que ce seront des applaudissements polis ou bien un déferlement d'enthousiasme venu du fond du cœur ? C'est très facile à dire. Je ne suis pas quelqu'un dont l'imagination amplifie les réactions du public, de celles qui se lèvent dès la dernière image pour encourager les ovations.

Ce soir, je n'ai aucun doute. Les spectateurs sont entrés dans le film, ils ont été captivés, et leurs applaudissements sont assourdissants. Ils hurlent leur approbation ; devant leur insistance, Marcello et moi finissons par nous lever et par répondre à leur ovation.

C'est un moment de plénitude, un moment qui me remplit

de la même joie qu'à d'autres occasions de ma carrière. Le film était difficile à réaliser, difficile à jouer. Jamais je n'avais eu de rôle aussi exigeant. Cette journée qui avait si mal commencé finissait en beauté.

Et, somme toute, c'est un point de départ qui en vaut un autre pour raconter ma vie, car elle aussi a mal, très mal commencé.

Chapitre 2

La Clinica Regina Margherita, à Rome, comptait un service spécialement réservé aux filles mères comme on disait alors, et c'est là que je naquis en 1934, l'année où Mussolini bombarda l'Éthiopie. Je fus inscrite sur les registres d'état civil sous le nom de « Sofia Scicolone » : mon père signa en effet une déclaration reconnaissant que j'étais née de lui. Il avait refusé d'épouser ma mère, et même de la voir pendant sa grossesse, mais, bizarrement, il vint à l'hôpital et me donna son nom.

Ma mère, elle, dut garder son nom de jeune fille, Romilda Villani. Pour sa famille qui vivait dans cette petite ville de bord de mer qu'était Pozzuoli, à vingt-cinq kilomètres environ de Naples, cette naissance illégitime représentait une honte et une humiliation considérables. Néanmoins, quoi qu'il lui en ait coûté, ma grand-mère vint à Rome aider sa fille au moment de ses couches. Mon père s'étant conduit comme une brute avant ma naissance, ma grand-mère fut passablement étonnée de faire sa connaissance à l'hôpital et encore plus surprise quand il annonça son intention de me reconnaître et de vivre avec ma mère. Une chose était certaine en tout cas : il n'avait pas la moindre intention de l'épouser.

J'étais une petite chose pâle, très laide et qui n'avait que la peau sur les os, mais ma mère m'a toujours dit que malgré mon aspect de chat écorché et sa situation aussi humiliante que précaire, il ne lui vint jamais à l'idée de me mettre à l'orphelinat du couvent voisin. Cet établissement se chargeait en effet des enfants nés dans le même service que moi. Dotée d'une énergie farouche, ma mère avait décidé que je ferais partie de sa vie.

Dans l'Italie de 1934, l'avenir se présentait sous des couleurs assez sombres pour qui se trouvait dans la situation de ma mère. Les stricts principes catholiques qui régissaient l'existence des Italiens ne faisaient pas la vie douce à celles qui avaient péché contre les préceptes de l'Église, et l'enfant illégitime symbolisait la faute par excellence. Dans la petite ville de Pozzuoli où tout le monde se connaissait, on n'avait jamais entendu parler de fille mère et il ne faisait aucun doute que ma mère s'y trouverait en butte à l'ostracisme et au mépris des habitants.

Mais, pour un temps du moins, cette épreuve lui fut épargnée. Mon père n'était pas riche et il se trouvait sans travail; il demanda à sa mère s'il pouvait loger chez elle avec sa nouvelle famille tandis qu'il cherchait un emploi, mais celle-ci lui opposa un refus catégorique. « Je ne veux pas dans ma maison de cette petite horreur qui passe son temps à brailler; le mieux, pour toi, c'est de te débarrasser et de la mère et du bébé. »

Mon père trouva une petite chambre dans une pension de famille, et c'est là que ma mère et moi nous installâmes à la sortie de l'hôpital. Mon père avait fait des études d'ingénieur, mais sans réussir à décrocher son diplôme; en l'absence de titre et de métier, il ne lui était guère facile de trouver du travail. Sa vanité l'empêchait d'accepter des emplois subalternes, et il manquait des qualifications nécessaires pour postuler ceux qu'il estimait compatibles avec l'idée qu'il se faisait de lui-même.

Dès qu'elle le put, ma mère entreprit de chercher elle aussi du travail; elle partait chaque matin en me laissant à la garde de la femme qui dirigeait la pension de famille. Mais dans l'Italie de l'époque, il était pratiquement impossible à une femme de trouver du travail. Mussolini avait enjoint aux ménagères de rester chez elles et de faire des enfants, renforçant ainsi l'attitude traditionnelle des Italiens qui en étaient restés, dans ce domaine, au temps des Romains. Le peu d'argent dont disposait mon père fondit comme neige au soleil et, témoin des difficultés dans lesquelles se débattaient mes parents, notre logeuse essaya de convaincre ma mère de se débarrasser de moi. « Pourquoi ne laisses-tu pas mourir ce petit crevasson? disait-elle. Tu t'es mise dans une situation intenable, et pour arriver à quoi? Tu n'es pas mariée, tu ne trouves pas de travail et ton ami non plus, lui n'a pas d'argent, alors, pourquoi t'accrocher à ce bébé? Ça n'a pas de sens. Et moi, je ne vous garde pas si vous ne payez pas. La mère de ton ami ne veut pas entendre parler de toi. Où vas-tu aller? Qu'est-ce que tu vas faire? Tu n'as pas une goutte de lait, le bébé tète pour rien, regarde-la : elle n'a que la peau sur les os. Laisse-la donc mourir. Personne ne te jettera la pierre, et je m'occuperai de tout. »

Pour toute réponse, ma mère redoubla d'efforts pour trouver du travail, sans plus de succès. Finalement, un jour où j'étais seule avec elle, la logeuse prit l'affaire en main. Si ma mère n'avait plus de lait, la faute en était à ma grand-mère paternelle. Quelques semaines après que nous eûmes emménagé à la pension, elle était venue nous voir. Découvrant que ma mère souffrait d'une constipation opiniâtre, elle lui apporta un laxatif puissant qu'elle l'obligea à avaler. Les pilules soulagèrent ma mère, mais elle s'aperçut quelques jours plus tard que son lait s'était presque tari. Gravement sous-alimentée, je commençai à perdre du poids et à m'affaiblir.

Ce jour-là donc, je me trouvais seule avec la logeuse et elle décida de me nourrir, c'est-à-dire de me faire ingurgiter de force une mixture à base de lentilles et de tomates cuites. Je devais avoir six semaines. Bien entendu, cela me rendit malade et me donna une énorme colique. Quand ma mère découvrit la vérité, elle tomba à bras raccourcis sur la logeuse, mais celle-ci répliqua que si je pouvais y rester, ce serait une bénédiction pour ma mère. Il n'y avait pas d'argent pour payer un médecin ou des médicaments. Je hurlais sans arrêt et mon estomac ne voulait rien garder.

C'est le moment que choisit mon père pour disparaître. De désespoir, ma mère m'emmena à l'hôpital où on lui dit que mon état était trop grave pour qu'on puisse faire quoi que ce soit. Aucun médicament ne me guérirait. D'après eux, un bébé aussi malade que je l'étais ne supporterait pas le lait de vache : cela ne ferait qu'aggraver sa diarrhée. Seul le lait maternel pouvait faire l'affaire. Quant à savoir si je survivrais, c'était seulement une question de chance.

Ainsi ma mère se retrouvait sans la moindre goutte de lait, Riccardo Scicolone avait définitivement fait sa valise et était parti sans même lui laisser une lire, la logeuse exigeait son dû et les arriérés étaient maintenant considérables, et j'étais mourante. Et pour couronner le tout, elle savait que sa famille ne voulait pas de sa présence infamante dans la maison de Pozzuoli.

C'était exactement le genre de situation faite pour stimuler l'énergie naturelle de ma mère et lui permettre d'affronter les forces malignes de l'existence. En fait, elle était née bien trop tôt. A une époque où la femme se montrait obéissante et soumise dans une société dominée par l'homme et profondément répressive, elle se comportait en rebelle indomptable — ardente, originale, belle, obstinée, dénuée de complexes. Elle n'a pas changé. A dix-neuf ans, elle appartenait à la race de celles qui dressèrent des barricades dans le Paris des années soixante ou occupèrent les rues de Chicago pendant la Convention démocrate. Cela tient du miracle que la personnalité de ma mère et son attitude face à la vie se soient forgées dans la petite ville de Pozzuoli, pauvre et bourrée de préjugés. Ses études ne l'intéressaient guère; par contre, elle aimait le piano. L'argent manquait pour acheter de quoi manger et payer le loyer, mais ma grand-mère, cette femme remarquable, parvint à trouver un piano et à le faire tenir tant bien que mal dans le salon. C'était un grand piano et il remplissait presque la pièce à lui seul. Dans une petite ville comme Pozzuoli, la règle voulait que si l'on achetait quelque chose d'inhabituel, il valait mieux prendre ce qu'il y avait de plus grand.

Ma mère montra vite qu'elle était douée et obtint une bourse pour suivre les cours du Conservatoire de Naples. A seize ans, elle se révélait si bonne pianiste que le Conservatoire lui accorda le titre de professeur et lui permit de prendre des élèves.

Mais, plus remarquable encore que ses dons musicaux, il y avait son étonnante ressemblance avec Greta Garbo, qui figurait alors au nombre des grandes stars de Hollywood. Les gens l'arrêtaient dans les rues de Naples pour lui demander un autographe. Non seulement cette ressemblance était frappante, mais ma mère avait la ferme intention de connaître un jour la même gloire que Garbo. Le hasard fit que lorsqu'elle eut dix-sept ans, la Metro Goldwyn Meyer organisât un concours dans toute l'Italie : la personne qui présenterait la plus grande ressemblance avec l'actrice serait invitée à Hollywood tous frais payés, y compris le voyage dans une cabine de première classe, et ferait un essai dans les studios de la M.G.M. de Culver City.

Dès qu'elle entendit parler du concours, ma mère ne douta pas une minute de sa victoire. Elle prit le car jusqu'à Naples, se présenta devant le jury et l'emporta sur trois cent cinquante autres candidates. Par son tempérament et ses façons sortant de l'ordinaire, ma mère s'était déjà symboliquement dégagée de l'emprise de Pozzuoli, mais ce prix lui apportait la vraie libération. Elle nageait dans l'euphorie. Une fille pauvre qui naît à Pozzuoli ne possède que ses rêves, et il en irait de même pour moi à la génération suivante, mais ce sont des rêves presque toujours mort-nés et celle qui les nourrit doit accepter la morne réalité de l'existence difficile et recluse que lui réserve la petite ville.

Vous imaginez donc avec quelle exaltation ma mère rentra de Naples pour apprendre la bonne nouvelle à mes grands-parents. Toutefois, ma grand-mère n'y vit absolument pas matière à se réjouir. J'adorais ma grand-mère et le sort voulut qu'elle fût une des personnes ayant le plus marqué mon enfance, mais elle se montrait foncièrement provinciale, dévote, dure à la tâche et méfiante. Une vrai Napolitaine. « Non, dit-elle à ma mère, il n'est pas question que tu ailles là-bas. Regarde ce qui est arrivé à Rudolph Valentino. »

Ma mère resta pétrifiée. « Il est mort, dit-elle. Quel rapport y a-t-il entre ça et le fait que j'aille en Amérique?

— Il n'est pas mort de sa belle mort, répondit ma grand-mère. Il a été tué. Assassiné.

— Hein? Qu'est-ce que tu racontes? Qui l'a tué?

— La Main noire. Et si tu vas en Amérique, elle s'en prendra aussi à toi.

— Pourquoi? Pourquoi, au nom du Ciel, la Main noire voudrait-elle me tuer, moi, une petite Italienne inconnue?

— Les admirateurs de Greta Garbo seraient jaloux et engageraient des tueurs. Tu n'as qu'à demander ce qu'on a fait à ce pauvre Valentino. La Main noire. Tu peux demander à n'importe qui. »

Valentino était un grand héros en Italie et à sa mort, survenue quelque temps plus tôt, le bruit avait couru dans le pays qu'il avait été assassiné par la mafia new-yorkaise, appelée à l'époque la Main noire.

Les représentants de la M.G.M. vinrent voir ma grand-mère à Pozzuoli, mais elle ne voulut pas en démordre. Pour justifier son refus, elle ne leur parla pas de la Main noire, mais elle leur déclara, à leur grand étonnement, que sa fille ne pouvait pas aller à Hollywood parce qu'elle n'avait pas de manteau de fourrure. Aucun argument ne put la rassurer ni la convaincre, et comme son autorisation était indispensable puisque ma mère n'avait que dix-sept ans, les organisateurs finirent par abandonner et ils remirent le prix à la candidate ayant obtenu la seconde place. Aujourd'hui encore, ma mère se demande si ma grand-mère croyait réellement à ces histoires de Main noire ou si elle avait seulement inventé ce prétexte pour l'empêcher d'aller à Hollywood.

En tout cas, ce fut pour elle une déception amère et qui la rendit folle de rage. Avoir frôlé de si près la réalisation de son rêve pour s'en voir ainsi frustrée! C'était quelque chose que son tempérament fougueux admettait mal. A la suite de ces événements, elle était partie pour Rome, sans la permission de sa mère, afin d'essayer de faire du cinéma; on tournait à cette époque film sur film à Cinecitta, le vaste complexe cinématographique avec lequel Mussolini comptait égaler Hollywood.

J'ignore quelles étaient les véritables ambitions de ma mère. A mon avis, elle était plus ulcérée de s'être vu interdire d'aller à Hollywood, que désireuse de faire une carrière. Quoi qu'il en soit, c'est dans cet état d'esprit qu'elle avait rencontré à Rome Riccardo Scicolone et, tandis que son ventre s'arrondissait, même son rêve de devenir une grande pianiste s'estompa.

Maintenant qu'elle se retrouvait seule dans la capitale, avec un enfant moribond dont le père l'avait abandonnée, sans argent ni travail, sans rien à manger et sur le point d'être jetée à la rue, elle fit la seule chose sensée qui pouvait la sortir de cette situation désespérée : elle réussit à se procurer un ticket d'autobus pour Pozzuoli. Sa famille ne l'accueillerait certainement pas à bras ouverts, mais elle espérait malgré tout qu'on ne lui fermerait pas la porte au nez. Si son enfant devait mourir, elle aurait besoin du réconfort de sa mère.

La mère de Sophia. Le passé m'est insupportable parce qu'il ne m'en reste que des souvenirs horribles. Riccardo Scicolone m'avait trouvée dans une rue de Rome. Je m'étais rendue dans la capitale pour y poursuivre ma carrière de pianiste — j'étais une merveilleuse pianiste. Il m'a abordée dans la rue en me disant qu'il était producteur de cinéma et que j'étais si belle qu'il n'avait pu s'empêcher de me parler. Je l'ai cru. J'étais une fille de la province, tout juste sortie de Pozzuoli, je ne connaissais rien. Je l'ai rencontré plusieurs fois, et puis il est venu me voir dans la chambre que je louais et il m'a séduite; deux mois plus tard, j'étais enceinte. C'était la honte, mais ma famille ne m'a pas fermé sa porte. J'ai mis Sophia au monde aussi facilement qu'une vache vêle dans un pré.

La vie a été difficile à Pozzuoli. J'étais la seule fille mère. Là-bas, les filles restaient vierges jusqu'à leur mariage. On vivait selon un code très strict. Les gens pensaient que j'étais une fille sans pudeur, dépravée, une putain. Mais je leur ai tenu tête à tous. Et ma famille m'a soutenue. C'est grâce à elle, grâce aux Villani, que nous avons survécu.

Chapitre 3

La ville de Pozzuoli est bâtie sur des résidus volcaniques, ce qui la fait monter et descendre au gré des marées. Au bout de la rue dans laquelle nous habitions, un volcan demeuré plus ou moins en activité crache à l'occasion des pierres et de la lave. Naples a le Vésuve, Pozzuoli a le Solfatera. Pendant la guerre, on disait que si le Solfatera venait à être bombardé, il se produirait une énorme éruption et la ville serait engloutie. J'ignore si le danger était réel ou s'il s'agissait seulement d'un bruit parmi tant d'autres.

Pozzuoli est une vieille ville qui renferme des vestiges romains bien conservés, en particulier un amphithéâtre situé juste derrière notre appartement. La fenêtre de la cuisine donnait sur l'arène au tracé régulier, magnifiquement préservée, et qui se détachait sur le bleu de la mer Tyrrhénienne. Bien qu'on fût très pauvre à Pozzuoli et que la vie ne s'y présentât pas sous des couleurs plus gaies que dans d'autres quartiers misérables, il y avait au moins la beauté de la mer et la présence des ruines romaines.

La petite ville avait aussi l'avantage d'être *totalement* pauvre, à la différence des grandes agglomérations où les taudis voisinent avec le luxe des beaux quartiers. Nous autres, enfants de Pozzuoli, nous ne nous sentions pas particulièrement défavorisés puisque tout le monde était pauvre et luttait pour avoir seulement de quoi manger; aucun gosse de riches n'était là pour nous faire envie.

Jadis, la ville vivait de ses chantiers navals et de la pêche, mais ces deux activités avaient périclité. Personne n'avait plus besoin de bateaux de construction artisanale et la flotte de pêche, n'ayant pas su se moderniser, rapportait à peine de quoi vivre aux pêcheurs. La seule autre activité de la ville consistait en une fabrique de munitions; elle payait mal mais employait une bonne partie de la population masculine de Pozzuoli.

Les Villani habitaient au-dessus d'une vinaigrerie dans un appartement exigu qui se composait d'un petit salon, d'une salle à manger étroite, de deux chambres aux proportions modestes et d'une petite cuisine. Il y avait des cabinets mais pas de salle de bains. Nous étions sept en tout : mon grand-père, ma grand-mère, deux oncles, une tante, ma mère et moi — huit après la naissance de ma sœur. Nous dormions à quatre dans le même lit. Tant que j'ai vécu à Pozzuoli, je n'ai jamais dormi dans un lit où il y eût moins de trois autres personnes. Le salon par contre, selon la tradition napolitaine, servait uniquement de pièce de réception; comme nous ne recevions jamais, nous y mettions rarement les pieds. Sauf le dimanche, nous prenions la plupart de nos repas sur la table en bois de la petite cuisine.

Mon grand-père était un petit homme frêle, qui n'avait qu'une chose en tête, son travail. Il était contremaître à la fabrique de munitions; pour nous, il représentait quelqu'un d'important, mais son titre était plus impressionnant que son salaire. Il travaillait dur et faisait de longues journées; quand il rentrait à la maison, il ne demandait qu'une chose : qu'on le laisse lire en paix son journal. Mais ma grand-mère tenait absolument à lui parler de ses problèmes, la plupart du temps d'ordre financier; elle l'asticotait et le provoquait jusqu'à ce qu'il pose d'un geste irrité son journal et lui réponde. Ces querelles du soir faisaient partie de la vie quotidienne des Villani.

Le poids de la famille reposait sur les épaules de ma grand-mère. Elle était la source qui l'alimentait et l'esprit qui l'animait, celle qui jugeait, stimulait, réconfortait, tour à tour la voix de la désolation et celle de l'espérance, mais surtout, c'était une femme positive et optimiste qui insufflait à tous son énergie. A cinquante ans, les difficultés de l'existence en avaient fait une femme âgée, aux cheveux gris, déjà courbée, flétrie. C'est à elle que j'ai emprunté certains traits de la ménagère ayant passé la quarantaine que j'incarne dans *Une journée particulière.*

Mon grand-père rapportait sa paie tous les 27 du mois, mais le 30, ma grand-mère avait déjà tout dépensé pour couvrir les besoins de la famille et se retrouvait de nouveau devant le problème d'assurer pendant vingt-sept jours notre subsistance par tous les moyens possibles, le crédit surtout. Mes deux oncles effectuaient des petits travaux par-ci par-là à la fabrique de munitions, mais la totalité des gains familiaux ne suffisait pas à garnir la table sept jours sur sept. En fait, tous les efforts des Villani portaient sur le déjeuner du dimanche. Pendant six jours, c'est à peine si nous mangions. Nous appliquions en quelque sorte une variante de la vieille injonction biblique — six jours de travail, un jour de repos : nous mourions de faim pendant six jours, nous mangions le septième. C'était Mama Luisa qui accomplissait, bon an mal an, le miracle du déjeuner dominical.

Et c'est elle qui, ce soir-là, ouvrit la porte. Remplie d'appréhension, fatiguée par le long trajet en car depuis Rome, son bébé malade dans les bras, ma mère se tenait sur le seuil, se demandant avec angoisse si on allait l'accepter ou la renvoyer. Les Villani n'avaient pas, bien sûr, le téléphone, et elle n'avait pas pu prévenir ma grand-mère de son arrivée.

Celle-ci n'hésita pas une minute : elle ouvrit les bras et serra contre elle fille et petite-fille. On sortit du placard de la salle à manger la bouteille de liqueur réservée aux grandes occasions, et toute la famille but à la santé de la nouvelle arrivante, à ma santé. Sur ce, ma grand-mère remarqua le triste état dans lequel je me trouvais. « Le bon air de la mer la remettra d'aplomb, dit-elle, mais il lui faut d'abord du lait si on veut la sauver. »

Ma mère lui expliqua pourquoi elle ne pouvait plus me nourrir. « Dans ce cas, il n'y a qu'une chose à faire, déclara ma grand-mère, on va demander à la Zaranella de l'allaiter. C'est la meilleure nourrice de toute la Campanie, une vraie fontaine de lait. »

Non seulement ma grand-mère donna cinquante lires par mois à la stupéfiante Zaranella pour que je puisse me joindre à la dizaine de bébés que nourrissaient ses seins généreux, mais elle décréta aussi que, tant que je ne serais pas rétablie, la viande destinée en temps normal à la famille irait à la Zaranella pour améliorer la qualité de son lait.

Pas un seul Villani ne protesta pendant les mois de régime maigre qui suivirent. Plus tard, Mama Luisa me raconta tous ces détails; le fait de savoir que la viande dont elle nourrissait la Zaranella me fortifiait, disait-elle, la faisait manger de meilleur cœur que si cette viande avait été sur la table.

C'est cette qualité d'amour qui m'a toujours été la plus précieuse. Donner, simplement, sans rien attendre en retour. Donner par amour, et seulement par amour.

Chapitre 4

Ou bien j'arrivais la première dans la cour de l'école, à huit heures pile, ou bien la dernière, juste au moment où la dernière fille du rang entrait dans la classe, à huit heures vingt-cinq. L'expérience m'avait appris, à mes dépens, que c'était le seul moyen de ne pas me faire remarquer et qu'à ce prix seulement, je pouvais éviter les chuchotements, les regards ironiques, les ricanements et les moqueries de mes camarades de classe parce que j'étais l'enfant illégitime d'une fille mère. J'étais d'une timidité maladive, renfermée, et totalement incapable de faire front à leur cruauté. Les religieuses de l'école paroissiale que je fréquentais voyaient d'un œil indifférent cette mise en quarantaine. Pétries de conventions, elles gardaient leurs distances et il n'était pas pensable que j'aille voir l'une d'elles pour lui confier mes ennuis. D'ailleurs, elles me terrorisaient et je sentais qu'elles n'étaient pas mieux disposées à mon égard que mes compagnes. Il ne s'est pas trouvé un matin, dans toute mon enfance, où je n'aie redouté d'aller en classe. C'était comme si l'on m'avait tatoué le mot « bâtarde » sur le front.

Je souffrais doublement du fait que ma mère était grande et belle, et qu'elle ne ressemblait à aucune des autres mères. Elle venait parfois me chercher à l'école et les filles avaient pour elle le même regard moqueur que celui avec lequel elles m'accueillaient le matin en classe. J'essayais d'éviter ces moments pénibles en quittant l'école dès que la cloche sonnait. Je rentrais toujours très vite à la maison. En courant.

Ma mère gagnait ce qu'elle pouvait en jouant du piano dans les petits cafés et trattorias. Il lui arrivait aussi d'aller à Naples ou à Rome. Un soir, pâle et sur la défensive, elle rassembla tout son courage et avoua à ma grand-mère qu'elle avait revu mon père plusieurs fois à Rome dans l'espoir de le convaincre de l'épouser. Moyennant quoi, elle était de nouveau enceinte.

Ma grand-mère baissa la tête et appuya sa main sur ses yeux. Mais elle avait un cœur généreux, elle pardonna et elle accepta ma sœur Maria comme elle m'avait acceptée. J'avais quatre ans quand elle est née.

Je ne sais pas si je suis renfermée de nature ou si je le suis devenue à cause de l'attitude des autres filles à l'école. Aujourd'hui encore, je reste terriblement timide et j'invente toujours une excuse pour éviter les réceptions. Bizarrement, mon fils aîné, Carlo Jr., qui a neuf ans, réagit comme moi. Il est gêné et contracté quand je vais le chercher à l'école. Tu n'es pas comme les autres mères, se plaint-il. Tu as une allure spéciale et tous les enfants nous regardent et nous montrent du doigt.

Je mets un jean, j'essaie de passer inaperçue, mais Carlo est conscient des réactions que je suscite. Cela ne l'empêche pas, une fois dans la voiture, de me dire comme il est heureux que je sois venue le chercher. Dieu sait que je comprends l'ambiguïté de ce qu'il ressent; peut-être, lorsqu'il sera plus grand, me comprendra-t-il aussi.

J'avais cinq ans lorsque j'ai vu mon père pour la première fois. Décidée à le faire venir à Pozzuoli, ma mère, usant de ruse, lui avait envoyé un télégramme : j'étais très malade et il devait venir de toute urgence. Je me rappelle la nervosité et l'excitation de ma mère le jour où il est arrivé. Elle ne m'avait rien dit, mais je sentis que quelque chose de spécial se préparait au soin avec lequel elle entreprit de me coiffer et de m'habiller, essayant de rendre aussi attrayante que possible sa fille maigrichonne, au teint mat, parfaitement quelconque.

Elle me conduisit dans le salon si rarement utilisé; un homme se tenait là, grand, beau, tournant le dos à la fenêtre. Il était bien plus grand que tous les hommes de la famille et vêtu avec beaucoup d'élégance. Bien qu'assez prononcé, son nez convenait à sa stature. Par terre, devant lui, il y avait une voiture à pédales bleue, reproduction fidèle d'un modèle de sport italien. Pas un enfant à Pozzuoli ne possédait une voiture de ce genre, et je n'avais jamais rien vu de pareil. Sur celle-ci, on avait peint mon surnom, « Lella ». Ma mère me poussa vers lui. « C'est ton père », dit-elle. Mon père se baissa et me tendit la main. Il avait un sourire charmeur. « Je t'ai apporté un petit cadeau. »

Cela, je me le rappelle avec beaucoup de netteté; mais après, bizarrement, tout se brouille. Ma mère dit que j'ai reculé et que je n'ai pas voulu croire qu'il était mon père; que je lui ai dit de s'en aller, que j'avais un père et que lui n'était pas du tout mon père et que je ne voulais pas le voir. Sur quoi, en larmes, je quittai la pièce en courant.

Ma mère aurait dû me préparer à cette rencontre. Un enfant de cinq ans n'était pas de taille à assumer un événement d'une telle gravité. Je pense que mon père dut être blessé de se voir ainsi repoussé, mais le fait est que je ne l'avais jamais considéré comme mon père ni même comme un membre de la famille. J'appelais mon grand-père « papa », ma grand-mère « mama » et ma mère « mammina ». Le mot « père » ne veut rien dire pour un enfant si celui qui le porte ne vit pas avec lui, ne partage pas son existence, n'est pas là pour le relever quand il tombe et pour le consoler. De plus, à la maison, chaque fois que l'on faisait allusion à mon père, c'était pour en dire du mal. Personne n'avait jamais un mot gentil pour lui. Si vous parlez à un enfant d'un homme qu'on ne cesse de rabaisser, il n'a pas envie de le voir ni d'être gentil, même si on lui dit que c'est son père. C'est un mot, rien qu'un mot. Une étiquette qui ne veut rien dire. Comment un enfant éprouverait-il de l'affection pour quelqu'un qui devrait être à ses côtés, mais qui est toujours absent? Cet homme qualifié de « père » ne venait jamais nous voir, ne se souciait pas de nous. Tandis que mon grand-père et ma grand-mère se montraient chaleureux, aimants, tendres; jusqu'à la mort de mon grand-père, il y a quelques années, je l'ai toujours appelé « papa » et considéré comme tel.

Et ma grand-mère. Quand je rentrais de classe l'après-midi et que nous étions seules à la cuisine, elle se transformait. Laissant de côté ses soucis pendant une heure ou deux, elle redevenait gaie et me faisait rire. Tandis que la marmite de *pasta e fagiole* bouillait sur le feu, elle me chantait des chansons qu'elle improvisait exprès pour moi et où elle racontait la belle vie qui serait la mienne plus tard — une vie merveilleuse, de celles dont on rêve à Pozzuoli, avec des autos, des manteaux de fourrure et des diamants. Assise, occupée à me tailler quelque vêtement dans une vieille couverture, elle m'inventait une vie somptueuse, des lendemains de contes de fées. Pendant ce temps, je me faisais des chaussures avec des morceaux de vieux pneus que j'attachais avec des ficelles autour de mes chevilles. Grand-mère savait imaginer et elle inventait souvent des histoires d'une fantaisie merveilleuse, qui parlaient de princesses et de forêts enchantées. Son père, un ancien *granatiere* — c'est-à-dire membre d'une garde d'honneur qui recrutait des hommes spécialement grands —, et son frère étaient tous deux des guitaristes et des musiciens accomplis, ce qui expliquait en partie les dons de ma mère.

J'adorais Mama Luisa! Après avoir tourné *l'Or de Naples*, mon premier succès, j'achetai avec la petite somme que j'avais gagnée une bague dans laquelle était serti un minuscule diamant. Ma grand-mère était alors malade et clouée dans son lit. J'ai fait le long trajet depuis Rome en autocar pour le lui montrer. « Regarde, Mama, dis-je en approchant la bague de son visage, tout ce que tu rêvais pour moi s'est réalisé. » Elle était si heureuse de voir le petit diamant à mon doigt, vous auriez dit que c'était au moins un vingt carats de la plus belle eau. Mama Luisa est morte six mois plus tard, mais sa voix demeure gravée en moi. Une voix que j'entendrai pendant le restant de ma vie.

Après cette première visite de mon père à Pozzuoli, ma mère lui adressa souvent des télégrammes où elle lui demandait de venir d'urgence parce que j'étais malade, mais il ne retomba jamais plus dans le piège. Quelques années après la naissance de ma sœur, il contacta ma mère : il avait rencontré une fille et elle était enceinte. Il menaçait de l'épouser si ma mère ne venait pas à Rome faire valoir ses droits. « Elle est bien plus jeune que toi et absolument ravissante, avait dit mon père, et si tu ne me retiens pas, je l'épouse. » A cette époque, ma mère était écœurée et lui en voulait beaucoup; elle lui répondit de faire comme bon lui semblerait, en ce qui la concernait, c'était fini. Il épousa donc la fille, dont il eut deux garçons; mais quelques années plus tard, il la quitta et revint vivre un temps avec ma mère.

Du vivant de mon père, ma mère parlait souvent de lui en termes très violents et disait qu'elle le détestait. J'ignore quels sont ses sentiments aujourd'hui qu'il est mort mais, comme je l'ai dit, je possédais de par ma naissance une certaine sagesse et j'ai toujours pensé que ma mère, loin de haïr mon père, l'aimait passionnément. Elle eut deux enfants de lui, elle ne se maria jamais ni n'aima vraiment un autre homme et, jusqu'au jour où il mourut, Riccardo Scicolone éveilla toujours chez elle des émotions très profondes. J'ai depuis longtemps un petit carnet sur lequel je note des phrases que j'ai lues et dont je veux me souvenir. J'ai relevé, entre autres, cette citation : « En tant qu'individu, il avait cessé d'exister pour elle; elle ne le désirait plus, elle ne désirait plus se l'approprier, elle désirait seulement en être débarrassée. Il avait été naguère un homme, mais maintenant, il ne représentait plus qu'une situation. La haine n'est rien d'autre qu'un amour qui refuse de mourir. »

J'ignore si j'ai vraiment jamais haï mon père. Certes, il y avait des éclairs de haine lorsqu'il se comportait d'une manière révoltante, mais j'ai toujours essayé de comprendre pourquoi les gens agissent comme ils le font et, en vieillissant, je crois que je comprends assez bien mon père et ses échecs. Malgré son absence, il constituait un élément très important de ma vie sur laquelle il semblait se profiler un peu comme une grande ombre. En revoyant sous cet angle et pour les besoins de ce livre la visite qu'il me fit à Pozzuoli l'été de mes cinq ans, j'ai eu envie de revoir le vieil appartement. Ma tante et mon oncle l'habitent toujours et les choses n'ont guère changé dans la maison depuis mon enfance. J'ai demandé à mon oncle ce qu'était devenue la petite voiture bleue à pédales dans laquelle je montais et descendais la Via Solfatera. Il alla dans la cuisine et monta sur la vieille table en bois pour atteindre les placards du haut.

La petite voiture bleue était là, pleine de toiles d'araignées, d'un bleu passé, avec un vieux nid de frelons sous le volant. Mon oncle la posa par terre; elle roula doucement jusqu'à la porte de la cuisine. J'eus l'impression de recevoir un coup au cœur; j'éprouvai une douleur dans la poitrine, comme si quelque chose se déchirait, m'empêchait de respirer. « C'est idiot de garder cette petite voiture », ai-je dit. Mais je n'ai pas demandé à mon oncle de la jeter.

Chapitre 5

La guerre atteignit Pozzuoli en 1940. J'avais six ans. Du jour au lendemain, on vit les Allemands partout. Ils étaient alors nos alliés, se montraient amicaux, et je me rappelle avoir regardé avec émerveillement ces beaux soldats, jeunes, magnifiques dans leurs uniformes, tandis que je jouais à la petite guerre dans les arrière-cours de notre rue. Je crois que je n'avais jamais vu d'homme blond aux yeux bleus avant l'arrivée des soldats allemands. Sur le seuil de notre maison, le cœur battant, je les regardai passer en bon ordre; le plus excitant, c'était les longues colonnes de tanks qui descendaient la rue dans un grondement d'enfer. A partir du jour où la guerre avait été déclarée, tout s'était progressivement fermé à Pozzuoli et les enfants se trouvaient livrés à eux-mêmes. Pas d'école, pas de cinéma, pas de bibliothèque, pas de radio, rien. La seule distraction restait la guerre elle-même. Elle devint notre jeu. Notre appartement n'était pas très éloigné de la voie ferrée, et comme la petite ligne qui desservait Pozzuoli était reliée à la grande ligne Naples-Rome, le secteur fourmillait de patrouilles allemandes chargées de surveiller le port d'un côté, la gare de l'autre.

Très vite, cependant, les avions alliés repérèrent les cibles de choix qu'offraient la fabrique de munitions et le port. Les raids se firent de plus en plus fréquents, bouleversant le calme de la petite ville et mettant en danger la vie de ses habitants. A mesure que les bombardements s'intensifiaient, la nourriture et l'eau commencèrent à manquer; la nourriture parce que les communications étaient coupées, l'eau parce que les bombes avaient détruit les canalisations. Chaque soir, après le départ du dernier train pour Naples, les gens s'entassaient dans le tunnel transformé en abri ; ils devaient le quitter le matin avant quatre heures trente, heure du premier train.

Notre existence s'organisa autour du tunnel. Le soir, nous y traînions nos matelas et, en hiver, nos couvertures ; il y faisait noir comme dans un four et il n'était pas question d'allumer une lampe électrique ni même une bougie. On étouffait, mais il était interdit de rester près de l'entrée pour essayer d'avoir un peu d'air car si une bombe tombait à proximité, les éclats pouvaient ricocher assez loin à l'intérieur. Nous nous serrions tous dans la partie centrale, totalement obscure, humide, dans la chaleur et l'odeur nauséabonde de corps mal lavés, de provisions rances et déjà avariées, d'urine, d'excréments et d'ordures. Les cafards pullulaient et d'énormes rats, attirés par la nourriture, galopaient dans tous les coins, nous passant sur le corps au besoin. Et cela soir après soir, et pendant des mois qui n'en finissaient pas. Pourtant, nous y allions sans dégoût, dans ce tunnel, et sans nous faire prier. C'était notre seule protection, nous le savions, et l'individu s'accoutume à tout quand sa vie est en jeu.

Bientôt, une seule chose compta : courir nous mettre à l'abri lorsque retentissaient les sirènes. Je me rappelle une nuit où je m'étais aventurée hors du tunnel ; je voulais regarder le ciel illuminé par les trajectoires des fusées éclairantes que lançaient les bombardiers pour repérer leur cible avant de lâcher leurs bombes. C'était un spectacle fascinant. Le paysage se dessinait soudain, argenté, magique, et la mer reflétait l'éclat intense et frémissant des fusées. On aurait dit que le ciel se rapprochait de la terre pour mieux l'éblouir de la splendeur de ses étoiles. C'était cent fois plus excitant que les maigres feux d'artifice que l'on tirait parfois à Pozzuoli pour la fête de la Madonna di Pompei. Morte d'inquiétude, ma pauvre mère me cherchait partout en criant mon nom; elle finit par me découvrir dans un endroit particulièrement exposé, le visage levé vers le ciel en feu, applaudissant de joie.

Une gifle me rappela à la réalité. Avec des larmes de soulagement, ma mère me ramena dans le tunnel. Là, dans l'obscurité fétide, j'éclatai en sanglots. Pas à cause de la gifle, mais parce qu'elle avait brisé l'envoûtement de ce ciel magique.

Il est une nuit que je n'oublierai jamais : celle où se produisit un raid inattendu et particulièrement meurtrier. La sirène n'avait pas donné l'alarme et nous étions tous au lit quand des tonnes de bombes se mirent à exploser partout autour de nous, faisant trembler les murs et dégringoler les vitres. Ma mère me hurla de m'habiller en vitesse, mais j'étais tellement terrorisée et hébétée qu'au lieu d'enfiler mes vêtements, je me déshabillai complètement; quand ma mère vint me chercher, elle me trouva nue comme un ver et tremblante de peur.

Nous courûmes nous mettre à l'abri, mais je reçus un éclat d'obus dans le menton et le temps d'arriver à l'abri, j'avais le visage en sang. Le lendemain matin, quand nous rentrâmes à la maison, les rues étaient pleines de sang, jonchées de blessés et de gravats. Ma sœur avait perdu ses chaussures et elle s'entailla profondément les pieds avec des débris de verre. De nombreux blessés appelaient à l'aide, mais nous ne pouvions rien faire. Nous arrivâmes devant la maison pour la trouver à demi démolie. Ce fut une nuit de terreur pour les enfants comme pour les adultes. Quand il m'arrive d'y repenser, j'éprouve encore, avec la même acuité, la terreur de ce réveil en pleine nuit.

Avec l'hiver, il se mit à faire un froid glacial dans le tunnel où nous manquions de vêtements chauds et de couvertures. Marmots hurlants, maris et femmes s'envoyant des injures, couples faisant l'amour, dormeurs ronflant et grinçant des dents, enfants ayant perdu leur mère, gens mordus par les rats : autant

Juste après la guerre, devant la maison en partie détruite.

de bruits qui rythmaient la vie nocturne du tunnel; on y était malade, on y riait, on s'y saoulait, on y mourait, on y accouchait. Cela pendant l'interminable succession de ces nuits terribles. Il m'en est resté aujourd'hui la phobie de l'obscurité. Quand Carlo voyage et que je suis seule, je ne peux dormir qu'avec la lumière allumée. Et s'il m'arrive de me réveiller seule dans le noir, je suis prise de panique.

La pénurie de vivres et d'eau, et les bombardements de l'usine de munitions qui réduisaient considérablement les journées de travail compromirent définitivement l'existence déjà précaire des Villani. Le spectre de la famine s'imposa. Ma mère faisait des pieds et des mains pour trouver juste de quoi nous nourrir ma sœur et moi, mais le plus souvent sans succès. Le soir, à l'heure du repas, je pouvais dire, rien qu'à regarder son visage, qu'elle n'avait rien à nous donner; alors, je faisais semblant d'être occupée à autre chose pour qu'elle soit moins malheureuse.

Bien souvent, nous n'avions même pas un croûton de pain ou une goutte de lait. La faim ne nous laissait pas une minute de répit. Obsédés par ce souci permanent, mes grands-parents ne cessaient de se chamailler et comme nous vivions les uns sur les autres, il leur était impossible de nous cacher ces préoccupations et ces inquiétudes. Et quand ce n'était pas la nourriture, c'était l'usine. Y aurait-il du travail, pourrait-on réparer les dégâts de la nuit précédente? Ou faudrait-il fermer l'usine, moyennant quoi même ce maigre appoint disparaîtrait?

Pozzuoli n'avait en tout et pour tout, pour approvisionner en eau sa population, qu'une petite fontaine, à dix minutes à pied de la maison. Tout le monde y faisait la queue, et l'on attendait un temps fou avant de pouvoir remplir seulement une ou deux bouteilles. Ma sœur était perpétuellement couchée, une maladie succédant à l'autre; pour ma part, malgré mon aspect maigrichon, j'étais solide et en bonne santé. Les autres enfants se moquaient de moi, me traitant de *stecchetta*, d'échalas, et gribouillaient « *Sofia Stuzzicadente* » (Sofia Cure-dents) sur les murs de la maison.

Bien entendu, depuis longtemps il n'était plus question de prendre nos repas en famille ni même de nous mettre à table. Nous dévorions immédiatement tout ce qui nous tombait sous la main. Quand on meurt de faim, les couteaux, fourchettes, serviettes et bonnes manières appartiennent à un autre univers. Dès que nous touchions notre miche de pain hebdomadaire, ma grand-mère s'empressait de la couper en parts égales qu'elle distribuait aussitôt et sur lesquelles nous nous jetions sans plus attendre. Il faut d'ailleurs que j'avoue quelque chose à propos de ce pain, quelque chose que j'ai fait et qui me trouble encore aujourd'hui.

Le pain, très rare, était distribué en ville moyennant des tickets d'alimentation attribués à chaque famille. J'étais chargée de porter chaque semaine nos tickets chez le boulanger et de revenir avec notre ration. Nous recevions le nombre de grammes prévus pour une famille de huit personnes, c'est-à-dire une grosse miche plus un petit morceau pour faire l'appoint. Sur le chemin du retour, je mangeais toujours ce petit morceau et je ne l'ai jamais dit; pourtant, ma grand-mère pesait le pain et je pense qu'elle n'était pas dupe de ce petit larcin.

Quand vous avez sept ans et que votre estomac se contracte douloureusement parce qu'il est vide, la vue et l'odeur du pain frais sont plus fortes que vous. C'était simple : je ne pouvais pas me retenir. J'ai toujours eu beaucoup de volonté, mais la faim vous fait aller contre votre nature. Pour autant que je m'en souvienne, c'est la seule occasion où je n'ai pas été capable de me dominer. Et, c'est vrai, je continue toujours à en éprouver une sorte de honte.

Ce ne fut pas, naturellement, le seul chapardage que j'aie commis dans mon enfance. Tous, d'ailleurs, étaient dictés par la faim. Je me revois me glissant dans le jardin de la concierge pour voler des fruits. Elle finit un jour par m'attraper et se mit à hurler pour que tout le voisinage soit au courant : « Regardez-moi ça! Regardez-moi cette *Sofia Stuzzicadente* qui me vole mes pommes! Non mais regardez ces yeux! Des yeux de voleuse! »

Par chance, mon autre petit larcin d'ordre alimentaire passa inaperçu. Avant la guerre, je chipais des cartes postales religieuses pour les vendre et m'acheter avec cet argent une glace ou un sucre d'orge. C'était mal, d'accord, mais au moins j'œuvrais pour la propagation de la foi. La guerre, en faisant disparaître glaces et sucres d'orge, mit fin à mes activités missionnaires.

J'avais une autre source de ravitaillement. Cette fois, c'était le secret de ma mère, pas le mien. Certains matins, quand on nous réveillait à l'aube pour évacuer le tunnel parce que le premier train était signalé, ma mère me prenait par la main, vérifiait que personne ne nous suivait et m'emmenait rapidement dans la campagne. Nous suivions un chemin qui conduisait à une série de petites grottes; l'une d'elles laissait échapper un mince filet de fumée. Il y avait là un gardien de chèvres ami d'un de mes oncles et qui éprouvait pour moi l'amour qu'il aurait réservé à une petite chèvre famélique. Il trayait une de ses bêtes et me tendait un grand bol plein de lait chaud et mousseux. Comment décrire le goût exquis de ce lait fraîchement tiré, tiède, que je sentais couler jusqu'à mon estomac vide ? Ce bol de lait me redonnait de la joie au cœur et au corps; ces matins-là, et pour le restant de la journée, l'obsession de la nourriture disparaissait, grâce au berger. Je revivais, je débordais d'énergie. La nourriture a toujours joué un rôle important dans ma vie. Depuis ces jours lointains, j'ai mangé les plats les plus exquis préparés par quelques-uns des plus grands cuisiniers du monde, mais jamais ils ne me feront oublier ce lait de chèvre tiède ni les *pasta e fagiole* qui cuisaient à gros bouillons dans la cuisine de ma grand-mère.

Et que dire des sacrifices que fit ma mère pendant cette période.

Elle chérissait plus que tout au monde, et Dieu sait qu'elle ne possédait pas grand-chose, un manteau en poil de chameau qui semblait accentuer encore sa ressemblance avec Greta Garbo. Ce manteau, elle l'adorait. Mais ce premier hiver dans le tunnel, où je n'avais pas un seul vêtement chaud, elle n'hésita pas une seconde : elle s'arma de ciseaux et coupa son manteau pour m'en faire une robe. Et elle massacra de la même façon l'une de ses deux robes pour habiller ma sœur.

La guerre tournant à leur désavantage, les Allemands se mirent à recruter d'office tous les Italiens capables de se battre ou de travailler en Allemagne. Mes deux oncles, Guido et Mario, qui n'avaient pas encore trente ans, durent se cacher pour échapper aux rafles auxquelles se livraient régulièrement les Allemands. Ils quittèrent la maison et renoncèrent à l'abri offert par le tunnel pour aller se réfugier dans des caches qu'ils connaissaient aux alentours de Pozzuoli ou dans la ville même. Il n'était pas question, naturellement, de travailler à l'usine où les Allemands avaient mis la main sur tous les hommes jeunes pour les remplacer par des femmes et des vieillards. L'absence de leur salaire se faisait durement sentir et nous devions maintenant ajouter à nos inquiétudes, déjà nombreuses, la peur qu'ils soient pris et envoyés en Allemagne.

La confusion, les privations et la peur, ainsi que l'éclatement de la famille firent naître en moi un sentiment de solitude qui me rendit plus renfermée que jamais. C'est ainsi que je me réfugiais souvent dans le petit figuier du jardin, devant la maison. A l'abri de son feuillage épais, je me sentais en sécurité. J'y restais souvent des heures entières.

Signée par le maire, la proclamation avait soudain fleuri sur les panneaux d'affichage de Pozzuoli en même temps qu'on la diffusait à la radio : tous les habitants devaient évacuer la ville dans les quarante-huit heures. Les raids aériens étaient devenus intenables. Les Allemands annonçaient leur départ. Le bruit courait que des gros bateaux de guerre américains s'apprêtaient à bombarder le port pour préparer un débarquement. Selon d'autres rumeurs, l'attaque serait lancée plus au nord, au large des plages d'Anzio.

Il n'y avait aucun plan d'évacuation. Tout le monde devait partir ; quant à savoir où aller et comment y aller, c'était un autre problème. La seule famille de mes grands-parents, à l'extérieur de Pozzuoli, consistait en une cousine de ma mère, la signora Mattia, qui habitait Naples. Malheureusement, elles s'étaient perdues de vue depuis des années et n'avaient gardé aucun contact. Ma grand-mère nous avertit : sa cousine était d'une nature assez égoïste et nous ne devions pas nous attendre à être accueillis à bras ouverts, si on nous accueillait.

Bien que notre maison eût subi quelques dégâts — des carreaux cassés, un peu de plâtre tombé ici ou là —, elle gardait pour moi son importance. C'était la seule maison que j'aie jamais connue. Et voilà que ma grand-mère nous disait de prendre quelques vêtements et couvertures pour aller dans cette grande ville qu'était Naples et où je n'avais encore jamais mis les pieds, et demander à des gens qui ne souhaitaient pas notre présence de nous héberger.

Sur le chemin de la gare, je m'accrochais à ma mère qui portait ma sœur dans ses bras. Nous traînions nos misérables biens. Mes oncles abandonnèrent leur cache pour nous rejoindre au train où nous nous entassâmes tous les huit dans un compartiment où se trouvaient déjà plusieurs religieuses. Vers le milieu du trajet, le train fut stoppé par les Allemands. Ceux-ci entreprirent de fouiller les voitures pour réquisitionner tous les hommes qui leur semblaient suffisamment résistants pour être dirigés vers les camps de travail en Allemagne.

Cette fois, la partie semblait perdue pour mes oncles. Impossible d'échapper aux Allemands qui étaient montés en tête et en queue du wagon et convergeaient vers le milieu, là où se trouvait précisément notre compartiment. Voyant notre anxiété, deux des religieuses firent signe à mes oncles qui n'eurent que le temps de se dissimuler sous leurs robes avant l'entrée des nazis dans le compartiment. Mes oncles restèrent cachés sous les jupes des religieuses jusqu'à Naples et ne furent pas repérés, mais Guido nous a raconté plus tard qu'il s'était évanoui, probablement de peur.

Comme l'avait prévu ma grand-mère, l'accueil des Mattia manqua de chaleur; toutefois, ils ne nous fermèrent pas leur porte. Ma mère, ma sœur et moi partagions une chambre minuscule pourvue, par bonheur, d'un balcon. Pendant les cinq mois où nous restâmes à Naples, ce balcon fut mon unique contact avec le monde extérieur. Ma mère et ma grand-mère craignaient que si nous quittions la pièce, les Mattia ne nous laissent pas revenir, et ma sœur et moi étions chargées d'occuper les lieux. Les Mattia cachaient soigneusement des boîtes de biscuits et des provisions qu'ils avaient mises de côté pour eux et qu'ils ne partagèrent jamais avec nous. Jamais leur générosité n'alla plus loin qu'une croûte de pain ou un verre d'eau. En fait, ils se donnaient un mal incroyable pour tout cacher, et la nourriture et l'eau. Je comprenais cela. C'était une période désespérée, les gens mouraient de faim et se déshydrataient, et ma tante devait assurer la survie de sa propre famille.

Quant à la nôtre, elle se heurtait une fois de plus aux mêmes problèmes insolubles. Mes oncles se cachèrent de nouveau, cette fois avec d'autres, dans une resserre dont l'entrée était dissimulée par un gros buffet plein de vaisselle. Ils se trouvaient donc relativement en sûreté, mais les conditions de vie à Naples étaient encore pires qu'à Pozzuoli. L'eau manquait même aux fontaines. Les gens devaient boire l'eau de pluie qu'ils parvenaient à recueillir. A l'exception du pain noir strictement rationné et presque immangeable, on ne trouvait rien à se mettre sous la dent. Sauf au marché noir. La haine que les Mattia éprouvaient à notre égard était tangible. Les raids nocturnes quotidiens, bien plus intenses et destructeurs que tout ce que nous avions connu à Pozzuoli, faisaient de Naples la ville la plus bombardée d'Italie. Quand les sirènes commençaient à hurler, on aurait vraiment cru qu'elles annonçaient la fin du monde.

Pour ma mère, très nerveuse de nature, ces mois à Naples furent une terrible épreuve. Elle était sans cesse à bout de nerfs, à deux doigts de craquer. Quand toutes les sirènes de la ville entamaient à la même minute leur concert, ma mère les accompagnait en hurlant à pleins poumons. Cela me terrorisait. Ma mère réagit toujours avec plus de violence que n'importe qui aux situations particulièrement éprouvantes pour les nerfs. Aujourd'hui encore, c'est sa façon de riposter aux agressions de l'existence.

Je ne garde pas rancune aux Mattia d'avoir tant haï notre présence. J'ai compris, dès mon plus jeune âge, que la guerre ne causait pas seulement de terribles dégâts physiques, la mort, la dévastation, la ruine, mais qu'elle exerçait des ravages encore plus redoutables dans l'esprit des hommes, qu'elle les transformait en bêtes. Les gens payaient cher leur droit de survivre et rien n'était pire que cette mutilation de l'âme.

Ma sœur fut malade tout le temps que dura notre séjour à Naples, ce qui ajoutait encore à la nervosité de ma mère. Elle attrapa d'abord la rougeole puis, presque coup sur coup, la typhoïde. Elle mourait de soif en raison de sa forte fièvre et ma mère n'avait rien d'autre à lui donner que l'eau de pluie sale qu'elle récoltait dans un pot sur le balcon et cachait sous le lit. Un jour où même cette ressource était épuisée, ma mère descendit dans la rue et pompa un peu d'eau au radiateur d'un camion allemand. Le conducteur l'aperçut au moment où elle repartait, mais il fut plus amusé que fâché.

Heureusement, Maria ne me passa aucune de ses maladies; mais j'étais squelettique. Ma mère ou ma grand-mère rapportaient parfois à la maison un sac de riz ou de pommes de terre sur lequel nous allions vivre une semaine ou plus, mais en général, Maria et moi n'avions pour tout repas qu'un quignon de ce pain noir et gluant. Sa croûte était dure comme de la pierre, tandis que la mie ressemblait à de la colle-pâte et adhérait au couteau quand on la coupait. Ma sœur et moi mangions la croûte mince et craquante, puis nous utilisions la mie comme pâte à modeler pour faire des petits animaux que nous mettions à sécher sur la fenêtre. Mais nous avions tellement faim le lendemain matin qu'il nous arrivait d'avaler tant bien que mal ces choses indigestes qui pesaient lourd sur notre estomac.

Je me rappelle une autre occasion désespérée où ma mère, penchée au balcon et inspectant les gens qui passaient dans la rue, repéra soudain une mère de famille poussant une voiture d'enfant en serrant un sac de provisions contre elle. Ma mère dévala l'escalier. Je la vis aborder la femme, me montrer du doigt et demander à cette autre mère si elle pouvait partager avec nous ce qu'elle avait. La femme sortit de son sac un pain qu'elle partagea en deux et elle lui en tendit une moitié. Ma mère dut ainsi mendier plusieurs fois de la nourriture et, la plupart du temps, les gens se montraient compréhensifs et généreux. Plus généreux que nos propres parents. A mesure que notre situation devenait plus angoissante, ma grand-mère se disputait âprement avec ma tante au sujet de la nourriture et nous les entendions de notre chambre. La pauvreté s'accompagne toujours de cris et de récriminations. Toute mon enfance, j'ai vécu dans une atmosphère très tendue. Mais quelque chose en moi me disait qu'on pouvait vivre autrement; je sentais que nous ne menions pas une vie normale. Et je fuyais ces éclats, je ne supportais pas d'entendre les gens crier.

Harcelés, face à une population dont les sentiments étaient désormais nettement pro-américains, les nazis changeaient d'attitude. J'entendais parler de représailles et d'exécutions publiques, de propagande antijuive ignoble, de torture et d'ongles arrachés, de gens enterrés vivants ou brûlés dans des fours, de fabriques de savon humain, de camps de concentration; et les victimes étaient des Italiens, juifs ou non. Mais mon esprit d'enfant n'acceptait pas tant d'horreur, tout cela n'avait pas de réalité pour moi.

L'occupation de Naples par les Allemands touchait à sa fin. Comprenant qu'ils devraient bientôt céder la place aux Américains, ils commencèrent à tuer les gens sans discrimination. Cette fois, je voyais de mes yeux l'horreur monstrueuse de la guerre. Les bombes qui pleuvaient du ciel, les blessés gisant dans les rues, l'absence de vivres et d'eau, autant d'atrocités moins insupportables pourtant que de voir un être humain, habillé en soldat, s'en prendre à un autre être humain sans défense. C'est alors que j'ai compris l'abomination qu'est la guerre. Tapie sur le balcon, j'ai vu des hommes appréhendés, battus, jetés dans les camions de l'armée allemande qui les emportaient vers quelque destination lointaine. Dans les rues, on tuait sans sommation. Des scènes effrayantes et macabres qu'enregistrait le regard d'une petite fille.

Puis ce fut un bain de sang qui l'emporta en horreur sur tout ce que l'on avait connu. Ce que l'on appela les Quatre Journées de Naples, lorsqu'une meute de gosses en haillons sortis des taudis se révolta contre l'oppression allemande et prit en main son destin. Ces petits garçons, je les ai vus de mes yeux, et pourtant j'ai peine à croire à la réalité de mes souvenirs. Armés de bouteilles remplies d'essence volée aux Allemands et bourrées de chiffons enflammés qui servaient de mèche, ces gosses jaillissaient des ruelles et fondaient sur les énormes tanks allemands, enfilant les bouteilles dans la gueule des canons juste avant qu'elles n'explosent. C'étaient des gamins des rues, rien que des gamins au courage invraisemblable dont l'âge allait de cinq à dix ans. Ils s'en prenaient aux tanks, aux camions, aux installations; pas un soldat n'était à l'abri de ce déferlement de gosses. Leurs bombes de fortune explosaient partout; certains avaient même des grenades et des munitions volées aux Allemands. Je n'en croyais pas mes yeux. Beaucoup furent tués, leurs petits corps jonchaient les rues, mais rien ne décourageait leurs attaques.

J'en vis aussi qui couraient vers les tanks en tenant à bout de bras au-dessus de leur tête de la paille enflammée, souvent arrêtés par une balle et tués net. Ils se regroupaient sur les toits d'où ils lâchaient des pavés, déversaient des sacs de pierres, jetaient tout ce qu'ils pouvaient trouver de lourd sur les transports de troupes, les camions et les soldats passant dans la rue. Ils attaquaient avec une ardeur fanatique, armés de ciseaux, de couteaux, de planches à clous, de tous les objets meurtriers qui leur tombaient sous la main.

Quatre jours durant, ces gosses incroyables harcelèrent les Allemands. Jour et nuit je les regardai courir, feinter, galoper dans les ruelles, sauter par-dessus les murs, passer de toit en toit, toujours en mouvement, accomplissant à force de courage, de témérité, d'invention ce que les hommes, forcés maintenant de travailler dans les camps ou de se cacher, n'avaient même pas tenté.

Ces gosses de Naples ressemblaient beaucoup à ceux de Pozzuoli. La cruauté de la vie leur avait volé leur enfance et exigé qu'ils fassent preuve de qualités d'homme à un âge précoce. Ils couraient avec leurs bouteilles enflammées droit sur les fusils pointés vers eux; blessés, ils continuaient tant qu'ils en avaient la force. Clouée d'horreur, j'en ai vu être littéralement volatilisés en même temps que leur cible lorsqu'ils n'avaient pas eu le temps de s'enfuir. Mais le spectacle le plus intolérable qui me soit resté en mémoire est celui de deux soldats allemands parvenus à s'extraire de leur char en train de flamber et, eux-mêmes en flammes, poursuivre à coups de revolver le gamin qui les avait attaqués; leurs cheveux, leurs uniformes brûlaient : eux pensaient seulement à rattraper le petit garçon et à le tuer.

Tous trois disparurent dans une ruelle, mais on entendit les coups de feu pendant quelque temps encore.

En quatre jours, et aussi incroyable que cela paraisse, les gosses de Naples avaient eu raison de l'armée allemande. Au soir du cinquième jour, on ne voyait plus un seul soldat dans les rues. Mais il fallait compter avec la rage des nazis. Ils avaient fait main basse sur tous les vivres et sur l'eau et, en partant, ils firent sauter les égouts et les dernières canalisations encore entières. Puis ils postèrent des tireurs d'élite sur les collines qui dominent Naples au nord. Notre maison était située juste au pied du Monte Santo. Exactement au-dessus de nous se trouvait un magasin d'alimentation devant lequel les gens faisaient la queue en permanence, attendant patiemment de pouvoir acheter un peu de pain noir et quelques rares denrées encore disponibles. La file se composait surtout de femmes, d'enfants et de personnes âgées; elle servait de cible aux tireurs allemands de Monte Santo qui blessaient et tuaient sans distinction. Pour moi, c'était la pire atrocité, la plus absurde. Quand un tireur avait fait mouche, on emmenait la victime, mais les gens ne bougeaient pas pour autant : ils n'auraient pas cédé leur place pour un empire.

Deux jours après la retraite allemande, les Alliés faisaient leur entrée dans Naples. Nous savions qu'ils convergeaient vers la ville, et il régnait une atmosphère d'attente et d'excitation. Le matin, lorsque les gens descendirent en masse dans les rues et que tous les hommes sortirent de leurs caches pour accueillir les nouvelles troupes, ma mère m'autorisa enfin à quitter notre chambre. C'était la première fois que je mettais le pied dehors. Je restai bouche bée devant les premiers soldats que je vis : un régiment en jupe. Je n'avais jamais entendu parler de kilts ni d'Écossais, pas davantage que les gamins qui se faufilaient dans leurs rangs pour essayer de regarder sous leurs jupes.

Ce fut un jour de joie intense. Les Américains arrivèrent en jeeps et en camions et nous tendirent immédiatement des bonbons et des gâteaux, et toute une kyrielle de douceurs oubliées depuis longtemps. Un soldat me jeta une plaque de chocolat, mais je ne savais pas ce que c'était. Je n'en avais jamais mangé. J'essayai d'attraper au vol un paquet ou une boîte; tout ce que je réussis à saisir, ce fut une petite boîte de café concentré. Je la donnai à ma grand-mère. Son contenu nous plongea dans la plus grande perplexité. A l'odeur, ma grand-mère reconnut que c'était du café, mais elle voyait mal comment l'utiliser dans la cafetière. Elle finit par avoir l'idée miraculeuse d'ajouter de l'eau chaude.

A peine les Américains eurent-ils commencé à distribuer des vivres que le marché noir s'organisa à Naples. Ma famille n'avait pas le sou, ni rien à vendre qui eût de la valeur, mais ceux qui pouvaient s'offrir le luxe de recourir au marché noir mangeaient à leur faim. Les Napolitains étaient passés maîtres dans l'art d'approvisionner ce marché parallèle. Les trains et les camions américains chargés de vivres, de vêtements et de matériel non militaire n'arrivaient pas toujours à destination; on vit ainsi se volatiliser des wagons entiers de marchandises. A deux ou trois reprises, des bateaux disparurent du port avant même d'avoir été déchargés. Tout bonnement escamotés.

Nous partîmes de Naples aussi précipitamment que nous y étions arrivés. Les forces alliées réquisitionnèrent la maison; nous dûmes plier bagage dans les heures qui suivirent. La voie ferrée conduisant à Pozzuoli avait été bombardée et, en l'absence d'autres moyens de transport (de toute façon, nous n'avions pas de quoi acheter des billets), nous fûmes obligés de faire les vingt-cinq kilomètres à pied, nos maigres biens sur le dos. Nous quittâmes Naples très tôt le matin, avant le lever du jour. Je ne me rappelle pas avoir dit au revoir à la cousine Mattia. Maria était trop malade pour marcher et ce fut mon oncle Mario qui la porta sur ses épaules pendant tout le trajet.

La route de Pozzuoli était encombrée de réfugiés traînant avec eux leurs quelques biens; les plus chanceux les avaient entassés tant bien que mal dans des charrettes, des brouettes, n'importe quoi du moment que cela roulait. La chaussée était en piteux état, éventrée par les bombes. Les gens se bousculaient, les charrettes cassaient et bloquaient le passage, certains tombaient dans les cratères laissés par les bombes, on s'invectivait, on criait de joie au hasard des retrouvailles, on en venait aux mains, il y en avait qui se laissaient tomber d'épuisement sur le bord de la route : moi, j'étais inondée de bonheur à l'idée de rentrer à la maison, chez nous.

Bien entendu, l'appréhension nous serrait le cœur. Dans quel état allions-nous retrouver la maison? D'ailleurs, avions-nous encore une maison? Pozzuoli avait subi des dégâts considérables et nous nous attendions au pire. Quoi qu'il en soit, au terme de ce pénible parcours, notre ville nous attendait, avec ou sans maison, et pour l'enfant de dix ans que j'étais, cela signifiait le terme d'un épouvantable cauchemar.

A mesure que nous approchions de Pozzuoli en cette fin d'après-midi, les colonnes de réfugiés devenaient plus denses et, dans la cohue, nous commencions à reconnaître des voisins et des amis. Cette journée sur la route est restée gravée dans ma mémoire avec la précision et la netteté des scènes de raccord d'un film bien monté. (En fait, la route pleine de réfugiés, que l'on voyait dans *la Ciociara* de Vittorio de Sica, ressemblait beaucoup à cette route de Pozzuoli et de nombreux détails du film correspondaient à cette période de ma vie.) Les amis que nous retrouvions nous informaient des bruits qui couraient : un tel avait été tué, telle maison était rasée, etc. Comme nous nous frayions péniblement un chemin dans les premiers faubourgs de la ville, je sentis mes craintes grandir en découvrant le paysage dévasté. Les magasins, les rues pavées, les maisons n'étaient plus que d'énormes tas de gravats et de poutrelles tordues qu'il fallait escalader. La ville était méconnaissable.

Et puis soudain, ce fut la maison, notre maison, encore debout, mais sérieusement endommagée. Toutes les fenêtres avaient été soufflées, le toit s'affaissait, des lézardes couraient sur les murs. Mais elle tenait toujours. C'était le principal. On allait réparer les meubles brisés, coller du papier journal aux fenêtres, refaire les plâtres, consolider le toit et les murs.

Mais d'abord, il y avait plus urgent. Nous retrouvions nos deux fléaux familiers : le manque d'eau et de vivres. Auxquels s'ajoutait maintenant un troisième : les poux. Nous en étions littéralement couverts : les cheveux, le corps, les vêtements. Les démangeaisons insupportables qu'ils occasionnaient étaient cent fois pires que la faim ou la soif. Ce n'étaient pas les petits poux noirs que nous attrapions à l'école, mais des poux d'une race spéciale, dodus, blancs, tenaces. Personne ne se rappelait en avoir vu de pareils avant la guerre. Ils avaient fondu sur Naples comme une épidémie et personne n'y échappait. A la différence des poux ordinaires, ces horribles bestioles déployaient une rare activité et je les sentais grouiller dans mes cheveux et sur ma peau. Rien que d'y penser me donne la chair de poule; je ressens encore l'insupportable démangeaison et pour un peu, je me gratterais. Nous les attrapions et les jetions dans le feu, savourant une vengeance très éphémère en les entendant grésiller dans les flammes. Mais impossible de s'en débarrasser. Nous remplissions de lourds seaux à la fontaine voisine où coulait encore un mince filet d'eau. Nous mettions l'eau à chauffer sur un feu de bois et, quand elle bouillait, nous y jetions tous nos vêtements que nous laissions tremper une heure ou deux. Nous nous lavions les cheveux et le corps avec le savon à la soude caustique réservé à la lessive et nous nous rincions avec l'eau la plus chaude possible. Mais à peine étions-nous rhabillés que les poux repartaient à l'assaut, aussi démoniaques qu'avant. Le problème, c'est que nous n'avions rien pour tuer les lentes qui parvenaient à maturité dès que nous retirions de l'eau nos vêtements.

Il y avait de quoi devenir fou. J'avais la tête et le corps en sang à force de me gratter. Je ne dormais plus. Par-dessus le marché, je me singularisais par une seconde affection que j'étais seule à avoir : la gale, une maladie produite par une sorte de parasite qui se loge sous la peau et y dépose ses œufs. Comme ceux-ci éclosent en se multipliant, la démangeaison devient de plus en plus intolérable. J'étais donc affligée de deux maux, la gale et ces poux bizarres et blanchâtres. Cela me démangeait tellement qu'il m'arrivait d'en pleurer. Je bougeais le plus possible pour éviter de me gratter.

La forme de ces poux, la façon dont ils tombaient quand j'en attrapais un dans mes cheveux, le plaisir intense que j'éprouvais à le saisir et à le sentir s'écraser entre mes doigts, autant de détails horribles que je n'oublierai jamais. Ces atroces petites bêtes semblaient résumer toute la souffrance, toute l'horreur, toute l'injustice de la guerre. On disait même que des cargaisons entières de poux avaient été déversées d'avion pour contaminer la population. Après tout, ils étaient d'une espèce inconnue que l'on n'a jamais revue après la guerre. Mon grand-père était convaincu du bien-fondé de ces rumeurs, mais peut-être les poux venaient-ils tout simplement de la crasse générale, des conduites d'eau insalubres ou que sais-je encore. Presque personne n'y échappait, même si, par honte, certains juraient ne pas en avoir.

Je ne sais pas ce qui me serait arrivé si l'armée américaine n'était venue à notre secours avec sa poudre miracle, le D.D.T. Les militaires organisèrent plusieurs centres de désinfection dans la ville; une seule application suffisait à nous libérer de cette plaie. Un vrai prodige. Par contre, ma gale se montrait plus tenace. Le D.D.T. aidait, mais il fallut qu'un médecin américain me donne une pommade au soufre pour que j'en sois complètement guérie. Pour moi, la disparition des poux signifiait que la guerre était vraiment finie. Nos étagères étaient vides, nous connaîtrions des heures encore plus pénibles, nous aurions à lutter; mais la vie ne nous avait jamais gâtés. Nous nous retrouvions en territoire connu et nous nous sentions bien.

L'armée commença à distribuer du ravitaillement, et même du pain *blanc*, ce que l'on considérait comme le luxe suprême; toutefois, notre problème majeur le premier hiver où nous fûmes de retour à Pozzuoli, c'était le chauffage. Il peut faire très froid dans cette région en hiver. Nous n'avions rien pour nous chauffer et nos vêtements ne nous protégeaient absolument pas. La cuisine était la seule pièce que nous essayions de rendre habitable en brûlant des bouts de bois dans l'antique poêle en fonte. Tous les neuf (mon oncle et ma tante avaient eu un enfant), nous nous entassions dans la petite cuisine. S'il fallait aller chercher quelque chose dans une autre pièce, nous foncions à toute allure et revenions aussi vite. Ma sœur était de nouveau malade des suites de sa thyphoïde. Quand venait l'heure d'aller au lit, ma grand-mère remplissait une sorte de bassinoire à long manche avec les braises du poêle pour réchauffer un peu les draps.

Mais comme je le disais, cette partie de ma vie ressemblait à ce que j'avais toujours connu. Nous n'avions jamais pu nous permettre d'acheter assez de combustible pour avoir vraiment chaud. L'important, c'est que malgré toutes ces difficultés et ces privations, je pouvais compter avec l'amour et la protection de mama et de mammina, et que j'étais entourée d'une nombreuse famille qui me donnait un sentiment de sécurité. Quand on est enfant, c'est d'ailleurs amusant de sortir à toute allure de la cuisine, de traverser comme une flèche les pièces glacées et de s'enfouir dans un lit dont le drap de dessous est bien chaud et le drap de dessus complètement gelé.

Dora, la tante de Sophia, qui vit toujours dans la maison de Pozzuoli. Sophia était une enfant très sérieuse. Elle préférait faire ses devoirs plutôt que d'aller jouer dehors. Elle n'avait que deux amies, Rosa et Rita. On ne l'entendait pas, mais sa sœur, Maria, parlait pour deux. Sophia ne souriait pas beaucoup, elle riait rarement. Parfois, cependant, elle chantait avec sa grand-mère quand elles étaient seules toutes les deux dans la cuisine. Mais seulement quand elles étaient seules. Elle n'avait pas l'air d'aimer rire, jouer à des jeux, enfin s'amuser comme les autres enfants.

Jour après jour, très lentement, la vie reprit ses droits. S'ajoutant aux vivres distribués par l'armée américaine, les produits de la campagne firent leur réapparition à mesure que les cultivateurs remettaient leurs exploitations en état. Les gens dont les maisons avaient été détruites occupaient la mairie et les écoles et commençaient à reconstruire.

Quant à nous, la présence du contingent de soldats marocains cantonné au rez-de-chaussée de l'immeuble nous créait quelques difficultés. Ils étaient commandés par un officier français dont l'autorité se révélait plutôt défaillante et passaient leur temps à boire, à jouer aux cartes et à danser au rythme de cymbales. Pour gagner notre appartement situé au dernier étage, nous devions traverser leurs quartiers. Cela nous effrayait toujours un peu. Nous ne comprenions pas ce que les soldats nous disaient au passage et ils nous taquinaient en faisant mine de nous poursuivre. En fait, ils ne nous ont jamais touchés. Il leur est bien arrivé, une fois ou deux, au beau milieu de la nuit et alors qu'ils avaient trop bu, de marteler notre porte à coups de poing pour nous faire peur. Mais ma grand-mère a fini par descendre au rez-de-chaussée pour s'expliquer une fois pour toutes avec le lieutenant français. Après, nous ne fûmes plus jamais dérangés la nuit.

De temps à autre, les bombardiers allemands poussaient jusqu'à Pozzuoli et, une fois de plus, nous courions nous réfugier dans le redoutable tunnel; mais c'était rare, les attaques se faisaient plus dispersées et, après tout ce que nous avions connu, ces raids nous paraissaient plutôt anodins.

Ma mère gagnait un peu d'argent en jouant du piano dans le petit café et le restaurant situés de l'autre côté de la rue et qui avaient rouvert. Leur clientèle se composait presque uniquement de G.I. américains. Quand ma sœur fut guérie, elle accompagna souvent ma mère dans les cafés. Pour une enfant de six ans, elle possédait une très jolie voix et elle adorait chanter en public. J'aurais tellement voulu chanter avec elle; mais ma voix laissait à désirer et j'étais bien trop timide pour aller même les écouter.

En voyant le succès qu'obtenaient ma mère et ma sœur, ma grand-mère eut une idée pour améliorer les maigres ressources de la famille. Car Dieu sait si l'argent manquait. A part quelques cafés sinistres et un ou deux restaurants minables qui n'offraient pas grand-chose à boire ni à manger, les nombreux G.I. stationnés autour de Pozzuoli n'avaient rien pour se distraire. Lorsqu'ils venaient en permission, ils ne savaient pas où aller pour tuer le temps — boire un verre, entendre un peu de musique, se changer les idées, bref, oublier un peu la guerre. C'est ainsi que ma grand-mère pensa à transformer notre salon inutilisé en sorte de « café chez l'habitant » où les soldats pourraient boire un verre ou deux, écouter de la musique, chanter, se détendre et, surtout, se sentir chez eux, en famille, dans une maison italienne. Restait à trouver les boissons. Ma grand-mère résolut le problème en achetant — au marché noir —, avec la petite somme gagnée par ma mère, de l'alcool pur auquel elle ajouta de l'essence de cherry Strega. On obtenait ainsi une liqueur assez sucrée, mais ma mère avait observé les G.I. dans les cafés, et elle savait qu'ils aimaient ce genre de boissons. Certains rajoutaient même du sucre dans leur vin.

Le « café » connut un succès immédiat. Les G.I. y passaient des heures à boire la concoction de ma grand-mère (ainsi qu'un petit vin rouge râpeux qui commençait à arriver de la campagne) et à écouter ma mère jouer du piano tandis que ma petite sœur chantait. Ils reprenaient en chœur les chansons, et notre salon devint vite un endroit où ils aimaient se donner rendez-vous. Nous étions en quelque sorte leur famille adoptive. Ils apportaient souvent des disques que nous mettions sur le vieux Victrola à manivelle, et certains habitués nous approvisionnaient en vivres provenant des surplus : des gâteaux secs, des pâtes, de la farine, du café, des fruits en conserve. J'aidais à servir et à faire la vaisselle, mais ma timidité m'empêchait de chanter ou de me joindre aux festivités. A dix ans, j'étais en plein âge ingrat, maigre comme un coucou, un vrai laideron.

Quand les G.I. avaient un peu trop bu, ils éprouvaient en général le mal du pays et devenaient très tristes. Ma grand-mère les surveillait du coin de l'œil; lorsqu'elle voyait leur regard se charger de nostalgie, elle rajoutait de l'eau à ce qu'elle leur servait. C'étaient des garçons très jeunes, vingt, vingt-deux ans, pas plus, et il leur arrivait, sous l'effet de quelques verres, de craquer et de se mettre à pleurer. Ma grand-mère et ma mère les consolaient; cela soulageait ces garçons de pouvoir parler de leur famille, de leur fiancée, de leur vie en Amérique qu'ils souhaitaient tant retrouver. Ni ma mère ni ma grand-mère ne parlaient ni ne comprenaient l'anglais, mais cela semblait sans importance.

En général, cependant, les G.I. se sentaient bien à la maison; certains se mettaient au piano et jouaient des airs de jazz ou de swing, tandis que leurs compagnons, entraînés par le rythme, se lançaient dans de fantastiques boogie-woogies. Je n'avais jamais vu danser comme ça. A six heures, ma grand-mère annonçait la fermeture. Le « café » n'ouvrait jamais le soir. Apprenant le succès de ma grand-mère, beaucoup d'autres familles de la rue ouvrirent leurs maisons aux soldats et copièrent son idée. On s'arrachait avec entrain la clientèle américaine.

Un des G.I. s'arrangea pour nous faire pénétrer, ma mère et moi, dans la base américaine où, enfreignant le règlement, un médecin me fit une petite opération au menton pour atténuer la cicatrice laissée par l'éclat d'obus. Après cela, elle fut pratiquement invisible.

Journal de Charles Dial, G.I. stationné dans une base d'entraînement située à dix kilomètres de Pozzuoli.

Dimanche 4 mars 1944. Allé à Pozzuoli avec Mike Codega, Jim Lauro et Yakubisin pour prendre une douche aux bains municipaux. Ici, nous n'avons pas d'eau. Jim nous a emmenés ensuite chez une blonde absolument magnifique, Romilda, qui — c'est lui qui le dit — a un béguin terrible pour lui. Elle vit avec sa famille dans une maison près des quais, à côté du Ranger's Club. C'est une fille sympa, à peu près de mon âge; elle joue du piano, chante un peu et nous vend du vin à cent lires la bouteille. C'était chouette.

Mercredi 8 mars. Allé à Pozzuoli prendre un bain vers quinze heures. C'est juste à côté de l'endroit où j'étais allé dimanche après-midi, avec la blonde qui joue du piano et qui chante. Elle m'a reconnu et m'a lancé un grand « hello! ». Jackson et moi sommes entrés, suivis bientôt par tous les gars venus se doucher. Avons bu un peu de cherry-brandy et sommes repartis. Elle a chanté *My Blue Heaven*. Pas très génial. Je ne crois pas qu'elle ait été très contente de voir rappliquer tous les gars d'un seul coup.

Samedi 25 mars. Allé à Pozzuoli avec quelques gars et fait un tour en ville. Suis allé voir ma blonde amie Romilda vers seize heures. Nous avons bavardé tous les deux pendant que le soir tombait, elle en italien et moi en anglais. Incroyable comme nous nous comprenons bien. Nous nous sommes même raconté notre vie en buvant quelques verres. Elle m'a dit qu'elle avait essayé de faire du cinéma. Elle est allée chercher dans sa chambre un paquet de photos faites par la M.G.M. Elle posait en imitant Garbo dans le rôle de Camille, d'Anna Karenine, etc. C'est vraiment une fille splendide et la guerre ne lui a rien fait perdre de son entrain. Elle a deux petites filles et elle se donne beaucoup de mal pour les élever. En repartant, vers dix-huit heures, je lui ai dit que je ferais tout mon possible pour aller faucher quelque chose aux cuistots pour elle. J'ai dit aussi que je verrai si un toubib peut arranger la cicatrice qu'une de ses filles a à la figure. Suis rentré au camp en stop.

Dimanche 26 mars. Messe à dix heures. Hier, on a construit une sorte d'enclos avec des barbelés près du Q.G. Tout civil trouvé dans la zone sera enfermé là. Il paraît qu'il y a trop de fauche. C'est probablement vrai mais, ici, les gens n'ont rien pour vivre. Quand je pense à tout ce que nous ont donné un Caruso et d'autres Italiens, j'ai envie de foutre en l'air ces barbelés.

J'ai appris aussi que j'étais de garde. Et comme si ça ne suffisait pas, vers deux heures de l'après-midi un type qui était de garde au Q.G. est venu dans ma tente pour me dire qu'on avait bouclé une femme blonde et sa fille. Elle leur a dit que je lui avais demandé de venir me voir — et voilà, elle était là. Je suis allé la faire sortir et je l'ai ramenée au camp. Romilda avait fait toute la route à pied depuis Pozzuoli avec sa petite fille. C'est une gosse gentille. Sa maman lui avait mis un joli manteau bleu marine et des gants en cuir marron — ce qui n'est pas rien en ce moment. Elle a neuf ans environ. Toute tranquille et sérieuse, avec des yeux très noirs. C'est dommage qu'elle ne ressemble pas à sa mère. Elle devait être terrorisée par tous ces G.I. crasseux et puants.

Je les ai emmenées chez les toubibs pour voir ce qu'on pouvait faire pour la cicatrice de la gosse. Comme j'étais de garde à seize heures, je me suis arrangé pour qu'on leur donne quelque chose à manger aux cuisines quand on aurait fini de soigner la petite. Je sais que George Borkhuis s'en occupera. Il m'a dit qu'il avait mis des provisions dans une jeep et que Bell les avait raccompagnées à Pozzuoli. Amen.

Maria, sœur de Sophia. Par nature, je ne pense pas souvent à l'avenir. J'aime au contraire à repenser au passé, à le revivre, et j'ai même la nostalgie de notre vie à Pozzuoli, de la grande famille que nous formions. Nous étions très pauvres et nous vivions les uns sur les autres, mais nous étions très unis. J'ai eu une enfance mouvementée, une enfance de guerre, mais j'aime les complications et cette période ne m'a pas laissé de souvenirs pénibles. Absolument pas. Naturellement, j'étais toute petite; Sophia se rendait bien mieux compte de ce qui se passait et de ce que cela voulait dire.

Elle est aussi plus sensible que moi. C'est son tempérament. Très renfermée, silencieuse, timide, *méditative.* Elle était toujours dans ses pensées. Sophia donnait l'impression de se sentir seule, même quand nous étions tous entassés dans la cuisine.

Moi, j'étais exactement l'inverse. Expansive, aimant la musique, tout le temps en train de chanter, surtout des chansons américaines que m'apprenaient les G.I. qui venaient à la maison. Je ne comprenais pas les mots que je disais, mais cela n'avait pas d'importance. Je me déguisais, je jouais la comédie, j'avais beaucoup d'amies; Sophia me regardait toujours avec ses grands yeux timides comme si j'étais un personnage sorti d'un conte de fées.

Chapitre 6

Je fus formée à quatorze ans seulement, ce qui est très tard pour une Napolitaine. Mes amies étaient toutes plus grandes que moi, plus mûres. Elles avaient de la poitrine, étaient réglées et discutaient de rapports sexuels et de conception. Je faisais semblant d'être moi aussi une femme, je passais mon temps à mentir, moyennant quoi je faisais en même temps mon éducation. Car, à l'époque, il était impensable de parler de quoi que ce soit ayant trait au corps ou à la sexualité avec une personne de sa famille, et ma mère et ma grand-mère se gardèrent d'aborder le sujet. Ma maigreur, mon absence de poitrine et le fait que je n'avais pas encore mes règles n'arrangeaient pas mon complexe d'infériorité.

A onze ans, je commençai à étudier le piano. J'adorais cela. Je crois que j'aurais pu faire une très bonne pianiste et que j'étais douée, mais nous ne pouvions pas nous payer le luxe d'un professeur. Ma mère se chargea de mon éducation musicale. Les parents se montrent rarement de bons pédagogues avec leurs propres enfants et ma mère confirmait la règle. Elle s'énervait; chaque fois que je faisais une faute, je recevais un coup sur la tête. Je finis par abandonner. Dieu sait que j'aimais le piano, même les gammes, mais les migraines eurent raison de ma vocation.

Lorsque l'unique cinéma de Pozzuoli rouvrit ses portes, nous eûmes droit, pour la première fois, à des films en provenance de Hollywood. Jusque-là, on ne projetait que des films italiens médiocres. Les films américains me transportaient dans un monde bien éloigné des tristes années de mon enfance. Pourtant, les richesses qui défilaient sur l'écran me fascinaient moins que les vedettes et les rôles qu'elles interprétaient. C'était Fred Astaire dansant avec Ginger Rogers comme s'ils étaient sortis d'un rêve; et Clark Gable, Cary Grant, Linda Darnell, Rita Hayworth, Frank Sinatra, Betty Grable, Gene Kelly, June Allyson et, surtout, Tyrone Power. Il fut le dieu de mon adolescence. Je le vis douze fois dans *Arènes sanglantes* et, chaque fois, je restais à autant de séances que je le pouvais. Il fallait convaincre quelqu'un de ma famille, en général ma tante Dora, de m'accompagner au cinéma car ma grand-mère ne m'aurait pas permis d'y aller seule.

Pauvre tante Dora, obligée d'assister pendant quatre séances de suite à *Arènes sanglantes* juste pour me faire plaisir! Il lui arrivait de déléguer en qualité de chaperon un autre membre de ma famille. Je ressentais une douleur physique quand le moment venait de quitter la salle, même si j'avais déjà vu le film un nombre incalculable de fois. Après avoir vu Rita Hayworth dans *Gilda*, je me mis à me coiffer comme elle; plus tard, j'adoptai le style de Veronica Lake après avoir été envoûtée par un de ses films. Jamais, cependant, je ne me suis installée devant ma glace pour essayer de les imiter. Je ne voulais pas être une vedette pleine de séduction, avec voitures, fourrures et demeure somptueuse à Beverly Hills. Non parce que c'était impossible : il y avait autre chose. Ces films éveillaient en moi un sentiment d'un autre ordre. Ce qui me fascinait, c'était le caractère mystérieux, indicible, de l'émotion qu'elles faisaient passer, de la relation qu'elles établissaient par leur interprétation avec le spectateur. Je ne me souciais pas de ce que pouvait m'apporter le fait d'être actrice, mais de ce que j'étais capable de faire sortir de moi.

Lors de sa première communion.

Ci-contre : A onze ans, surnommée « Sofia Stuzzicadente » (Sofia Cure-dents) par les enfants du voisinage.
Ci-dessous : A treize ans à Puzzuoli.

Pourquoi cette réaction, je ne saurais le dire. A l'école catholique très stricte que je fréquentais, on ne jouait pas la comédie, on ne montait aucun spectacle. Les sœurs n'avaient en tête que la lecture, l'écriture et l'arithmétique. De toute façon, j'aurais été bien trop timide pour interpréter quoi que ce soit. J'aidais ma sœur à se faire des costumes en papier pour les pièces qu'elle imaginait parfois et jouait devant les voisins, mais je ne participais pas vraiment; je m'asseyais dans un coin, émerveillée par la facilité avec laquelle elle se produisait devant tous ces gens.

Il n'y avait pas de bibliothèque à Pozzuoli et nous ne possédions aucun livre, si bien que cet aspect de mon éducation, le monde de l'imaginaire dirait-on aujourd'hui, fut totalement négligé. Je n'avais jamais entendu parler de Shakespeare ni de George Bernard Shaw. Ma famille avait assez de mal à simplement nous faire vivre pour s'intéresser aux livres et à la lecture. Elle était pratiquante et s'en remettait aux préceptes de l'Église : pour une fille, les notions élémentaires suffisent. Si ma grand-mère et ma tante étaient des catholiques ferventes, on ne pouvait en dire autant de ma mère. Elle s'était même demandé à une époque si elle ne se convertirait pas au protestantisme. Son oreille de musicienne lui faisait préférer les hymnes protestants, qui ne ressemblaient pas à la musique religieuse traditionnelle. Il faut dire aussi que ma mère, fine mouche comme toujours, avait découvert que le fait d'être protestant vous faisait bénéficier des colis expédiés en Italie par les organismes religieux américains. Elle m'emmena un jour à un service protestant, mais ma grand-mère l'apprit et s'opposa énergiquement à ce genre d'initiative. Je ne remis plus les pieds au temple.

Ma tante et ma sœur sont restées très pratiquantes et vont régulièrement à la messe. Moi non, je n'y vais jamais. Je ne suis pas vraiment hostile à la religion, mais je pense qu'on peut prier partout et je n'ai pas besoin d'une église pour communier avec Dieu. Je dois dire aussi que l'attitude de l'Église à notre égard, à Carlo et à moi, a quelque peu contribué à cette attitude.

Maria, sœur de Sophia. Mon père était l'homme qui comptait le plus dans ma vie, mais pas à la façon dont les pères comptent ordinairement pour leurs filles. Il n'y avait pas de secrets dans notre appartement surpeuplé et je n'arrêtais pas d'entendre dire du mal de lui parce qu'il avait refusé de me reconnaître et de me donner son nom. Je ne l'avais jamais vu, mais ma mère gardait une petite photo qu'elle me montrait de temps à autre. Si elle se trouvait dans un bon jour et qu'elle pouvait nous en parler calmement, elle nous disait, oui, vous avez un père, il s'appelle Riccardo Scicolone, il vit à Rome; et elle lui attribuait même quelques qualités. Par contre, si elle lui en voulait, ce qui était le plus souvent le cas, elle n'admettait même pas qu'il puisse être vivant et nous racontait qu'il avait été tué à la guerre. L'histoire variait. Ainsi, une semaine, il était vivant, la semaine suivante il était mort, et moi, je ne savais plus où j'en étais. Cela me troublait tellement que j'appris à ne pas penser à mon père, j'y arrivais; Sophia, elle, pensait beaucoup à lui et elle en souffrait.

La première fois que je l'ai vu vraiment, en chair et en os, que j'ai su avec certitude qu'il existait, ce fut au *tribunale*. Ma mère, qui est une lutteuse obstinée, voulait l'obliger à me donner son nom et elle l'avait assigné en reconnaissance de paternité. On me convoqua au tribunal où je fus obligée d'aller me mettre à côté de mon père devant le juge. En me regardant, celui-ci devait décider si j'étais, oui ou non, la fille de mon père. Tout Pozzuoli s'entassait dans la salle : les gens voulaient voir par eux-mêmes s'il y avait ressemblance ou non. C'était assez humiliant pour ma famille. Je me rappelle comme je tremblais quand ma mère me fit entrer dans la salle. Sophia était encore plus malheureuse que moi, peut-être parce qu'elle me voyait trembler et qu'elle comprenait à quel point il était cruel de nous soumettre, moi et les miens, à une telle épreuve.

Je levai la tête vers mon père; lui n'eut pas un regard pour moi. Son visage était bien le nôtre, je reconnaissais quelques traits de Sophia et encore davantage de moi. Mais il nia devant le juge que j'étais sa fille et il accusa violemment ma mère, en des termes dont je ne pouvais pas comprendre le sens, sinon qu'ils étaient injurieux. A Pozzuoli, on ne connaissait pas les examens du sang pour rechercher la paternité. D'ailleurs, ils n'avaient peut-être pas encore été inventés. Tout dépendait de la conviction du juge. A mon désespoir, il conclut en faveur de mon père, qui me refusa officiellement son nom. Et ce que j'éprouvai alors fut bien pire que lorsque je me demandais s'il était mort ou vivant.

Chaque fois que je pénétrais dans l'obscurité du Teatro Sacchino, tout mon être se transformait. Le Teatro avait effectivement mérité son nom avant d'être transformé en salle de cinéma; il possédait une avant-scène, des sièges recouverts de velours et il était décoré de frises tarabiscotées. Quand les lumières s'éteignaient et que je me retrouvais seule avec Rita, Linda ou Tyrone, je savais soudain que mon destin, c'était de jouer, de m'exprimer, de donner libre cours aux sentiments que je portais en moi; peut-être un besoin d'échapper à l'anonymat. Je me moquais des accessoires de la gloire et du succès, des visons, des bijoux, des voitures de luxe et des maisons fastueuses dont s'accompagne la réussite. Bien sûr, plus tard j'ai eu à mon tour ces prétendues « récompenses », et les gens ont tendance à croire qu'elles constituaient mon seul objectif après la vie misérable que j'avais connue; mais je peux certifier que je n'y pensais pas lorsque je regardais l'écran du cinéma de Pozzuoli. Ce qui me captivait, c'était ce que faisaient les acteurs, et non ce qu'ils recevaient pour le faire. Bien qu'il y eût un abîme entre le désir d'une gamine de onze ans et la réalisation de ce désir, bizarrement, j'étais confiante. Je n'en ai jamais parlé à personne, naturellement; cette certitude d'avoir été mise au monde pour être actrice de cinéma était quelque chose que je gardais au fin fond de moi.

A quatorze ans, mon corps s'épanouit miraculeusement, presque d'un jour à l'autre, et dix mois plus tard, l'affreux petit canard s'était changé en cygne, avec jambes longues et formes pleines. On aurait dit que j'étais enfin sortie de l'œuf. Pour la première fois de ma vie, j'entendis en marchant dans la rue le son mélodieux des sifflements masculins. Je sus enfin que j'étais une femme digne de ce nom le jour où notre professeur d'éducation physique, un beau jeune homme qui surveillait nos exploits dans le vieux gymnase, vint voir ma mère pour me demander en mariage. Elle lui répondit de rentrer chez lui et de prendre une bonne douche froide.

Une amie de ma mère, qui habitait de l'autre côté de la rue, nous apporta un journal napolitain dans lequel on donnait tous les détails sur un prochain concours de beauté; la lauréate serait couronnée Reine de la Mer et elle recevrait, ainsi que les douze Princesses de sa suite, des cadeaux somptueux. Le règlement stipulait que les candidates devaient être âgées de quinze ans au moins. Maintenant que je m'étais remplumée, déclara ma mère, je faisais bien quinze ans et j'allais me présenter. Timide comme je l'étais, j'essayai de protester, mais elle me fit taire. « Lella, tu vas y aller, dit-elle d'un ton énergique, et tu vas gagner. » Je n'ai jamais su pourquoi tous les gens de ma famille m'appelaient Lella. Ma grand-mère n'aimait guère « Sofia » (mon nom est ainsi orthographié sur mon extrait de naissance) parce que c'était le prénom de ma grand-mère paternelle, et j'ai déjà parlé des sentiments de ma famille envers l'auteur de mes jours.

Le concours était patronné par le journal *Il Matino* qui voulait augmenter ses ventes; les candidates devaient venir à Naples munies d'une robe d'après-midi et d'une robe du soir. Pour ma mère, ce concours constituait une revanche sur l'épisode Greta Garbo; le fait que je ne possédais pas de robe du soir n'était pas pour l'arrêter. Ma grand-mère avait des doigts de fée, et elle fut mise à contribution. Elle venait de me faire une robe beige et marron avec des chutes de tissu qu'elle conservait dans son sac à ouvrage et qui ferait l'affaire pour la robe d'après-midi. En revanche, la robe du soir posait un problème car, pour ne pas changer, il n'y avait pas un sou à la maison.

« Je vais te dire ce que nous allons faire, Lella, déclara-t-elle après avoir longuement réfléchi. Nous allons décrocher un des rideaux du salon et je vais te tailler dedans une robe longue. » Et c'est ce qu'elle a fait. Moi, avec mes yeux de quatorze ans, je trouvais la robe splendide. Il ne manquait plus que des chaussures blanches pour aller avec. Les seules chaussures que je possédais étaient noires et usées; ma mère résolut la difficulté en les recouvrant de deux épaisses couches de peinture blanche. Restait à prier pour qu'il ne pleuve pas.

Le concours devait se dérouler le soir; ma mère et moi prîmes le train jusqu'à Naples et voyageâmes dans un compartiment bondé. J'avais mis ma nouvelle robe-rideau rose, enfilé par-dessus ma vieille gabardine, et je faisais surtout attention à ne pas écailler la peinture de mes chaussures. Mes cheveux étaient relevés, ce qui me donnait l'air plus âgé, et ma mère m'avait permis de me maquiller.

La gare se trouvait située assez loin de l'endroit où avait lieu le concours, la villa Ciccola della Stampa, près du bord de mer. C'était un club très chic réservé aux journalistes, et je suivais ma mère avec l'impression d'être l'agneau qu'on mène à l'abattoir. J'aurais donné n'importe quoi, absolument n'importe quoi, pour ne pas franchir la porte.

Au-dessus du salon principal s'ouvrait un long corridor qui aboutissait à une immense salle de réception. Dans ce corridor, se pressaient quelque deux cents filles accompagnées de leurs mères, en train de se pomponner, de se coiffer, de se repoudrer, de se parfumer, de s'étudier dans les glaces tout en attendant nerveusement leur tour. Elles avaient des robes magnifiques qui, de toute évidence, n'avaient pas commencé par orner les fenêtres d'un salon, et beaucoup portaient des bijoux et des fleurs. Je m'assis dans un coin sans me faire remarquer — je serais rentrée dans le mur si j'avais pu — et j'attendis patiemment d'être appelée. Ma mère ne tenait plus en place.

Quand ce fut mon tour de me présenter devant le jury, je me rendis compte avec stupeur qu'au moment où je pénétrai dans la pièce, mon trac avait disparu. Envolé. Je marchai de long en large devant les quatorze membres du jury assis derrière une longue table, je répondis posément aux questions. Et pourtant, avant d'entrer, j'étais morte de peur. D'ailleurs, je le suis toujours avant de faire quoi que ce soit en public. Encore aujourd'hui, tant que la caméra n'a pas commencé à tourner, j'ai peur des scènes que je dois interpréter. Je me persuade toujours que cela va être raté. Loin de me sentir à la hauteur, je n'ai même pas confiance en moi. Je n'attends rien. Quand c'est réussi, je me sens doublement heureuse; sinon, je ne suis pas trop déçue. Il faut dire, cependant, que lorsque je fais une chose, je me donne à fond, je fais de mon mieux. Jamais je ne prends quoi que ce soit pour acquis; je me remets chaque fois en question. En fait, je me dis toujours que j'aurai beau me donner du mal, je n'arriverai à rien, et je me prépare à un échec. Cette attitude ne met pas en cause ma façon de jouer : je donne toujours le meilleur de moi-même. Autrement dit, j'ai une attitude positive lorsqu'il s'agit de mon art, négative quant à ma valeur personnelle.

Voilà donc ce que je ressentais ce soir-là à Naples. J'étais terrifiée. Il était très tard lorsque les membres du jury, une fois la dernière fille passée, rendirent leur verdict. Je m'apprêtai à consoler ma mère. Or, si je ne fus pas sacrée Reine, mon nom figurait parmi ceux des douze Princesses et je fus submergée par une vague de bonheur comme je n'en avais jamais connue auparavant. On nous photographia, les journalistes me demandèrent d'épeler mon nom, et nous reçûmes chacune des fleurs. C'était mon premier bouquet.

Puis on me remit mon prix : un billet de train pour Rome, plusieurs rouleaux de papier mural, une nappe avec douze serviettes assorties et vingt-trois mille lires (cent quinze francs environ), ce qui représentait pour nous une somme très impressionnante. J'apparus le lendemain dans la photo de groupe que publia le journal, avec mon nom — mal orthographié — dans la légende. L'après-midi, la Reine et ses douze Princesses parcoururent les rues de Naples en calèche. Les gens nous lançaient des fleurs et une fanfare nous escortait. J'éprouvais cette bizarre sensation de dédoublement dont j'ai déjà parlé; il me semblait que j'étais sur le trottoir et que je me regardais passer, que ce n'était pas à moi qu'arrivait tout ce bonheur, mais à mon sosie.

Le papier fut immédiatement collé sur celui, en lambeaux, de notre salon; la nappe et les serviettes devinrent les accessoires indispensables de notre déjeuner dominical, et je cachai le billet de train et les lires dans un endroit secret derrière le tiroir du bureau. De voir sa fille couronnée Princesse de la Mer avait donné à ma mère le coup de pouce nécessaire pour envisager ma carrière d'actrice avec son énergie coutumière. L'étape suivante consista à m'inscrire dans une école d'art dramatique à Naples. L'argent qu'elle gagnait depuis qu'elle avait recommencé à donner des leçons de piano servit à payer les cours.

L'école d'art dramatique consistait en un professeur unique, un ancien acteur, qui faisait preuve d'une conception très personnelle en matière d'interprétation. Il définissait ainsi sa méthode : « D'une pierre, je fais un acteur. » A dire vrai, il nous apprenait, purement et simplement, à faire des grimaces. Nous ne lisions pas un vers, nous n'interprétions pas un rôle : nous grimaçions. Il nous remit une liste des mimiques que nous devions faire et très exactement respecter. Horreur, joie, désespoir, extase, amour, colère, n'importe quoi : à chaque émotion correspondait une mimique précise. Joie : les deux sourcils relevés; surprise : les deux sourcils relevés, la bouche en « O »; scepticisme : un sourcil relevé; horreur : de grands yeux; souffrance : de petits yeux. Et ainsi de suite. Bref, la version napolitaine de l'Actor's Studio. Ce professeur n'avait jamais accepté la fin du cinéma muet.

Les cours de l'école d'art dramatique ne tenaient en fait qu'une place secondaire dans ma vie; je poursuivais mes études au lycée de Pozzuoli avec l'idée de devenir institutrice. Mais un jour, notre professeur nous apprit une nouvelle qui, la suite le révélerait, allait changer le cours de ma vie. On s'apprêtait à tourner à Cinecitta une superproduction américaine, *Quo Vadis ?* dont la réalisation exigerait la participation de centaines de figurants. « C'est l'occasion rêvée pour ceux et celles qui ont les moyens d'aller à Rome, de faire du cinéma », nous déclara-t-il.

Je rapportai cette nouvelle à ma mère. Sa réaction fut immédiate : j'arrêtais l'école. Nous partirions pour Rome et, là, nous remuerions ciel et terre pour que je devienne actrice de cinéma. Mon grand-père et ma grand-mère se montraient aussi farouchement hostiles à cette idée qu'ils l'avaient été naguère, lors du concours Greta Garbo, mais les temps avaient changé et, cette fois, ma mère imposa son point de vue. Je crois qu'elle cherchait désespérément depuis un certain temps le moyen de se soustraire à l'ambiance étouffante de Pozzuoli. Sa personnalité ne pouvait s'adapter à la vie d'une petite ville de province. Par ailleurs, et bien qu'il fût remarié, elle espérait certainement, en habitant Rome, pouvoir reprendre contact avec mon père.

Quant à moi, loin de viser à la célébrité, je me serais contentée d'être institutrice à Pozzuoli, d'épouser un brave gars du coin et d'élever mes enfants. Je sentais bien au fond de mon cœur qu'il existait quelque chose en moi, une force, un don. Mais s'il n'y avait eu l'ambition de ma mère et son énergie, je ne crois pas que j'aurais jamais été capable de sortir de Pozzuoli pour me lancer dans cet univers lointain et redoutable qu'était Rome.

Chapitre 7

Nous étions parties sur un coup de tête, mais ce fut seulement à la descente du train que je compris que ma mère ignorait tout de la vie dans une grande ville. Elle ne savait même pas téléphoner. Après plusieurs essais infructueux, nous finîmes par aller au café de la gare pour demander à quelqu'un de nous composer le numéro. Celui de mon père.

Il fut stupéfait de l'entendre. « Qu'est-ce que tu fabriques à Rome ? demanda-t-il.

— Il faut que je te voie. J'ai Sofia avec moi et elle n'est pas bien du tout. » Combien de fois ma mère n'avait-elle pas essayé — en vain — d'attirer mon père en invoquant mes maladies imaginaires ! Bizarrement, il tomba dans le piège.

« D'accord, dit-il, je vous retrouve chez ma mère. »

Notre arrivée ne suscita pas chez celle-ci une joie délirante. Elle me proposa de mauvaise grâce un verre de lait et nous laissa seules attendre l'arrivée de mon père.

« Vous ne pouvez pas coucher ici », furent ses premiers mots lorsqu'il entra. « Tu sais, ajouta-t-il, je n'ai pas d'argent. » Il finit par me regarder. « Elle ne m'a pas l'air si malade que ça ! »

Ma mère lui expliqua les raisons de notre venue à Rome. Il bondit : « Du cinéma ! hurla-t-il. Tu n'es pas folle ! C'est complètement cinglé. Tu ne te rends pas compte de ce qu'est la vie à Rome ! Du cinéma ! Parce que tu crois vraiment qu'elle est une beauté ? Fais comme tu penses, moi, je ne veux rien avoir à faire là-dedans.

— Je me suis simplement dit que c'était ta fille et que ça pouvait te faire plaisir de la voir se lancer, se faire un nom, rétorqua ma mère.

— Et comment, en se couvrant de ridicule ?

— Je me suis dit, poursuivit ma mère, que tu l'aiderais peut-être un peu à démarrer. Tu ne m'as jamais donné un sou...

— Je n'ai pas d'argent à vous donner, *surtout* pour une pareille idiotie. Tu fais ce qui te plaît, moi, je ne veux pas m'en mêler. » Et il nous reconduisit d'une main ferme jusqu'à la porte.

Ma mère ne connaissait qu'une seule autre personne à Rome, une cousine que je n'avais jamais vue. Elle ne se montra pas plus accueillante, avant même d'avoir entendu ce qui amenait ma mère dans la capitale. Sa réaction en l'apprenant fut identique à celle de mon père. « C'est de la folie », dit-elle en essayant de convaincre ma mère de reprendre le premier train pour Pozzuoli. Après une discussion serrée, ma mère finit par obtenir d'elle une concession : nous pouvions dormir sur les divans du salon gratuitement pendant une semaine; si nous restions plus longtemps, elle nous demanderait un petit loyer hebdomadaire.

C'est ainsi que, le soir, nous devions attendre pour nous coucher que le salon soit vide et nous nous levions très tôt le matin pour libérer la pièce avant le réveil de la famille. Tout le temps que dura notre séjour chez eux, nos cousins s'ingénièrent à nous faire sentir que nous étions de trop. Pourtant, nous avions peu d'affaires et c'est à peine si l'on remarquait notre présence. Je portais en tout et pour tout, dans la journée comme le soir, une jupe noire et un chemisier noir; ma mère disait qu'avec du noir, on fait toujours habillé.

La production de *Quo Vadis ?* recrutait en masse, et les studios de Cinecitta étaient pris d'assaut par des milliers de gens qui voulaient être engagés comme figurants. Le metteur en scène,

Mervyn Leroy, les voyait tous un par un et retenait pour un entretien supplémentaire ceux ou celles qui semblaient pouvoir l'intéresser. On nous appela ma mère et moi. Ma mère m'avait bien recommandé de répondre à tout ce que l'on me demanderait en anglais par un seul mot : *yes*. Tu ne t'occupes pas de ce qu'on te dit, tu réponds : *yes*, et tu souris. J'obéis et répondis à toutes les questions de Mr. Leroy par un *yes* engageant. Il se rendit compte néanmoins du subterfuge lorsqu'il me demanda mon nom et mon adresse et que je répondis : *yes*. Mais il prit la chose avec humour et même s'il ne me donna pas le petit rôle qu'il avait prévu, il nous engagea ma mère et moi comme figurantes.

Nous nous rendîmes sur l'énorme plateau où l'on recensait les élus. Un assistant cochait une liste. « Villani », appela-t-il. Ma mère fit un pas en avant. « Scicolone », continua-t-il. Mais quand je m'approchai du bureau, une autre femme en fit autant. « Laquelle de vous deux s'appelle Scicolone ? » demanda l'homme. « Moi », dit la femme. Puis, se tournant vers moi : « Qu'est-ce qui vous prend ? Il a dit Scicolone, et c'est moi ! »

Je restai pétrifiée. Nous étions là, devant des centaines de figurants qui ne perdaient pas une miette de la scène. La femme m'incendiait du regard et l'on aurait entendu voler une mouche sur le plateau. Soudain, je compris. Ma belle-mère. Je ne l'avais jamais vue, mais c'était, de toute évidence, la femme qu'avait épousée mon père quand ma mère avait refusé de venir à Rome pour le tirer d'embarras en faisant valoir ses droits. Quand elle en parlait, et c'était rare, ma mère l'appelait toujours par son nom de jeune fille, Nella Rivolta. Et voilà que cette femme était en train de m'insulter devant tous ces gens. On aurait dit une furie. Cette rencontre était sûrement aussi insupportable pour elle que pour ma mère. Ces deux femmes appartenaient au même homme, elles étaient maintenant en concurrence pour obtenir le même travail. Pour moi, « Scicolone » ne voulait rien dire, ce n'était pas un nom que j'étais fière de porter. « Villani » me convenait tout autant. Pour ma sœur, par contre, c'était capital; elle avait besoin d'une identité, d'un nom. Moi, je m'en moquais. Le fait d'être une enfant illégitime constituait une tache indélébile que « Scicolone » n'effaçait pas.

L'assistant vint à mon secours. « Scicolone, *Sofia* », précisa-t-il.

Ma mère me poussa fermement en avant.

C'est une manière assez pénible de faire la connaissance de sa belle-mère. De me trouver ainsi donnée en spectacle, de ne pas être la Scicolone qu'on attendait, n'améliorèrent pas mes sentiments à son égard. En y repensant, toutefois, je me rends compte de ce que la situation avait de cruel pour elle comme pour ma mère. Celle-ci n'avait eu qu'un homme dans sa vie — qui avait épousé cette femme —, et elle devait élever seule ses deux enfants dont il avait refusé de s'occuper.

Nella Rivolta, quant à elle, connaissait sûrement des difficultés; sinon, elle n'aurait pas fait des pieds et des mains pour un maigre salaire de figurante. Elle aussi avait à élever les deux enfants que lui avait faits mon père. Je ne l'ai jamais revue par la suite. Même pas quand mon père était en train de mourir sur son lit d'hôpital. Elle ne s'est jamais manifestée. A l'enterrement non plus. Pourtant, je m'étais attendue à la voir; cela aurait été notre deuxième rencontre et je l'aurais certainement regardée avec d'autres yeux, avec plus de compréhension.

Ma mère et moi travaillâmes sur *Quo Vadis ?* pendant plusieurs jours. J'étais une des esclaves de Deborah Kerr; ma mère, elle, figura dans plusieurs scènes de foule. A nous deux, nous gagnâmes cinquante mille lires (deux cent soixante francs environ); nous exultions. Mais ce fut le début et la fin de notre splendeur romaine.

La nouvelle nous parvint que ma sœur était gravement malade. Ma mère fit immédiatement ses bagages et repartit pour Pozzuoli. Depuis plusieurs semaines, nous traînions d'un bureau de production à l'autre, mais personne n'avait besoin de figuration ni de petits bouts de rôle. Nos fonds diminuaient à vue d'œil;

il restait juste de quoi payer le médecin et les médicaments pour Maria.

L'idée de me laisser seule à Rome la contrariait profondément. Moi, j'étais tout bonnement terrifiée. Jamais je ne m'étais retrouvée seule quelque part. Grâce à ce que nous avait rapporté *Quo Vadis ?*, nous avions pu donner un peu d'argent à nos cousins. Sans se montrer plus amicaux, ils toléraient au moins ma présence. Par ailleurs, j'avais trouvé du travail, je posais pour les romans-photos de la presse du cœur, les *fumetti*. C'est surtout ce dernier élément qui eut raison des hésitations de ma mère. Les *fumetti* me rapportaient en effet assez d'argent pour nous faire vivre toutes les trois.

Avant de monter dans le train, ma mère répéta la litanie maintes fois entendue : « N'oublie pas, Lella, de faire bien attention à toi. Les hommes ne valent rien et dis-toi bien qu'il n'y a pas d'exception. » Cela l'ennuyait de me laisser seule à Rome, mais elle savait que j'étais une fille sérieuse et plus mûre que mon âge. Je ne répéterais pas l'erreur qu'elle avait commise quand elle s'était trouvée seule à Rome, elle pouvait en être sûre. J'avais trop le sentiment de ce que j'étais, comment dire, j'avais trop de fierté pour faire quoi que ce soit qui me ravale à mes propres yeux. De toute façon, je n'envisageais toujours pas sérieusement de faire une carrière cinématographique. J'ai toujours eu le sens des réalités. Et je savais que malgré les capacités d'actrice que je sentais en moi, il me manquait le physique voulu pour réussir à l'écran. Trop grande, les hanches trop larges, le nez trop long, la bouche trop marquée, le menton trop peu accentué. Bref, je ne ressemblais pas du tout au prototype de la vedette de cinéma, même italienne. Par-dessus le marché, j'étais affligée d'un accent napolitain prononcé, et je manquais de relations et de métier.

Si mon avenir cinématographique paraissait plutôt flou, il n'en allait pas de même de ma carrière dans les *fumetti*. On connaît ces romans-photos où les dialogues figurent dans des

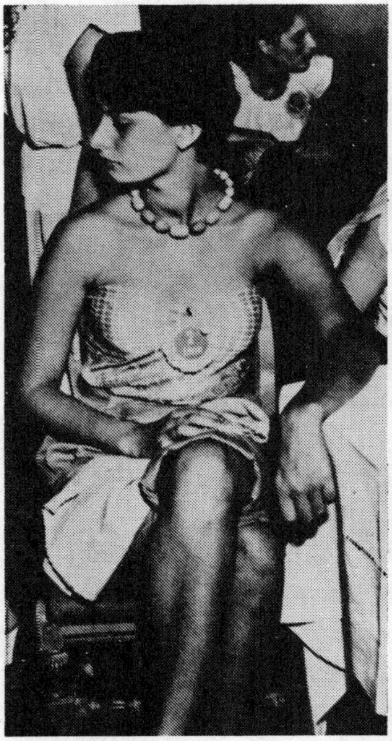

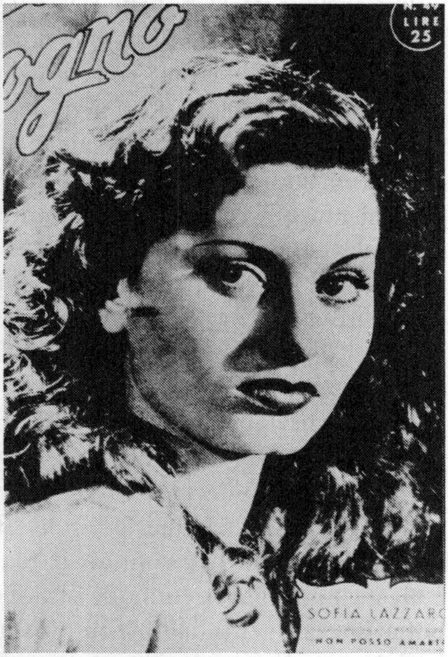

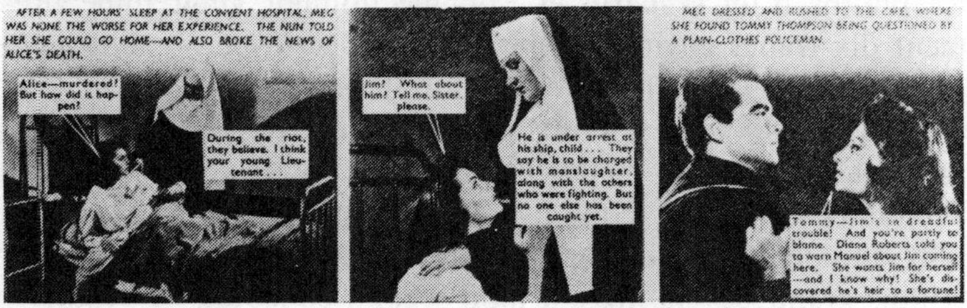

En haut à gauche : 1950, lors du concours « Miss Italie » qui fut le départ de sa carrière. Entre autres récompenses, elle reçut un billet pour Rome. *En haut à droite :* En couverture de « Sogno ». *Ci-dessus :* 1952, un de ses romans-photos.

bulles sortant de la bouche des héros et qui ressemblent à des bouffées de fumée — d'où leur nom en italien. C'était d'ailleurs une spécialité italienne; tous les quotidiens en publiaient et le public les appréciait. C'étaient les feuilletons-télé de l'époque qui parlaient du cœur et faisaient pleurer Margot. J'avais réussi à faire un bout d'essai pendant mes premières semaines à Rome et c'est grâce à ce que j'avais appris au cours d'art dramatique à Naples que je fus engagée. Les gens des *fumetti* voulaient exactement les expressions et mimiques que nous enseignait notre professeur. « Quoi! Vous aimez une autre femme, John? » lisait-on dans une bulle au-dessus de ma tête, tandis que, yeux écarquillés, sourcils levés et bouche en « O », je respectais à la lettre les enseignements du cours. Le soir, je répétais devant le miroir.

En général, on me réservait le rôle de la fille perfide du scénario, gitane ou arabe comme le voulait la tradition. Quand je commençai à être un peu connue, le réalisateur décida que Scicolone était un nom plutôt comique et difficile à retenir; je devins donc Sofia Lazzaro. Il fallait à peu près une semaine pour faire toutes les photos d'un scénario et l'on me donnait vingt mille lires (cent dix francs environ). Une fois mon « loyer » payé, j'envoyais presque tout le reste à Pozzuoli.

Sans les *fumetti* je n'aurais pas pu tenir. Outre l'argent qu'ils rapportaient, ils me mettaient en contact avec d'autres jeunes acteurs et actrices et je me fis ainsi quelques amis. C'est en sortant un soir avec plusieurs d'entre eux que je participai, par le plus grand des hasards, à mon second concours de beauté.

Ce soir-là, mes amis m'avaient emmenée au Colle Oppio, un grand restaurant en plein air donnant sur le Colisée et qui faisait aussi boîte de nuit. En arrivant, on nous dit qu'un concours de beauté était prévu pour la soirée, à l'issue duquel serait couronnée « Miss Rome ». A l'époque, les sociétés cinématographiques avaient pris l'habitude de patronner ce genre de manifestations dans le but évident de renouveler leur réserve de vedettes. Beaucoup des filles venues ce soir-là au Colle Oppio comptaient se présenter. Plus tard dans la soirée, quand le jury fut réuni, un des organisateurs vint à notre table et me demanda d'être candidate. Je lui répondis que cela ne m'intéressait pas. Comme toujours, j'étais trop timide pour me décider comme cela, à l'improviste.

Quelques minutes plus tard, il revenait vers nous. Les membres du jury, expliqua-t-il, s'occupaient tous de cinéma et l'un d'eux, un producteur du nom de Carlo Ponti, m'avait remarquée et réclamait ma participation. Mes amis me poussèrent à accepter. Tu es au moins sûre d'avoir une voix, me dirent-ils; de toute façon, ce sont des types qui travaillent dans le cinéma, ça ne peut pas te faire de mal qu'ils te voient.

Je me décidai donc. Après le petit ballet rituel de présentation et les questions habituelles, on proclama les résultats : deuxième, Sofia Lazzaro. Toujours cantonnée au rôle de demoiselle d'honneur. Puis Carlo Ponti vint à notre table et se présenta. Il m'invita à faire quelques pas avec lui dans le jardin, derrière le restaurant. Oh oh, me dis-je, nous y voilà. Nous fîmes le tour du jardin. « Je crois que j'ai assez de flair, commença-t-il, et que je sais repérer le talent. C'est moi qui ai découvert Gina Lollobrigida, Sylvia Koscina et Alida Valli, pour ne citer qu'elles. Vous avez un visage intéressant. Je vous ai observée. Les expressions. Voulez-vous passer à mon bureau demain pour faire un essai ? Vous n'avez jamais tourné de bout d'essai ? Eh bien, nous verrons ce que vous donnez à l'écran. On ne peut jamais être sûr tant qu'on n'a pas vu le résultat sur un écran. » Il me laissa son adresse et me quitta en me souhaitant bonne nuit. Très homme d'affaires.

Le lendemain matin, nerveuse et pleine d'appréhension, je me rendis à l'adresse indiquée; et me retrouvai dans un commissariat. J'étais tellement furieuse d'avoir aussi bêtement donné dans le panneau que les larmes me vinrent aux yeux. Un des agents s'approcha. « Non, non, ce n'est rien, juste une mauvaise blague qu'on m'a faite », dis-je en lui montrant l'adresse. L'agent sourit. Dans mon anxiété, j'avais mal lu, c'était la porte à côté.

Le bureau de Carlo était situé au premier étage. Il me reçut immédiatement. Nous allâmes dans un théâtre du voisinage où sa société (il était l'associé de Dino De Laurentiis) était en train de tourner un film. La scène avait été transformée en plateau. Après m'avoir remise aux mains du réalisateur et de l'opérateur, Carlo partit. Mon premier essai. J'étais si nerveuse que je sentais le sang me battre aux tempes. Impossible de maîtriser ma respiration; je crus un moment que j'allais m'évanouir. On me donna un maillot de bain à enfiler et l'on me dit d'aller me maquiller.

Une fois prête, il me fallut faire un effort terrible pour revenir sur la scène, en maillot de bain cette fois, et affronter la caméra. Le metteur en scène me tendit une cigarette : je devais l'allumer et marcher de long en large devant la caméra tout en fumant. On alluma une batterie de projecteurs aveuglants. Je n'avais jamais tenu de cigarette entre les doigts, et encore moins fumé. La caméra commença à ronronner. Moteur. J'aurais voulu disparaître. On tourne. Atrocement nerveuse. Dieu merci, ce fut l'affaire de quelques minutes. Coupez. Un désastre.

Carlo Ponti. La première fois que j'aperçus Sophia, je fus frappé plus par sa personnalité que par sa beauté. Elle dégageait quelque chose, on aurait dit qu'elle rayonnait. Cela paraissait incroyable qu'elle n'ait pas encore vingt ans. Elle donnait une telle impression de maturité, elle était tellement centrée sur son désir d'être actrice, tellement « professionnelle » dans son attitude, et en même temps si timide et si peu sûre d'elle. Un mélange fascinant. Tout de suite, j'ai su qu'elle sortait de l'ordinaire. Peu après notre première rencontre, le soir de ce concours de beauté, elle est venue me voir à mon bureau. Lorsqu'elle m'a raconté toutes les difficultés qu'elle avait connues avant et après la guerre, la vie misérable qui avait été la sienne, j'ai commencé à comprendre. Elle était l'homme de la famille, celle qui subvenait aux besoins de tous. Tout le monde dépendait d'elle. Elle parlait de sa mère avec un attachement profond, avec beaucoup d'amour et de reconnaissance.

Celle-ci est l'une des plus belles femmes que j'aie rencontrées. Elle a un caractère difficile et je ne suis pas toujours d'accord avec elle, mais nos divergences servent aussi de frein et nous sommes toujours très courtois l'un envers l'autre. Je la respecte et j'admire son talent de musicienne, mais je ne pense pas qu'elle aurait réussi à faire une carrière de pianiste ou d'actrice; elle dispersait trop ses ambitions. Du moins lorsqu'il s'agissait d'elle. Car, dans le cas de Sophia, son ambition était sans limites et elle reportait sur sa fille tout ce qu'elle avait souhaité pour elle-même.

Je dois avouer que ce qui m'attira chez Sophia, ce fut d'abord la femme, ensuite l'artiste. Je préfère parler d'artiste plutôt que d'actrice parce que ce terme définit mieux Sophia. On devient actrice, mais on naît artiste. C'est comme une cantatrice : ou Dieu lui a donné de la voix, ou elle n'en a pas; elle pourra se tuer au travail, cela n'y changera rien. Quand j'ai rencontré Sophia, je savais tout le travail qu'exige la formation d'une actrice en vue de tel ou tel film. J'en avais lancé beaucoup, mais j'avais rarement rencontré d'actrice qui soit en même temps une femme. Une artiste est toujours une femme; c'est plus rare pour une actrice. En fait, j'ai connu deux femmes seulement qui étaient des artistes au sens que je donne à ce mot : Anna Magnani et Sophia. Elles avaient les mêmes caractéristiques. Bizarrement, je pense aussi à Marilyn Monroe, mais elle a subi l'influence néfaste, à mon avis, d'Arthur Miller. Je ne dis pas que cela ait été volontaire. Mais Marilyn avait quelque chose d'animal, la vitalité d'un bel animal, ce qu'a détruit Miller en essayant d'en faire une intellectuelle. Si l'on cherche une comparaison, disons que Marilyn était une belle fleur qui avait trouvé exactement le sol, le soleil et la pluie dont elle avait besoin pour se nourrir et qu'on l'a transplantée dans une terre et un milieu totalement différents, avec le résultat lamentable que l'on connaît.

Pas Sophia. Elle savait ce qu'il lui fallait pour s'épanouir, comment procéder, ce qu'elle voulait. Ses essais furent des échecs parce que les techniciens étaient chargés de faire valoir uniquement la beauté physique, pas la beauté intérieure. Il leur fallait le petit nez stéréotypé, les grands yeux, le visage symétrique. Ils trouvaient son nez trop grand, mais ils ne prirent pas le temps de s'attarder une seconde sur ce qu'elle avait en elle. Moi si. J'avais conscience de ses possibilités; j'étais impressionné par son sérieux et par le fait qu'elle ne se montrait pas intéressée par l'argent comme la plupart des autres filles, prêtes à payer n'importe quel prix pour faire du cinéma. Sophia était décidée à être actrice, mais elle faisait nettement comprendre qu'elle n'utiliserait pas le divan du producteur comme tremplin.

Au cours de l'année suivante, Carlo me fit faire une série d'essais, chaque fois avec un opérateur différent, chaque fois aussi avec un résultat négatif. D'après les opérateurs, je n'étais absolument pas photogénique : nez trop long, hanches trop rondes, toujours le même refrain. L'optimisme à toute épreuve de Carlo était chaque fois douché par le pessimisme de l'opérateur et par le résultat à la projection.

Il restait néanmoins en contact avec moi, s'inquiétait de mes activités, me glissait un mot d'encouragement. Je lui racontai une ou deux choses sur moi, sur ma famille à Pozzuoli, sur les difficultés auxquelles je me heurtais seule à Rome. Il me demandait toujours si j'avais assez d'argent pour vivre et n'hésitait pas à me dépanner s'il le fallait. Nos rapports s'arrêtaient là. Il n'y avait rien de sérieux entre nous. Je venais d'avoir seize ans, Carlo en avait trente-huit, il était marié et père de deux enfants. Ce n'est que plus tard que nos relations se modifièrent.

Un jour, il me convoqua dans son bureau. Nous venions de terminer le troisième ou quatrième bout d'essai, je ne sais plus bien. Visiblement, il avait quelque chose à me dire, mais il ne savait par où commencer. « A propos de ces essais, je viens de voir l'opérateur et il dit la même chose que les autres. C'est... heu... c'est ton nez.

— Qu'est-ce qu'il a mon nez? » Je savais ce qui allait suivre.

« Eh bien, heu... si tu veux vraiment faire une carrière dans le cinéma, eh bien, il faudrait peut-être envisager d'examiner la question.

— Tu veux parler de chirurgie esthétique?

— Oui. Et puis il y a autre chose : tu pourrais peut-être perdre un peu de hanches. Tu sais, je te répète seulement ce que m'ont dit les photographes. Le nez, c'est pratiquement rien, juste te le raccourcir légèrement, pour le rendre photogénique tu comprends. »

Naturellement, je savais que je n'avais pas la silhouette des actrices en vogue à l'époque. Elles étaient toutes très belles, avec des traits impeccables. Pas moi. J'ai un visage totalement irrégulier, mais la juxtaposition même de ces imperfections fait qu'il y a quelque chose. Si j'avais eu une bosse sur le nez, je l'aurais fait rectifier sans hésiter. Mais je n'acceptais pas qu'on critique sa longueur; je savais que le nez commande l'équilibre du visage, qu'il lui donne sa personnalité. Et j'avais le nez et le visage que la nature m'avait donnés.

« D'accord, dis-je à Carlo, je n'ai pas la tête de tout le monde, mais dois-je vraiment ressembler à tout le monde?

— Je sais bien, fit-il, moi aussi je t'aime comme tu es, mais les opérateurs...

— Je veux rester comme je suis, je ne changerai rien.

— D'accord, on verra, dit Carlo, gêné d'avoir abordé le sujet.

— Quant à mes hanches, continuai-je, je reconnais qu'elles sont un peu fortes, mais c'est un morceau de moi, de ce que je suis, de ce que je peux offrir. Ça non plus, je ne veux pas le modifier. »

En y repensant, je m'admire de m'être montrée si sûre de moi malgré tous ces essais ratés. Peut-être pourrait-on dire (en toute simplicité) que le Ciel m'avait accordé une qualité : le sens de mon destin. Je ne me suis jamais sous-estimée ni jamais jugée en fonction des critères du voisin. J'ai toujours beaucoup attendu de moi-même, et si j'échoue, je ne m'en prends qu'à moi. C'est pourquoi les échecs ou les revers ne me rendent pas amère : je ne peux pas mettre sur le dos des autres les petits malheurs qui m'arrivent. A seize ans, j'étais déjà certaine de plusieurs choses : je savais retomber sur mes pieds, je comptais sur moi et sur personne d'autre, j'irais là où mon destin m'appelait et il était inutile de changer quoi que ce soit.

Carlo ne me parla jamais plus de mon nez ni de mes hanches.

Une fois ma sœur guérie, ma mère regagna Rome avec elle et nous vécûmes à trois dans une minuscule chambre meublée. C'étaient des conditions de vie très difficiles, mais au moins je ne dépendais plus de mes cousins et je vivais avec les miens. Nous passions, ma mère et moi, la journée dehors à chercher du travail; sans grand succès. Sans elle, je ne crois pas que j'aurais eu l'énergie et la volonté nécessaires pour faire la tournée incessante et vaine des bureaux de production; pas le moindre encouragement, rien. Mais ma mère possédait une ambition inébranlable. Elle avait décidé de réussir et de prendre sa revanche sur tout ce qui lui avait été refusé lorsqu'elle avait mon âge. Elle essayait d'entrer en contact avec tout ce qui touchait, de près ou de loin, l'industrie cinématographique. Sans cesse, elle chantait mes louanges. Dès qu'il s'agissait de moi, elle perdait toute retenue ou modestie. Moi, je me contentais de marcher dans son ombre. Malgré ses efforts inlassables, tout ce que j'obtins, ce fut des bouts de rôle dans des films italiens à petit budget et aux titres évocateurs : *Cuori sul mare*, *le Sei mogli di Barbablu*, *Quelles drôles de nuits*, *la Traite des Blanches* et *le Signe de Zorro*. Le rôle que j'interprétais dans mon premier film, *Cuori sul mare*, peut vous donner une idée de l'étendue de ma contribution à ces chefs-d'œuvre. Tout ce que j'avais à faire consistait à rester assise à une table et à regarder la vedette principale, Doris Dowling en l'occurrence, une Américaine doublée pour la version italienne. Pas un geste, pas un mot, pas un changement d'expression : juste assise en train de regarder Doris Dowling.

Mais, aussi insignifiants qu'ils fussent, ces petits bouts de tournage assuraient notre existence. Les *fumetti* étaient en perte de vitesse et, exception faite de quelques présentations occasionnelles de mode, c'était tout ce que nous trouvions. La vie était dure dans la minuscule chambre meublée. Ma sœur refusait d'aller à l'école parce qu'elle ne portait pas le nom de son père, ce qui, à l'époque, l'empêchait de se présenter aux examens. Elle avait trop honte de remplir le formulaire qui aurait révélé son illégitimité et le fait que son père ne l'avait pas reconnue. Elle passait donc ses journées dans la chambre tandis que nous étions absentes, ma mère et moi.

Pendant cette période sinistre, nous fûmes réveillées un matin à l'aube par la police. Les agents avaient déjà interrogé la propriétaire à notre sujet et ils nous prièrent de les suivre au commissariat. On nous conduisit dans le bureau d'un inspecteur qui commença à nous interroger. Quel genre de travail faisions-nous ? D'où tirions-nous nos revenus ? Combien gagnions-nous ?

« Pourquoi cet interrogatoire ? demanda ma mère.

— Nous avons reçu une plainte, dit le commissaire. Un certain M. Riccardo Scicolone, qui met en cause la légalité de vos occupations. »

Ma mère resta pétrifiée. Je regardai ma sœur. On pouvait lire sur son visage que ce coup de poignard lui était allé droit au cœur. Moi, je n'en croyais pas mes oreilles.

« Si vous ne pouvez prouver que vous gagnez votre vie d'une façon honnête, nous serons obligés de vous remettre aux autorités de Pozzuoli. »

Bien sûr, je pus fournir les preuves requises et, après bien des inquiétudes de notre part, la police laissa tomber l'affaire. Mais ce fut une terrible humiliation. Jamais de ma vie je ne me suis sentie aussi abaissée que ce jour-là au commissariat où nous devions nous défendre contre les insinuations de mon père. Que serait-il arrivé si la police m'avait obligée à regagner Pozzuoli, mettant ainsi fin à toute possibilité de carrière, me forçant à vivre là ma vie durant, taxée de Dieu sait quoi par mon père ? J'avais seize ans, ma sœur, douze. Et c'était l'existence à laquelle notre propre père avait essayé de nous condamner.

J'eus une fois encore maille à partir avec la loi — une escarmouche, rien de plus — à cause d'une photographie publiée en couverture d'une revue. Elle avait été prise sur la plage et me montrait enveloppée dans une serviette de bain qui laissait apparaître une jambe nue. On avait l'impression que j'étais entièrement nue sous la serviette; c'était voulu, bien sûr, pour stimuler les imaginations. La photo, bien que sensuelle, n'avait rien de pervers; c'était juste une photo de plein air. Néanmoins, le gardien de la morale publique romaine la jugea osée, tous les exemplaires de la revue furent saisis et l'éditeur traduit en justice. Je dus payer quelques lires d'amende pour ne pas m'être présentée, comme on me le demandait, à la barre en tant que témoin de la défense.

Une scène de *Quelles drôles de nuits* était, par contre, nettement plus osée que cette photo. On filmait ce genre de scènes, à l'époque, pour la version française. La censure de ce pays se montrait beaucoup moins sévère et permettait des plans plus révélateurs. Pendant le tournage de la scène en question, qui comportait d'autres figurantes costumées comme moi en filles de harem, le metteur en scène demanda une seconde prise de vues, sans soutien-gorge celle-là, pour l'exportation. Les filles acceptèrent et, après un moment d'hésitation, j'en fis autant. C'était un plan rapide, sans plus, mais qui me révéla un aspect de ma personnalité que j'ignorais. Quand je pose ainsi devant une caméra, je ne me sens ni séduisante, ni sexy, mais gauche et puérile. Le déshabillage à l'écran dégrade à mon avis le jeu de l'acteur ou de l'actrice en lui ôtant de son mystère. Les vêtements sont bien plus excitants que la nudité. Ce qui ne veut pas dire que je sois opposée à l'érotisme au cinéma, beau et efficace s'il est naturel et sans vulgarité.

Il y a, dans *Une journée particulière*, une scène clé où l'on me voit en train de faire l'amour avec Mastroianni. Depuis que j'avais lu le script, l'idée de cette scène me tracassait; elle était d'autant plus difficile que je devais la jouer avec intensité, de l'intérieur. Il ne fallait pas qu'elle donne l'impression d'être mimée comme c'est le plus souvent le cas avec ce genre de scènes. Mastroianni et moi l'avons interprétée en restant habillés et elle est, je trouve, cent fois plus excitante et érotique que si l'on avait voulu faire du réalisme et montrer deux corps dénudés en train de gigoter sur un drap.

J'ai toujours considéré la sexualité comme quelque chose d'important, quelque chose d'intime, de mystérieux, d'inestimable, et je n'ai jamais minimisé la place qu'elle a tenue dans ma vie. Quand je me battais pour décrocher un rôle et être reconnue en tant qu'actrice, il ne me serait pas venu à l'idée de coucher avec quelqu'un pour parvenir plus vite à mes fins. Beaucoup de filles n'hésitaient pas à le faire en pensant que c'était la meilleure solution pour obtenir un rôle; c'était peut-être vrai, mais moi, je n'y ai jamais cru et, d'ailleurs, la plupart de ces filles se détruisaient. Je ne croyais qu'en moi-même. Bien sûr, j'essayais de voir les gens qu'il fallait voir, de rencontrer ceux qui faisaient les films et pouvaient m'engager, mais dès qu'il était question de ce type de rapports, j'opposais un véritable mur et les hommes en étaient conscients. En fait, pendant toute cette période romaine, c'est un marché qu'on me proposa rarement.

Maria, sœur de Sophia. Pendant notre premier séjour à Rome, nous vivions toutes les trois dans une chambre minuscule. Sophia cherchait du travail, mais elle était très timide et ma mère devait passer son temps à l'accompagner. Elles partaient tôt le matin et ne rentraient pas avant la nuit, ce qui faisait qu'à onze ans, je restais toute la journée seule dans cette pièce. Je n'avais pas d'amies, je ne connaissais personne à Rome. Deux ans durant, je suis restée complètement seule dans cette chambre. L'obscurité me terrorisait; quand le jour commençait à tomber, je sentais monter l'angoisse et, une fois la nuit venue, je restais assise dans le noir, tremblante de peur.

Lorsque je dis à ma mère que je me sentais terriblement seule et que j'avais peur du noir, elle me répondit qu'elle ne pouvait pas se couper en deux, qu'il était plus important que Sophia trouve du travail pour payer le loyer et la nourriture, et que moi, je pouvais rester seule. Bien sûr, j'aurais pu sortir. Aller à l'école. Ma mère avait fait la connaissance d'un médecin, Hugo Cardone — qui est resté très ami avec Sophia —, et il me disait de faire quelque chose, d'étudier, d'apprendre l'anglais; mais ma vie me semblait *senza causa*, complètement vide, sans but, mon angoisse était plus forte que tout le reste. Deux années pénibles, interminables, baignées de solitude, pendant lesquelles une fillette tremblant dans l'obscurité, ignorant qui elle était ou ce qu'elle voulait, se demandait même si elle avait un nom.

Chapitre 8

En 1952, à dix-huit ans, je décrochais enfin mon premier vrai rôle; j'y perdis mon nom et faillis y laisser la vie. Ma mère avait entendu dire que l'on préparait le tournage d'un film à petit budget *Sous les mers d'Afrique*, pour lequel on avait besoin d'une jeune personne capable de jouer sous l'eau. Les prises de vues seraient faites au bord de la mer, près de Rome. De la même façon qu'elle m'avait dit de répondre : *yes*, à Mervyn Leroy lorsqu'il m'avait demandé si je parlais l'anglais, ma mère me conseilla de répondre par l'affirmative quand on me demanderait si j'étais une nageuse accomplie.

« Mais, mammina, protestai-je, tu sais très bien que je suis incapable de faire une brasse.

— Tu apprendras. Le principal, c'est d'obtenir le rôle, on s'occupera du reste ensuite. »

Pozzuoli avait beau être sur la côte, en général les habitants de la région ne savaient pas nager. Je m'étais souvent baignée, mais en ayant toujours pied. Néanmoins, lorsque le producteur me posa la question fatidique, je fis la réponse qui aurait plu à ma mère : « Je nage comme une vraie championne!

— Parfait, dit le producteur, le rôle est à vous. Mais je n'aime pas votre nom. Sofia Lazzaro, c'est trop banal, et puis cela rappelle trop ces infâmes *fumetti*. On va vous changer ça.

— En réalité, je m'appelle Scicolone.

— C'est encore pire. On dirait un nom de cirque. Non, il

faut qu'on vous trouve un nouveau nom. Pas trop italien, quelque chose de court, de net, de facile à retenir. »

Ce producteur venait de faire un film avec l'actrice suédoise Marta Toren et une grande affiche d'elle avec son nom s'étalait sur le mur. Le visage du producteur s'illumina : « Voilà! Toren! » Et il commença à prendre une par une les lettres de l'alphabet — Boren, Coren, Doren — jusqu'à Loren, qu'il trouva génial. Sofia Loren. « Non, dit-il, ça ne me plaît pas, ce Sofia avec un " f ". A l'étranger, on croira que c'est une coquille. On change ça en Sophia. Ça vous va? » Je m'empressai d'accepter; seulement, en italien, le « ph » ne se prononce pas « f », mais « p » et les gens qui me connaissaient à Pozzuoli crurent longtemps que je voulais être appelée « Sopia ».

Le panache dans un bureau de la Via Veneto, c'est une chose, c'en est une autre de se retrouver en équilibre instable à l'avant d'un bateau sur la mer Tyrrhénienne. Le réalisateur m'expliqua la première scène : je devais me jeter à l'eau. C'était un bateau de bonne taille et quand je me penchai par-dessus bord pour voir un peu de quoi il s'agissait, je fus prise de panique : l'eau était au diable, noire, menaçante.

« Je ne sais pas nager, balbutiai-je en reculant. Ramenez-moi, je vous en prie, ramenez-moi à Rome. »

Le réalisateur accusa le coup. « Vous vous rendez compte! Et tout le matériel, tous les techniciens qu'on a fait venir! Il n'est pas question de rentrer à Rome. »

J'étais morte de honte, mais ma terreur devant cette nappe d'eau sans fond l'emporta. « Si vous... si, enfin, si vous voulez bien attendre un peu, j'apprendrai, je veux dire que vous pouvez m'apprendre, tout le monde sait nager, ce ne sera pas long.

— D'accord, d'accord, dit le réalisateur d'une voix réconfortante. Mais pour le moment, il faut que nous filmions ce plan.

— Quel plan?

— Quand vous vous jetez à l'eau.

— Mais je viens de vous dire... » Je regardai de nouveau par-dessus le bastingage et faillis m'évanouir. « Oh non! Je vais couler!

— Mais non, ne vous faites pas de souci. Nous avons un technicien en bas, c'est un nageur de première classe. Dès que vous êtes sous l'eau, il vous repêche. Ne vous tracassez pas. Quand les caméras tourneront et que je dirai " sautez! ", vous sautez en bloquant votre respiration et vous attendez pour respirer de nouveau que le type vous ait bien agrippée. Bon, alors, tout le monde en place, on tourne! »

Le réalisateur s'y connaissait sûrement en psychologie car il savait que s'il m'avait laissé le temps de reprendre mes esprits, je n'aurais jamais sauté. Mais il y a en moi une sorte de génie malin qui me pousse à l'occasion à prendre des risques et, cette fois, il ne ménagea pas ses efforts. Je tombai presque dans les hélices du moteur. Je m'enfonçai, les oreilles battantes, mais comme promis des mains solides me saisirent aussitôt et me ramenèrent à la surface. J'aspirai un bon coup. Sur le pont, très haut au-dessus de ma tête, l'équipe des techniciens applaudissait. L'homme qui m'avait repêchée était furieux. « Ils sont cinglés! Vous faire sauter à côté des hélices! Pour un peu, vous étiez de la chair à pâté. Ils ne pensent qu'à une chose, l'éclairage. Vous êtes vernie, rudement vernie! »

C'est lui qui m'apprit à nager. Chaque fois que nous avions une minute de libre, il me montrait comment faire. Grâce à ses leçons, j'ai su très vite me débrouiller. Comme la plupart des scènes étaient tournées sous l'eau, j'ai appris à plonger, à me servir de bouteilles d'oxygène, à nager avec un poids aux pieds, à faire de la plongée sous-marine, bref, le grand jeu. Quand le film fut terminé, j'étais devenue une excellente nageuse et je remerciai mon petit génie malin d'avoir eu la poigne si vigoureuse.

Mes exploits dans *Sous les mers d'Afrique*, un film de seconde série, et encore, ne troublèrent pas le calme des eaux cinématographiques. On distribua des quantités de photos de moi en maillot de bain, mais je cherchais toujours *le* rôle qui me permettrait de faire autre chose que de patauger sous l'eau avec des bouteilles d'oxygène sur le dos. Je repris donc, escortée de ma mère, la tournée décourageante des bureaux de production, cette fois avec les tirages de *Sous les mers d'Afrique* sous le bras, mais sans trouver le producteur prêt à m'engager avec enthousiasme pour son prochain film.

J'ai entendu dire, mais sans pouvoir le certifier, que c'est grâce à Gina Lollobrigida que j'obtins en 1953 mon premier vrai rôle, celui qui me lança. Une aide bien involontaire d'ailleurs. Une société de production italienne préparait une version à grand spectacle de l'opéra de Verdi, *Aïda*, et voulait confier le rôle à Gina Lollobrigida. Les airs seraient chantés par la grande cantatrice Renata Tebaldi, Gina Lollobrigida se contentant d'articuler les mots. Mais, au dernier moment, celle-ci aurait refusé: ce rôle de faire-valoir d'une autre artiste ne convenait pas à son statut de grande vedette. Tout était prêt pour le tournage, la production avait besoin immédiatement d'une remplaçante, et c'est ainsi que j'eus le rôle. Certes, ce n'était pas l'idéal, on entendrait une voix qui ne serait pas la mienne, mais ce film me donnait au moins l'occasion d'exprimer la vaste gamme d'émotions exigée par ce rôle.

Je commençai par acheter l'enregistrement d'*Aïda* par Tebaldi et passai des heures et des jours à l'écouter. Je finis par connaître par cœur les paroles ainsi que le phrasé de la cantatrice et je fus à même de synchroniser exactement sa voix et le mouvement de mes lèvres. Quand le tournage démarra, Tebaldi et moi ne faisions plus qu'un. J'avais même l'impression que sa voix sortait de moi. Les costumes, reproduisant ceux que l'on portait en

En haut : 1953, dans *Aïda*. *Ci-contre :* 1955, une couverture de *Visioni*, Sofia Lazzaro est devenue Sophia Loren. *Ci-dessus :* A Rome, avec sa mère et sa sœur.

1230 avant J.-C., étaient splendides et me mettaient particulièrement en valeur. La perruque « afro », les lourds bijoux et surtout le maquillage basané opéraient une transformation saisissante. Je partais très tôt chaque matin pour le studio, quatre heures avant l'heure à laquelle j'étais convoquée, pour avoir le temps d'être passée de la tête aux pieds au brun sépia.

On tournait en plein hiver dans des studios non chauffés. Chaque fois que j'ouvrais la bouche pour chanter, j'exhalai un petit nuage de buée. On résolut le problème en me faisant mâchonner de la glace avant chaque prise de vues pour me geler la bouche, tandis qu'un assistant se tenait en dehors du champ avec un puissant sèche-cheveux dirigé vers mes lèvres. Avec mes vêtements légers, j'étais bleue de froid sous mon maquillage bronzé, mais le résultat fut néanmoins satisfaisant et j'obtins pour mon interprétation d'Aïda les critiques et la publicité dont je rêvais en secret (mais ne pensais pas avoir). Le film fut amplement distribué et, pour la première fois, on me vit sur l'écran en Angleterre et en Amérique.

Jamais je n'avais eu entre les mains une somme aussi importante que le cachet qui me fut versé à cette occasion. Les idées ne manquaient pas pour le dépenser : louer un appartement correct, aider mes grands-parents, acheter les vêtements dont nous avions le plus grand besoin; la liste était infinie. Mais je sentis qu'il était plus urgent de venir au secours de Maria, de la libérer du sentiment de honte dans lequel elle s'enfermait. Une seule chose pouvait la faire retourner à l'école : le nom de son père.

Ma mère avait parlé à plusieurs reprises de Maria à ce dernier, mais il avait toujours refusé de l'écouter. « Pourquoi ne veux-tu pas donner ton nom à Maria ? Elle est ta fille, tu le sais très bien, tu ne nies pas que nous l'ayons faite ensemble, elle est ton portrait tout craché, qu'est-ce que ça peut bien te faire qu'elle porte ton nom, comme Lella ? Elle est terriblement malheureuse, elle ne va plus en classe, c'est simple, elle meurt de honte. » Mais rien ne pouvait faire revenir mon père sur son attitude. Le fait de m'avoir reconnue lui avait coûté de l'argent et il ne voulait pas commettre une seconde fois la même erreur. Comme il refusait avec obstination d'aider financièrement ma mère, elle avait un jour intenté une action auprès des tribunaux et réussi à obtenir un jugement aux termes duquel mon père devait payer chaque mois une petite pension. J'ai conservé un reçu :

Rome, 3 octobre 1950

Je reconnais avoir reçu de mon père la somme de six mille lires (6 000) : trois mille représentant la pension mensuelle légale pour le mois de septembre 1950, trois mille représentant celle pour le mois d'octobre en cours.

Sofia Scicolone.

Trois mille lires à l'époque équivalaient à peu près à quinze francs d'aujourd'hui, ce qui ne pouvait guère grever un budget; néanmoins, mon père les payait de mauvaise grâce et il était bien décidé à ne pas retomber dans le même piège avec ma sœur. Tant qu'il ne la reconnaissait pas et refusait de la laisser porter son nom, il faisait une économie de quinze francs par mois.

Mais quand ma mère alla le voir après *Aïda*, il lui fit une proposition : il vendait son nom à Maria pour le million de lires que m'avait rapporté le film (je ne sais comment il l'avait appris). C'était à ses yeux la juste compensation des dépenses auxquelles il avait été contraint. Ma mère était hors d'elle. « Il fait chanter sa propre fille pour de l'argent! Qu'est-ce que c'est que cette brute! Il ne m'a jamais donné une lire pour l'élever et voilà qu'il lui réclame une fortune pour lui donner un nom qu'elle possède par sa naissance. Une brute, une vraie brute! »

Je n'hésitai pas. Maria avait droit à son nom, quel qu'en fût le prix. Mon père devait être dans une mauvaise passe, peut-être lui fallait-il absolument trouver de l'argent, je ne sais pas. Il agissait mal, c'est évident, mais je ne partageais pas la colère de ma mère. J'en étais venue à n'attendre rien de bon de mon père. Je donnai le million à ma mère (un peu plus de cinq mille francs) et mon père signa devant notaire les papiers requis.

Quand ma mère regagna notre petite chambre, nous ne dîmes pas un mot de mon père; nous étions heureuses, tout simplement, parce que ma sœur, qui serrait joyeusement contre elle les papiers officiels, venait de se voir reconnaître ce qui faisait, à l'époque, son honorabilité.

Maria, sœur de Sophia. Un an après que Sophia eut acheté mon nom à mon père, celui-ci alla voir les tribunaux milanais pour demander l'annulation de cet accord; autrement dit, pour m'empêcher de m'appeler Scicolone. Je pense qu'il voulait soutirer encore de l'argent à Sophia, je ne sais pas. C'est juste une supposition. Le juge refusa, mais mon père se comportait si injustement envers moi que cette nouvelle tentative me laissa froide. Sa cruauté ne m'atteignait plus. Je ne voulais pas porter ma vie durant ce poids dans ma poitrine. Je comprenais maintenant que j'étais seule responsable de ce que j'avais en moi et que si je ne faisais place qu'à des sentiments d'amour, d'amour donné et reçu, qu'à la bonté, rien ne pourrait plus me démolir. Ce n'était pas aussi difficile qu'à première vue. J'ai un cœur d'enfant, voyez-vous, et les enfants ne gardent ni haine ni ressentiment dans leur cœur, du moins jamais pendant très longtemps. D'ailleurs, plus tard, j'ai vu très souvent mon père.

Après la sortie d'*Aïda*, Carlo me proposa de me prendre sous contrat. Cela signifiait que je traitais avec lui personnellement, et non avec la société Ponti-De Laurentiis. L'idée ne plaisait pas à ma mère : « Ne te laisse pas coincer par un contrat. Tu viens juste de démarrer, il faut que tu restes libre d'accepter ce qui peut se présenter, que tu ne dépendes pas seulement d'un producteur.

— Peut-être, mammina, dis-je, mais si je signais pour un an

seulement ? On verrait ensuite. Cela me ferait un petit revenu mensuel et je pourrais, entre-temps, prospecter un peu autour de moi. »

Je signai donc. Mais ma mère avait vu juste. Le temps passait et tous les rôles intéressants allaient aux vedettes qui avaient un « nom ». Chaque fois que, sur les insistances de ma mère, j'en parlais à Carlo, il me disait d'être patiente. « Attends cinq minutes, juste cinq minutes », répétait-il.

Pendant cette période, je passai le plus clair de mon temps à faire des films vite tournés et encore plus vite oubliés; dix films en douze mois. Il y eut deux opérettes, *le Carrousel fantastique* et *Ces voyous d'hommes* dont j'articulais les paroles qu'une autre chantait, et deux films pour la société Ponti-De Laurentiis. Dans plusieurs films, je tins le second rôle aux côtés de Silvana Pampanini qui travaillait elle aussi sous contrat pour eux.

J'eus droit à une légère promotion avec le rôle de la femme d'Anthony Quinn dans *Attila, fléau de Dieu*, un navet qui ne nous mit en valeur ni l'un ni l'autre.

La promesse d'une interview avec le grand Antonioni me redonna un moment courage, mais l'entrevue ne porta aucun fruit. Je rencontrai aussi Vittorio De Sica; il se montra charmant, me complimenta pour *Aïda* et déclara qu'il était sûr que nous travaillerions un jour ensemble — mais il ne dit pas un mot des projets qu'il avait en train.

Ce fut donc une période d'activité démente pendant laquelle je tournai navet sur navet, mais qui m'apprit beaucoup. Je suis un peu comme une éponge; j'absorbe ce qui me convient, je rejette le reste. Je savais d'instinct ce qu'il fallait faire, par exemple trouver sans regarder les repères marqués à la craie par terre, l'emplacement de la caméra, le bon éclairage.

Je ne me sentais donc pas déçue. Je travaillais, j'apprenais, je gagnais assez d'argent pour nous permettre de vivre dans un appartement décent et de manger à notre faim. C'est moi qui étais le chef de famille, le mari partant chaque jour à son travail; ma mère tenait le rôle de l'épouse et ma sœur, de nouveau écolière, celui de l'enfant.

Nous avons commencé à nous voir, Carlo et moi, d'une façon assez secrète, sans tapage. Il m'attirait beaucoup avec son sourire franc, son regard, sa façon d'être où se mêlaient (je sais que c'est contradictoire) le manque d'assurance et l'énergie. Il m'a tout de suite inspiré confiance. Mais il est difficile d'expliquer la nature de nos relations à l'époque. A dix-huit ans, je conservais la mentalité d'une fille de Pozzuoli; la sophistication romaine n'avait eu aucune prise sur moi et je subissais toujours l'influence des mœurs sévères de cette ville de province. Le rigorisme de ma grand-mère, le foyer où j'avais grandi, le caractère répressif de l'éducation dispensée par les religieuses exerçaient encore sur moi une emprise considérable. Je gardais solidement ancrée dans l'esprit la notion de respect de la famille et, pour une fille de Pozzuoli, une aventure avec un homme marié était quelque chose d'impensable. Tu ne commettras pas l'adultère était un commandement qui s'inscrivait en lettres de feu; la famille constituait une entité inviolable et j'avais été élevée dans un monde clos où ces interdits s'imposaient avec une force redoutable. De plus, les erreurs de jeunesse de ma mère suffisaient à me dissuader d'avoir une aventure avant le mariage. Ce qui ne veut pas dire que je ne « flirtais » pas avec Carlo, mais cela n'avait rien à voir avec une liaison véritable.

Carlo en avait probablement conscience, il sentait mes craintes et mes réticences, il savait que je n'étais pas une starlette (Dieu sait si je déteste ce mot!) facile parmi tant d'autres et il n'essaya jamais d'aller plus loin. A ce que je comprenais, Carlo avait toujours eu de petites aventures avec des actrices; sa femme ne semblait pas s'en formaliser du moment qu'on ne le voyait pas trop longtemps avec la même fille et que ne s'établissait pas de liaison durable. C'est pourquoi nous nous voyions en secret; sa femme ignorait pour ainsi dire mon existence.

Mais quand nous étions ensemble, j'avais l'impression d'être sa fiancée à la mode de Pozzuoli. Il me fallut surmonter de nombreux tabous religieux et familiaux avant d'avoir réellement une liaison avec Carlo. Cela finit par arriver, mais pas à ce moment-là, pas avant d'avoir compris la force de son amour et le profond besoin que j'avais de lui en tant qu'image paternelle. Entre-temps, donc, il me fit la cour, une cour très personnelle pendant laquelle il apprit à me connaître et dont l'intensité ne cessa de grandir.

A ma grande surprise, Vittorio De Sica ne m'avait pas oubliée. Un jour, il me téléphona : il avait un projet dont il voulait me parler, *l'Or de Naples*. C'était un film à sketches tiré d'un roman de l'écrivain napolitain Marotta. De Sica devait en assurer la mise en scène. Silvana Mangano était déjà retenue pour un autre sketch où De Sica tiendrait lui-même un rôle. Mais ce qui m'étonna le plus, c'est que ce film était produit par Ponti-De Laurentiis; Carlo ne m'en avait même pas parlé.

J'eus une entrevue très agréable avec De Sica, mais pas un mot ne fut dit du film et il ne parla même pas de bout d'essai, si bien que je le quittai persuadée que tout était à l'eau. J'étais très déçue. Le nom de De Sica brillait haut au firmament des réalisateurs, c'était un homme que j'admirais beaucoup, et ce film aurait certainement la qualité que je n'avais pas encore réussi à trouver. Qui plus est, ce rôle de Napolitaine exubérante que je connaissais si bien me semblait taillé sur mesure. Jusqu'à l'héroïne qui s'appelait Sofia.

Une semaine plus tard, De Sica m'appelait. « Pouvez-vous être demain à Naples ? » Pendant la semaine qui venait de s'écouler, il était allé voir De Laurentiis et Ponti pour leur dire qu'il voulait me confier le rôle. J'avais, leur déclara-t-il, la spontanéité, l'impétuosité débordante et très napolitaine qu'il cherchait pour son héroïne. Comme nous étions tous deux napolitains, continua-t-il, et que nous avions le même tempérament, il savait que nous ferions du bon travail ensemble. De Laurentiis voulait qu'on fasse un essai pour voir si De Sica avait raison, mais celui-ci refusa. Il était sûr de son flair. Les Napolitains font tout par instinct, ils *vivent* d'instinct, expliqua-t-il à De Laurentiis, et mon impression de Sophia Loren et de ce qu'elle apportera à ce rôle vaut tous les essais du monde. C'est elle que je veux.

De Laurentiis avait encore des objections. Il aurait préféré un nom plus connu. Mais, en bon Napolitain, De Sica s'entêta et ne voulut rien entendre. Ce qu'il lui fallait, c'était justement quelqu'un que l'on n'attendait pas, une fille au cœur brûlant, il l'avait : Sophia Loren.

Durant tout l'entretien, Carlo garda un silence prudent. De Laurentiis connaissait nos relations et l'intérêt que son associé me portait, et puisque De Sica avait pris les choses en main, l'élégance lui commandait de rester en dehors de la discussion.

Finalement, De Laurentiis céda, mais à contrecœur. « En général, tu vois assez juste, Vittorio. J'espère que cette fois, tu ne te trompes pas. »

Le premier jour du tournage, j'arrivai sur le plateau paralysée par l'appréhension, la voix éteinte, les jambes en plomb. Mais à la fin de la journée, De Sica m'avait mise tout à fait à l'aise et nous n'étions plus que deux Napolitains décontractés, improvisant, échangeant des répliques, s'amusant. « On dirait que tu es chargée d'électricité, me dit-il. Avec ça, tu iras où tu veux. Ne mets surtout pas les pieds dans un cours d'art dramatique. Tu apprendras toute seule. » Quand le sketch fut terminé, De Sica avait pris une place considérable dans ma vie. Je l'aimais, je l'adorais, je l'admirais, et notre « histoire d'amour » devait durer vingt ans. Nous ferions quatorze films ensemble, nos méthodes de travail ne variant pas d'un iota tout au long de ces années : De Sica debout derrière la caméra, exactement dans mon champ de vision, me montrant par ses expressions, ses gestes, tout son être, ce qu'il voulait que je fasse. Nous parlions peu, les mots étaient inutiles. C'était un acteur merveilleux, il comprenait mes possibilités et mes lacunes, il savait aussi me faire aller plus loin que ce dont je me serais crue capable, plus avant que là où j'aurais osé m'aventurer dans le tragique ou le comique de peur d'en faire trop, de caricaturer, de me noyer dans ces eaux dangereuses où le pourcentage de réussite est infime. Tel fut le cadeau inestimable que me réserva De Sica, son art le plus achevé. « Joue avec tout ton corps, me disait-il, ton corps, tes orteils, tes doigts doivent participer au même titre que ta voix ou ta figure. »

Dans *l'Or de Naples*, il m'aida à incarner une Napolitaine débordante de vitalité, dépenaillée, sexy, explosive, sortie d'un aspect de ma personnalité que j'ignorais. Je lui faisais entièrement confiance, et il n'y a pas de mystère : c'est ce dont j'ai besoin pour tirer le meilleur de moi-même, au cinéma comme dans la vie. La confiance. Que je puisse avoir confiance. Sinon, mon assurance s'envole, je rentre dans ma coquille, je retrouve ma vieille timidité. Mais si j'ai confiance, je suis une autre femme.

Vittorio De Sica. En tournant ce film avec Sophia, j'ai découvert quelques vérités élémentaires à propos de sa personnalité. Elle s'entourait d'un mur qui protégeait son moi secret, profond, vulnérable aux émotions. Un mur derrière lequel elle se cachait et ne se trouvait pas trop mal tout compte fait. Mais elle avait le tempérament comédien et soupe au lait d'une vraie Napolitaine et ses réactions — joie, chagrin, colère, impatience, ce qu'on voudra — étaient excessives. C'est pourquoi elle les gardait prudemment à l'abri de ce mur. Quand elle jouait, cependant, elle était capable de passer outre et de libérer ses sentiments profonds. Elle savait hurler, rire, avoir une crise de nerfs, séduire, tempêter, atteindre les plus hauts sommets de l'émotion. Les films où elle pouvait donner libre cours à cet aspect d'elle-même constituaient en quelque sorte son divan d'analyste, elle en tirait le même profit.

La scène la plus inoubliable de *l'Or de Naples* était du pur De Sica : une longue promenade lente dans les rues de Naples sous une pluie battante, ma robe trempée me collant au corps tandis que les regards des hommes qui me croisent s'accrochent à moi pleins de convoitise et d'admiration. Les déluges que déversaient sur moi les appareils simulant la pluie furent à l'origine d'une broncho-pneumonie qui m'obligea à rester au lit pendant un mois, mais le jeu en valait la chandelle. J'avais trouvé l'élan dont avait besoin ma carrière et réellement pris conscience de mes capacités d'actrice. Le rêve de la petite fille maigrichonne assise dans l'obscurité de la salle de cinéma de Pozzuoli s'était enfin réalisé.

Chapitre 9

Lorsque vous êtes jeune, que vous entamez une carrière cinématographique et que vous devez vous battre pour vous faire une place au soleil, il n'est pas question de vous réfugier dans les douceurs de l'anonymat. Vous pouvez prendre des risques, commettre des erreurs, vous livrer à des expériences sans souci de sauvegarder une image ou une réputation. Bien sûr, vous ne choisissez pas non plus ce que vous voulez; la débutante doit accepter tout ce qui se présente, même le médiocre, mais du moins sera-t-elle en mesure de mettre le meilleur d'elle-même dans ce qu'elle choisira de faire. Le fait de n'avoir rien à perdre constitue un excellent stimulant.

Le succès, lui, ne tolère pas que l'on se trompe; de même, les journalistes n'admettront-ils pas que la vedette puisse avoir une vie privée. Au départ, vous accueillez avec joie les feux de la publicité; ils feront de vous une artiste reconnue, ce statut vous vaudra des rôles de plus en plus intéressants qui vous conduiront eux-mêmes au stade ultime, le vedettariat, où vous pourrez alors vous montrer difficile, voire être à l'origine de ce que l'on vous proposera. Pour l'actrice débutante, la publicité a donc une valeur inestimable, malgré son démarrage souvent imprévisible et ses conséquences tout aussi inattendues.

Comme, par exemple, lorsqu'il fut question de la rivalité qui m'aurait opposée à Gina Lollobrigida. Je me rappelle que cette histoire vint pour la première fois sur le tapis en 1954, lors d'un séjour que je fis à Londres avec une vaste délégation d'actrices italiennes à l'occasion du lancement d'un festival du film italien. Gina en faisait partie, mais je ne l'aperçus même pas. A l'époque, je ne parlais presque pas l'anglais, et quand mon tour arriva d'être interviewée par les journalistes, il se produisit un certain flottement entre leurs questions et mes réponses. Toujours astucieux et subtils, ceux-ci abordèrent immédiatement ce qui les intéressait; pas mon talent, mes mensurations. « 95-60-95 », répondis-je. Ce n'était pas la première fois qu'on me posait la question. « Qui en a le plus, demanda alors un des journalistes, vous ou Lollo? » Cela par contre, c'était nouveau. La suite de l'interview tourna autour de nos rondeurs respectives.

Je ne sais pas exactement ce que je leur répondis, en tout cas, certainement pas ce que l'on pouvait lire le lendemain dans la presse. Sous le titre « Comment j'ai rendu Gina folle de rage » figurait le pseudo-compte rendu de l'interview, dans laquelle j'aurai déclaré que Gina m'en voulait à mort parce que j'avais plus de poitrine qu'elle.

Bien entendu, je n'avais rien dit de pareil : j'ignorais même que Gina était au courant de mon existence.

Après mon succès dans *l'Or de Naples*, Carlo me prit enfin au sérieux. La période de « Attends cinq minutes » se trouvait révolue. Il décida de produire un film spécialement pour moi, encore que le projet sur lequel son choix se porta fût très voisin de *Riz amer* où Silvana Mangano avait remporté un succès considérable. Le film de Carlo devait s'intituler *la Fille du fleuve* et être tourné dans la même région de la plaine du Pô sous la direction de Mario Soldati, l'un des meilleurs réalisateurs italiens. Alberto Moravia signa l'adaptation et six scénaristes travaillèrent sur le script, dont Basilio Franchina qui allait devenir un de mes meilleurs amis.

Cette fois, Carlo produisait le film à titre personnel, sans la participation de De Laurentiis; par ailleurs, le script faisait appel à toute une gamme d'émotions intenses, l'action culminant en une scène dramatique où je retrouvais mon bébé noyé dans le fleuve. Autant d'éléments peu faits pour me rendre la tâche facile. *L'Or de Naples* n'avait été qu'un petit sketch léger et plein de bonne humeur; là, il s'agissait d'un long métrage et je craignais sans cesse de ne pas savoir faire face à tout ce qu'il exigeait de moi.

Comme je l'ai déjà dit, les trombes d'eau de *l'Or de Naples* m'avaient valu une pneumonie. La veille du dernier jour de tournage, enfin sèche, j'étais allée fêter le dernier tour de manivelle avec De Sica et quelques autres au restaurant; je m'effondrai avant la fin du dîner et l'on dut me ramener chez moi. J'avais une pneumonie accompagnée d'une forte fièvre et d'une toux monstrueuse qui me pliait en deux.

Lorsque commença le tournage de *la Fille du fleuve* j'étais tout à fait remise, mais dès le premier jour, je ne me sentis pas bien et je crus à une rechute. Impossible de trouver mon souffle la nuit; ma respiration devenait hachée et sifflante, et faisait autant de bruit que trente-six violons mal accordés. Je n'arrivais pas à fermer l'œil. Si je m'allongeais, c'était encore pire. Non, cela n'avait rien à voir avec mon ancienne pneumonie, déclara le médecin : j'avais de l'asthme. Il ne voyait pas d'où cela pouvait venir ni comment y remédier; en tout cas, il rejeta avec mépris l'idée que l'origine pouvait être d'ordre psychologique. Le film fut tourné en juin et juillet dans l'une des régions les plus chaudes de l'Italie, mais je passais mon temps emmitouflée dans deux pulls, persuadée que tous mes ennuis venaient des poumons. Chaque soir, vers sept heures, la fièvre montait et le concert des violons reprenait. Pendant toute la nuit, je me repassais en mémoire le tournage de la journée, revoyant chaque geste, chaque mouvement. Comment m'étais-je comportée devant la caméra? Est-ce que j'en avais fait trop ou pas assez? Tel ou tel geste était-il superflu? Aurais-je dû jouer la scène d'amour avec plus de passion? Et ainsi de suite jusqu'à cinq heures du matin. Au mieux, j'arrivais à somnoler un peu, assise contre mes oreillers. Mais le matin, à la minute précise où je mettais les pieds sur le plateau et commençais à m'activer, tout se dégageait comme par enchantement, mon asthme disparaissait. Basilio Franchina, qui était également producteur, s'aperçut de mes difficultés avec le script et des problèmes que me posaient mes violons du soir; il entreprit de travailler avec moi le texte. Sa chaleur, sa compréhension, son merveilleux sens de l'humour et son honnêteté limpide me le firent aimer immédiatement. Il était intelligent, équilibré, et j'aimais sa façon de travailler, ce qu'il disait et comment il le disait. Mon éducation comportait beaucoup de lacunes et j'avais terriblement peu lu, mais je savais reconnaître l'intelligence chez les gens instruits et je les admirais. Je possède un instinct assez infaillible pour choisir les gens qui sauront m'aider dans la vie, et qu'en retour je pourrai moi-même aider et en qui j'aurai confiance. Ils ont été rares, c'est triste à dire; en tout cas, Basilio est du nombre.

Pendant le tournage de *la Fille du fleuve*, il m'apporta une aide inestimable, surtout pour la préparation — de longue durée — de la scène culminante du fleuve. C'était une scène extrêmement forte dans laquelle je devais exprimer toute la violence de la tragédie, du choc brutal, de la douleur et du désespoir.

Carlo passait parfois la nuit entière auprès de moi tandis que je me battais à chaque respiration. Nous étions devenus très proches, lui et moi, dans une relation complexe, à la fois père et fille, homme et femme, producteur et actrice, amis et conspirateurs.

Je m'étais préparée depuis si longtemps et avec une telle intensité à la grande scène en question que, malgré sa difficulté, une seule prise de vues suffit, et j'en émergeai avec le sentiment d'exaltation qui accompagne la réalisation d'un exploit. De plus, deux choses importantes s'étaient produites le dernier jour du tournage. D'abord, mon asthme avait totalement, et définitivement, disparu. Il ne fait aucun doute qu'il était dû au fardeau imposé par le film à mes jeunes épaules encore mal assurées et qu'il exprimait ma rébellion intérieure contre l'épreuve qui m'avait été imposée.

La seconde chose, c'est que Carlo était venu me voir sur le plateau; il m'avait prise à part et tendu une petite boîte. Un écrin renfermant une bague avec un petit diamant. Jamais nous n'avions dit un mot de l'avenir et voilà que Carlo, toujours aussi muet, me révélait ses intentions. Je m'isolai pour pleurer de joie. Il était le seul homme qui soit vraiment entré dans ma vie, je savais maintenant que je pouvais entièrement me donner à lui. Bien sûr, il continuait à vivre avec sa femme et ses enfants, mais mes sentiments étaient désormais trop forts pour que la morale de Pozzuoli ou de n'importe qui y fasse obstacle. J'avais besoin d'amour.

Il n'est pas facile de dire si l'on a réussi un film. A la différence du théâtre où la réaction immédiate du public et les critiques du lendemain dans les journaux vous renseignent tout de suite. Même à la télévision, les sondages vous fournissent une indication précise. Mais au cinéma, le fractionnement des prises de vues, leur enchaînement fantaisiste, leur éparpillement sur plusieurs semaines et même plusieurs mois ne vous permettent pas de préjuger du résultat. Et une fois le tournage achevé, l'actrice ignore totalement l'accueil qui sera fait à son film. Elle devra encore attendre des mois, le produit fini sera présenté à des moments différents dans les diverses parties du monde, et même alors, il lui faudra encore un certain temps avant de connaître le verdict. Ce seront les chiffres du box office qui lui fourniront la première indication. Bien sûr, il y a les réactions au jour le jour du réalisateur et du producteur, mais elles sont totalement faussées et tous deux manquent, comme l'actrice, du recul voulu pour juger de sa performance.

Aussi, et surtout si l'on débute, l'unique critère auquel on puisse se raccrocher et qui donne une idée de la valeur de ce que l'on fait, c'est la signature d'un nouveau contrat et le montant du cachet. Là, j'étais gagnante. On me proposait plus de films que je ne pouvais en faire; je n'arrêtais pas de tourner, finissant un film le vendredi pour en commencer un autre le mardi suivant. Comme si je mourais de faim et qu'il me faille à tout prix tourner pour avoir de quoi manger. Je crois surtout que je me rattrapais sur des années de privations et de lutte; la sécurité, c'était le travail; la sécurité, c'était l'argent. Un appartement inondé de soleil avec un balcon, une belle auto et d'autres signes extérieurs de réussite du même genre. En fait, je n'en étais pas encore là, il s'en fallait de beaucoup; mais j'avais le pied à l'étrier. Le jour viendrait où je connaîtrais ce luxe, mais j'aurais aussi découvert que, pour moi, tout cela n'avait pas beaucoup d'importance et que je pouvais facilement m'en passer. Comme j'allais m'en rendre compte, le succès est quelque chose d'intérieur. Un sentiment de plénitude; la joie de vivre. Mais on ne possède pas la sagesse quand on a dix-neuf ans; et je ne faisais pas exception à la règle.

Basilio Franchina. Sophia n'est pas ambitieuse de nature. Si on l'avait laissée tranquille, à l'heure qu'il est elle serait probablement institutrice à Pozzuoli. Mais sa mère avait de l'ambition pour deux. Par contre, et c'est là le paradoxe, une fois qu'elle s'attelle à une tâche, elle s'y donne à fond et avec une énergie farouche; elle veut la perfection et elle travaillera aussi longtemps qu'il le faudra pour y parvenir. Si elle n'avait pas eu le talent voulu pour être actrice, elle aurait été le meilleur professeur de Pozzuoli ou la secrétaire la plus efficace ou encore la vendeuse hors pair qui bat tous les records. C'est parce qu'elle fait tout avec concentration, amour et patience; trois éléments inhérents à sa nature grâce à quoi elle réussissait tout ce qu'elle entreprenait. Elle tient cela de naissance, au même titre que ses yeux, sa démarche, tout ce qui fait qu'elle est Sophia.

Parmi les nombreux films que je tournai en 1955, l'année qui suivit *la Fille du fleuve*, il y eut *Dommage qu'elle soit une canaille*. Dirigé par le remarquable Alessandro Blasetti, ce film réunissait dans sa distribution deux hommes qui allaient tenir une place importante dans ma vie, je veux parler de De Sica, acteur cette fois, et de Mastroianni, encore peu connu à l'époque. On le voyait davantage sur la scène, où il jouissait d'une bonne réputation, mais il n'avait tourné jusque-là que des films insignifiants dont aucun n'avait particulièrement attiré l'attention sur lui. Par ailleurs, *Dommage qu'elle soit une canaille* était sa première comédie à l'écran.

L'étincelle jaillit immédiatement entre nous. Nous étions tous trois originaires de la région napolitaine (Mastroianni était né dans une petite localité distante de quelques kilomètres seulement de la ville natale de De Sica), et unis par cette complicité très spéciale et caractéristique des Napolitains. Nous partagions un même sens de l'humour, un même rythme, une philosophie de la vie et un cynisme naturel toujours présents à l'arrière-plan de notre jeu et de nos répliques. Nous avions aussi en commun le même type de répertoire. Nous interprétions nos rôles en nous laissant guider par l'instinct, et avec un brio qui était pour moi une découverte. Avec plus de liberté, en étant plus proches de la vie, en l'amplifiant, en la commentant en quelque sorte. De Sica et moi incarnions un couple père-fille de voleurs au petit pied, Marcello étant l'honnête chauffeur de taxi qui nous prenait sur le fait. De Sica donnait le ton; Marcello et moi nous mîmes immédiatement au diapason en imprimant à notre jeu un élan plein de verve et de subtilité qui caractérisa les nombreux films que nous devions tourner ensemble par la suite.

Un nouveau script fut aussitôt mis en chantier et nous nous retrouvâmes dans *Par-dessus les moulins*, immédiatement suivi par *Pain, amour, ainsi soit-il*, avec De Sica, puis par *la Chance d'être femme*, avec Marcello. Dans ce dernier film, malheureusement, Charles Boyer eut le rôle d'abord prévu pour De Sica, et notre « soufflé » napolitain retomba. Je ne mets pas en cause l'immense talent de Boyer, mais il était aussi éloigné de l'esprit napolitain que les Champs-Elysées du Vésuve. Ce film prouva qu'en l'absence de De Sica, Marcello et moi n'étions plus que les deux côtés d'un triangle en quête de leur base.

Levant la main pour faire miroiter au soleil la bague que m'avait donnée Carlo, je dis à mammina à quel point j'étais heureuse, tout en sachant très bien qu'elle ne serait pas d'accord. Et je ne me trompais pas. Pour elle, Carlo représentait un intrus indésirable à une époque où nous étions enfin confortablement installées dans un bel appartement. Un bel appartement pourvu d'une cuisine et où il ne fallait plus se cacher pour faire chauffer quelque chose, comme dans notre petite chambre meublée où nous devions dissimuler le réchaud électrique dans un tiroir du bureau.

« C'est un homme marié et père de deux enfants, il a vingt ans de plus que toi, et tout ce que tu vas récolter, c'est un chagrin d'amour. C'est ce que tu cherches ? Parce que dis-toi bien que c'est ce qui t'attend. Tu es encore une gamine, tu ne connais rien à la vie. On commence par s'amuser un peu, et puis après, tu peux me dire ce qui viendra après ?

— Mais je l'aime, mammina. Il est si intelligent. Et puis, je compte vraiment pour lui. Tu savais qu'il était docteur en droit ?

— Docteur en droit! Tu aurais surtout besoin d'un docteur tout court. Tu crois que je ne sais pas de quoi je parle ? Il faut arrêter tout de suite, avant qu'il ne soit trop tard, que ça devienne vraiment sérieux.

— Eh bien, mammina, c'est déjà trop tard. Et c'est vraiment sérieux. Ne t'inquiète pas, je suis assez grande pour faire attention.

— Il l'a dit à sa femme? Il va la quitter?

— Non.

— Idiote! Jamais il ne la quittera. Mets-toi ça dans la tête, *jamais*. Et tu seras là en train de l'attendre et tu sécheras sur pied.

— Non, mammina, je ne crois pas. Je l'aime, mais je m'aime aussi. »

Carlo prenait maintenant ma carrière au sérieux et envisageait l'avenir. D'après lui, je ne devais pas me limiter à faire des films italiens. Il fallait que j'apprenne l'anglais si je voulais obtenir des rôles dans des films étrangers et travailler à Hollywood si l'occasion s'en présentait. Il me donna aussi une liste de livres à lire; c'est-à-dire qu'il la laissa sur un coin de la table, car ce n'était pas le style de Carlo d'imposer quelque chose : il se contentait de suggérer.

Carlo Ponti. Je cherchais comment obtenir pour Sophia son premier rôle en anglais lorsqu'un imprésario me donna une idée : pourquoi ne pas tenter le coup avec le premier rôle féminin de *Orgueil et Passion.* Cela me semblait à première vue difficile; je savais en effet que l'on pensait à Ava Gardner pour ce rôle et que Cary Grant, aux termes de son contrat, devait donner son accord. A ma grande surprise, Stanley Kramer vint lui-même me faire une offre de deux cent mille dollars pour Sophia. A prendre ou à laisser. Nous avons pris.

Je ne me rappelle plus comment Sarah Spain fit son apparition dans mon existence. Tout ce que je peux dire, c'est qu'elle était un professeur adorable, avec un doux visage d'Irlandaise, et qu'à force de me harceler, de me cajoler et de me bousculer, elle réussit à m'apprendre l'anglais. Elle arrivait très tôt le matin sur le plateau de *la Chance d'être femme* et nous passions les deux heures qui précédaient la séance de maquillage à faire de l'anglais. Toute la journée, chaque fois que j'avais une minute de libre, entre les prises de vues, pendant le déjeuner, sur le chemin du retour, Sarah me faisait entrer de force les rudiments de cette langue dans la tête. Elle ne me quittait jamais, même les jours où l'on ne tournait pas. Dans l'anglais jusqu'au cou. Et elle n'acceptait pas que je me contente de répéter les mots comme un perroquet : elle voulait que je comprenne, et que je connaisse la grammaire. En classe, j'avais fait un peu de français, mais pas du tout d'anglais. Heureusement, j'avais une bonne oreille et j'étais douée pour les langues. Je progressais, pas assez vite cependant pour suivre le rythme de Carlo. Alors que j'en étais aux phrases élémentaires, du style « Veuillez me passer le beurre », ou « C'est en novembre que l'on sort les manteaux », en essayant de leur donner un petit tour britannique, Carlo m'informa qu'il venait de traiter avec le producteur et réalisateur américain Stanley Kramer. Je devais tenir l'un des principaux rôles d'un grand film, *Orgueil et Passion*, dont on allait commencer le tournage en Espagne. Quand j'appris les noms des vedettes masculines, je faillis m'évanouir : Cary Grant et Frank Sinatra; en toute simplicité.

Moi, la petite Sofia Scicolone, j'allais jouer aux côtés des plus grands héros de mes rêves d'adolescente romanesque, dans un film tourné en anglais et dont le budget représentait plusieurs millions de dollars! La réalité me rappela malheureusement à l'ordre en la personne de Sarah Spain qui passait son temps à me secouer, à me dire que j'étais nulle et que même avec la meilleure volonté, les Italiens de Mulberry Street n'arriveraient pas à comprendre mon anglais.

Je redoublai d'efforts. Sarah me fit lire à haute voix T.S. Eliot et Bernard Shaw, et ma prononciation s'améliora. Par ailleurs, et dans un autre domaine, je commençai à tirer profit des lectures que m'avaient conseillées Carlo et Basilio. A cette époque, je lisais surtout en italien, mais mon anglais devenant plus sûr, je me mis aussi à lire dans cette langue. Comme je l'ai déjà dit, je n'avais jamais rien lu. Du moins, aucune œuvre littéraire. En classe, les religieuses ne nous laissaient lire que les manuels approuvés par les autorités ecclésiastiques et, après que j'eus quitté l'école, je n'avais eu ni le temps ni le goût d'ouvrir un livre.

Toutefois, je commençais à découvrir les trésors enfouis dans ces livres, Tchekhov, Tolstoï, Baudelaire, Stendhal, Shaw, Dickens. Je notais sur un carnet les phrases qui me semblaient particulièrement profondes, les observations qui modifiaient mon sentiment sur la vie et sur les gens. Je n'ai jamais cessé d'écrire sur ce cahier qui est ouvert, en ce moment, sous mes yeux. Malheureusement, j'écris rarement le nom de l'auteur avec la citation. Je lis, au hasard : « L'autojustification est un phénomène très courant chez les gens dont la conscience est troublée, ou chez ceux qui cherchent une justification philosophique aux échecs de leur existence. » Et : « Ses mauvaises pensées l'auréolaient d'un sombre halo. » Ou encore : « La science est la femme la plus belle, la plus importante, la plus nécessaire dans la vie d'un homme; elle a toujours été et elle sera toujours la suprême manifestation d'amour; c'est avec elle, avec elle seulement, que l'homme parviendra à conquérir la nature et à se conquérir lui-même. » Ce genre de remarques m'ouvraient des territoires inexplorés, passionnants. Et je n'ai jamais pu regarder la Joconde sans sourire après avoir lu : « Ah oui, la Joconde, ce sourire sur ses lèvres; il me fait penser au sourire d'une femme qui vient juste de manger son mari en guise de petit déjeuner. »

Je vivais donc une période d'activité bouillonnante : j'apprenais l'anglais, je découvrais la littérature, je m'initiais aux complications et aux subtilités du métier d'actrice de cinéma, et j'apprenais aussi ce qu'était une relation profonde avec un homme. Le tout au même moment. De plus, l'idée de jouer dans une superproduction américaine aux côtés de deux des plus prestigieux monstres sacrés de Hollywood me remplissait d'une exaltation mâtinée de quelque inquiétude. Pour un peu, je me serais attendue à voir réapparaître mon asthme vengeur.

Ce que j'ignorais à l'époque, c'étaient les difficultés considérables que durent surmonter Carlo et Kramer pour obtenir que je fasse partie de la distribution. Tout d'abord, United Artists, la société qui produisait le film, voulait un « nom » pour le rôle; pas le mien. Ensuite, Cary Grant, dont l'accord était nécessaire, ne se montrait pas spécialement disposé à avoir en face de lui une Italienne inconnue et encore novice. United Artists tenta d'avoir Ava Gardner, mais celle-ci avait déjà pris un autre engagement; comme toutes les autres vedettes auxquelles on pensa. Kramer m'avait vue dans *la Fille du fleuve* et il s'obstina. La société finit par céder.

Cary Grant manifestait toujours aussi peu d'enthousiasme. Stanley Kramer donna un grand cocktail pour célébrer le démarrage du film, et c'est là que Cary et moi fîmes connaissance. Jamais je ne m'étais sentie aussi nerveuse qu'en me préparant pour ce cocktail. Je changeai bien une demi-douzaine de fois de robe avant de trouver celle qui me convenait. Je savais qu'on ne parlerait qu'anglais; malgré les exploits de Sarah, j'étais encore loin de manier couramment cette langue. Et puis, la seule idée de devoir affronter Cary Grant, le grand Cary Grant, Seigneur! Lui qui avait tourné aux côtés des plus éblouissantes stars! Bref, cette idée me paralysait.

C'était ma première *party* à l'américaine. Les producteurs italiens organisaient parfois, mais pas souvent, une petite réunion, mais rien qui pût se comparer à la réception fastueuse donnée en l'honneur d'*Orgueil et Passion*, avec ses hordes de reporters et de photographes acheminés spécialement par avion en Espagne. Je me rappelle avoir été présentée à l'éditorialiste américain Leonard Lyons, à un autre auteur américain, Joe Hyams, et à Donald Zec, un journaliste londonien. Ils me posèrent des questions que je compris en partie, mais j'eus beaucoup de mal à leur répondre en bon anglais. De toute façon, il n'y avait personne pour me servir d'interprète.

Cary Grant arriva tard, et Sinatra plus tard encore. Quand Stanley Kramer fit les présentations, Cary se livra à quelques plaisanteries avec mon nom : « Enchanté de faire votre connaissance, Miss Lolloloren, à moins que ce ne soit Lorengida? Ces actrices italiennes! Je ne peux jamais me rappeler correctement leur nom! » Il débordait de charme, il était plus beau et semblait encore plus gentil qu'à l'écran. Je me sentis immédiatement à l'aise et, après avoir échangé quelques boutades avec lui, je lus dans ses yeux que j'étais bonne pour le service.

Comme nous bavardions, Sinatra fit son entrée et Kramer alla le chercher. En me voyant ainsi encadrée, Cary Grant d'un côté et Frank Sinatra de l'autre, je pensai : ce n'est pas possible, je rêve. Enchantée, Frank Sinatra, mais ce n'est pas à moi que cela arrive, c'est à quelqu'un d'autre, je suis en train de rêver et c'est ce que je vois dans mon rêve. Toujours cette histoire de dédoublement; je passais de l'autre côté du miroir.

Orgueil et Passion fut un film long et difficile, dont le tournage posa de multiples problèmes et ne cessa d'être retardé. Il nous retint six mois durant dans les coins les plus reculés de l'Espagne, ce qui eut au moins l'avantage de gommer tout ce que peut avoir d'artificiel la notion de monstre sacré. J'en vins à bien connaître Cary et Frank, surtout Cary. Nous avions sympathisé dès la première minute et, dans ces lieux de tournage perdus, nous ne nous quittions pas. C'était un compagnon merveilleux. Sa chaleur, son affection, son intelligence et cet humour merveilleux, à la fois sarcastique et plein de malice, qui est le sien m'avaient conquise. Jamais je n'avais connu quelqu'un qui lui ressemblât, de près ou de loin. Quant à moi, je symbolisais avant tout à ses yeux la Napolitaine.

Il commença par se montrer très réservé; s'il nous arrivait d'aborder des sujets plus graves ou trop personnels, il faisait dévier la conversation avec une plaisanterie. C'était sa façon de se protéger. Mais, peu à peu, il se mit à parler de lui, à se montrer plus confiant. Sa personnalité comportait des zones d'incertitude dont il ne s'ouvrait qu'à contrecœur, mais il avait besoin d'en parler. Une chose le troublait profondément : jamais il n'avait pu avoir de relations vraiment durables avec aucune femme. Il évoquait ses débuts à Londres, les difficultés qu'il avait rencontrées, ses trois mariages; mais dès qu'on effleurait un sujet trop intime, il remettait le masque et éludait le problème par une pirouette.

Au début, ce perpétuel mouvement de bascule me déconcertait, mais quand je le connus mieux, je compris qu'il était tiraillé entre le désir de se montrer ouvert, franc, direct, et celui de ne pas donner prise sur lui. Deux choses inconciliables. Petit à petit, à mesure que nous devenions plus intimes et qu'il se fiait davantage à moi, il admit que la confiance et la vulnérabilité allaient de pair; et il renonça au masque. Je me montrais aussi directe. Il me parla de ses tout premiers débuts, moi des miens, et les obstacles que nous avions dû surmonter l'un comme l'autre créèrent le lien qui nous rapprocha. Nous nous voyions tous les soirs; nous allions dîner dans de petits restaurants romantiques perchés sur des collines escarpées, au son du flamenco et des guitares, buvant un excellent petit vin espagnol, mêlant le rire et les moments plus graves, les secrets et les confidences.

Et nous tombâmes amoureux l'un de l'autre.

Seulement, j'aimais aussi Carlo. Comment pouvait-on aimer deux hommes à la fois? Car c'était bien ce qui m'arrivait et je ne savais plus où j'en étais. Carlo demeurait une énigme. Il était toujours aussi solidement amarré par son mariage et rien ne laissait présager qu'il eût l'intention de quitter femme et enfants pour moi. Les mots de mammina résonnaient encore à mes oreilles : « Tu seras là en train de l'attendre et tu sécheras sur pied. » En un certain sens, je comprenais la situation difficile de Carlo; un homme n'abandonne pas facilement son foyer, surtout quand les enfants sont jeunes. Mais c'était une attitude intellectuelle, absolument pas viscérale. Au fond, je voulais qu'il quitte tout pour moi; je ne voulais pas être la maîtresse que l'on cache, ni une maîtresse du tout, même s'il comptait infiniment dans ma vie. Tout mon être et l'idée que j'avais de moi-même se révoltaient devant ce rôle. Je voulais la légitimité qui m'avait tellement manqué durant mon enfance. Et voilà qu'il y avait Cary, prêt à renoncer à tout pour moi, m'attendant, totalement libre.

Cary occupait mes pensées, mais je n'en travaillais pas moins. Heureusement, le nombre de mes répliques était limité et je pouvais, par ailleurs, compter sur l'aide de Stanley Kramer et de sa femme, Anne. C'était une femme adorable, brillante et pleine de délicatesse. Chaque jour, après le tournage, elle rentrait avec moi à l'hôtel et m'aidait à apprendre et à prononcer correctement les répliques prévues pour le lendemain. Elle me fit cadeau d'un livre de poèmes de T.S. Eliot que je lui lus à haute voix pour améliorer mon anglais. Son aide ne se limitait pas à ce seul domaine. J'avais envie de lui parler de mes amours, mais quand nous abordions le sujet, ma timidité m'empêchait de révéler mes sentiments profonds. La nuit, dans mon lit, je tournais et retournais tout cela dans ma tête. J'étais jeune, pleine de vie, et ce conflit intérieur n'entamait pas la joie que me procurait le tournage.

Frank Sinatra et moi nous entendions bien. Notre origine italienne y était sûrement pour quelque chose, mais Frank ne parle pas l'italien (ou fait semblant d'en être incapable), son vocabulaire se limitant à quelques mots comme *pastae fagiole*. Il m'a appris beaucoup de choses en musique. Il passait son temps à écouter des disques, de la musique classique : Verdi, Vivaldi, Respighi; pas les opéras, mais la musique symphonique ou la musique de chambre. Je lui demandai un jour qui, à son avis, était le plus grand musicien de jazz américain. Ella Fitzgerald, me répondit-il sans hésiter. Il était stupéfait que je n'aie jamais entendu parler d'elle.

Le lendemain, il arrivait avec un paquet de disques sous le bras. « Ella Fitzgerald est le phénomène le plus extraordinaire que tu puisses jamais entendre », dit-il en mettant le premier disque. Il avait raison. Il me fit un cours sur son registre, son style, son phrasé ; sur le plan musical, Frank fut un maître précieux.

Les jours où il se sentait de bonne humeur, il racontait des histoires passionnantes sur ses débuts, sur les activités politiques de sa mère et les hauts faits de son père. Je me rappelle une anecdote qu'il racontait à propos de ce dernier qui tenait un bar à Hoboken, je crois, dans le New Jersey. Son père avait un client perpétuellement fauché qui se débrouillait toujours pour ne pas régler une ardoise impressionnante. Un soir, le client entra dans le bar avec un cheval. Il n'avait pas de quoi payer ses dettes, déclara-t-il, c'est pourquoi il donnait son cheval au père de Frank. « Celui-ci était tellement furieux, dit Frank, qu'il est allé chercher son fusil et a abattu l'animal. Le problème, c'était de le sortir du bar. Vous avez déjà essayé de bouger un cheval mort ? Vous vous imaginez mon vieux et ce cheval qu'il venait de tuer, et impossible de s'en débarrasser. C'est simple, il n'y avait pas moyen ! »

Nous eûmes un jour la visite d'un reporter américain qui devait faire un papier sur le film. « Sophia ? dit Frank, on ne fait pas mieux. » Un des plus beaux compliments qui m'aient été adressés.

Pendant cette période espagnole lumineuse, Cary et moi partageâmes beaucoup de choses ; lui me donna un peu de sa sagesse et m'ouvrit l'esprit sur de nouveaux horizons, et j'appris beaucoup rien qu'en observant son attitude à l'égard de la vie. Et je pense que, moi aussi, je lui apportai quelque chose. Carlo et lui sont les seules personnes avec qui j'aie jamais pu établir ce type de relations.

Un jour que nous déjeunions ensemble et étions plongés dans une discussion, un serveur s'est approché de Cary pour lui demander timidement un autographe. « La paix », grommela Cary en le renvoyant d'un geste de la main. Le pauvre garçon se fit tout petit et s'empressa d'obtempérer.

« Tu as tort, Cary, dis-je. Regarde comme il a l'air malheureux. »

Cary leva les yeux, rappela le garçon et lui donna un autographe en s'excusant. « Tu es merveilleuse, me dit-il lorsque le garçon se fut éloigné, tu t'intéresses vraiment aux gens. Je ne voulais pas l'offenser, je voulais seulement qu'on ne nous dérange pas.

— Mais ton autographe a énormément d'importance pour lui. Je sais bien que c'est odieux d'être tout le temps assiégé par les gens, mais est-ce que tu te rends compte de ce que ça représente, de rassembler son courage pour aller t'en demander un et d'être renvoyé ? Pour eux, tu es une idole. »

Ce fut une révélation pour Cary. Il n'avait jamais vu les choses sous cet angle, me dit-il. J'ignore si le changement fut durable, mais à dater de ce jour, chaque fois qu'il se trouva avec moi, il donna des autographes. Il me taquina là-dessus, bien sûr, pour ne pas perdre les bonnes habitudes, mais, malgré mon jeune âge, je lui avais appris quelque chose en matière de sentiments humains.

Ce soir-là, nous nous trouvions dans un petit restaurant sur une colline proche d'Avila. Il était tard. A part nous, le restaurant était vide, mais les serveurs ne semblaient pas s'en formaliser. Un croissant de lune se découpait dans l'angle d'une fenêtre et la voix lointaine d'un chanteur, quelque part dans la vallée, montait jusqu'à nous.

Cary parla mariage. Chaque jour qui passait le rendait plus certain que nous étions faits l'un pour l'autre. Qu'il avait enfin trouvé en moi quelqu'un à qui il pouvait faire confiance, livrer ses pensées les plus secrètes sans crainte de donner barre sur lui. J'ai confiance en toi, disait-il, je t'aime, je veux t'épouser.

Pas une seconde, je n'avais douté que Carlo m'aimait autant que je puisse désirer être aimée par un homme. Les paroles de Cary me firent l'effet d'un choc et me laissèrent sans voix ; je ne pouvais pas lui répondre. Comment lui expliquer mes contradictions ? Le conflit qui opposait son image à celle de Carlo ? Je dis que je n'osais pas encore lui donner une réponse, qu'il me fallait du temps, me retrouver dans mon cadre habituel et me décider une fois que la magie des nuits espagnoles se serait dissipée. De plus, je devais aller en Grèce tourner un nouveau film, *Ombres sous la mer*, et Cary repartait pour Los Angeles.

Les dernières prises de vues d'*Orgueil et Passion* s'effectuèrent dans une fébrilité démente. Sinatra perdit soudain patience ; il fit ses bagages sans attendre le tournage des dernières scènes et prit, pour des raisons personnelles, le premier avion pour Hollywood. Autrement dit, quand le dernier tour de manivelle fut donné, le film demeurait inachevé.

Le dernier soir, Cary et moi dînâmes ensemble. Un cocktail était prévu pour le lendemain afin de célébrer la fin du tournage, mais il serait absent, son avion décollant tôt dans la matinée. C'était donc notre dernière soirée ensemble.

Pendant le repas, nous avions ri et plaisanté, mais au café, la conversation prit un tour plus sérieux. « Sophia, demanda Cary, qu'est-ce qui va nous arriver ?

— Je ne sais pas, Cary, vraiment pas. Je donnerais n'importe quoi pour ne pas être aussi partagée et savoir où j'en suis. Mais un jour je vois les choses d'une façon, le lendemain d'une autre. Je ne sais vraiment pas. »

Un sourire taquin éclaira le visage de Cary : « Pourquoi ne pas commencer par nous marier ? On discutera du reste ensuite. »

Je lui fus infiniment reconnaissante d'avoir allégé la tension en plaisantant ainsi sur l'agitation réelle de nos cœurs.

Dans l'avion qui m'emmenait en Grèce, je lisais Tolstoï dans une traduction italienne. Une phrase attira mon attention : « Je franchis la porte d'une école et je vis une foule d'enfants, sales, les vêtements en lambeaux, le visage terrifié, mais avec des yeux lumineux et une expression angélique. C'est alors que la terreur me submergea, comme si je voyais des gens au bord de la noyade. »

L'image me bouleverse. Fermant brusquement le livre, je regarde par le hublot avec l'impression d'émerger d'un cauchemar. La terreur de Tolstoï est devenue la mienne, ces phrases ont touché une corde trop sensible, essentielle.

Je suis partie tourner un film dans lequel il me faudra nager sous l'eau. Peur latente de me noyer ? Non, c'est certainement plus complexe. Les enfants ? Oui, peut-être — sales déguenillés, apeurés, et pourtant angéliques. Sofia Scicolone ? Mais pourquoi, pourquoi cette *terreur* en moi ?

Plusieurs jours durant, cette image me hante. Je suis sorcière et des visions comme celle-ci affectent tous mes sens.

Chapitre 10

Après la magie de l'Espagne et ces heures divines avec Cary Grant, suivies du tournage décevant d'*Ombres sous la mer* et de la compagnie tout aussi décevante d'Alan Ladd, je ne savais trop à quoi m'attendre avec John Wayne. Cette fois, je faisais route vers l'oasis de Ghadamès, en plein Sahara, près de Tombouctou, aux confins de la Tunisie et de la Libye. Le bout du monde, primitif, isolé, avec la chaleur accablante des jours et le froid glacial des nuits. Titre du film : *la Cité disparue*.

A mon immense soulagement, John Wayne correspondait exactement à son image publicitaire. Massif, autoritaire, chiche de mots, mais courtois ; et possédant à fond son métier. Il faisait son apparition à la minute précise où l'on avait besoin de lui, savait sur le bout des doigts ce qu'il devait dire et faire, travaillait sans relâche toute la journée, avec une intensité égale, et quittait le plateau exactement à l'heure prévue. Inutile de demander qui tenait la barre. Il n'avait d'ailleurs pas à manifester ouvertement son autorité : tout le monde s'en référait automatiquement à lui. Même le metteur en scène, Henry Hathaway. Mais il n'abusait jamais de cette position de force ; c'était une chose établie et il s'y tenait. Avec moi, il se montrait poli et agréable, mais distant. S'il ne faisait preuve de tendresse pour personne, il ne montrait aucune hostilité non plus et ne demandait pas la lune. Tout le monde le révérait, avec une adoration légèrement teintée de crainte, et l'on se mettait en quatre pour prévenir le moindre de ses besoins. C'est ainsi qu'un camion avait amené tout spécialement un lit gigantesque que l'on avait installé dans sa chambre avant son arrivée, cela sans qu'il l'eût demandé.

J'incarnais Dita, une malheureuse gamine des rues de Tombouctou ; John tenait le rôle du guide engagé par Rossano Brazzi pour l'aider à trouver le filon découvert jadis par son père, lorsqu'il était missionnaire, dans une cité perdue du désert. Je me rappelle une réplique du dialogue : « Je hais les hommes. » A quoi Wayne répondait : « Et je déteste les gamines mal embouchées. » Ceci pour vous donner une idée du film. Bien entendu, après avoir affronté tempêtes de sable, tarentules, indigènes furieux, scorpions, soif et chaleur, et un Brazzi devenu fou, John et moi tombions dans les bras l'un de l'autre tandis qu'une caravane arrivait à point nommé pour nous sauver.

Physiquement, c'est un des films les plus éprouvants que j'aie tournés et j'ai failli y rester. Le seul endroit où l'on pouvait loger la production à Ghadamès consistait en un motel de fortune, inconfortable et non chauffé. La nuit, le froid était intolérable et je ne disposais pour tout chauffage que d'un radiateur à gaz installé par l'équipe de techniciens. Ma chambre était au rez-de-chaussée et, fidèle à mes habitudes, je fermais soigneusement chaque soir les fenêtres et la porte. J'ai une peur innée qu'on puisse entrer chez moi par effraction qui va de pair avec ma peur de l'obscurité. La nuit dont je vous parle, je commençai par faire des cauchemars terrifiants, comme je n'en avais encore jamais connu. Je me réveillais, j'essayais de me redresser, mais je retombais endormie, uniquement pour sombrer dans un autre cauchemar aussi horrible, me réveiller encore et ainsi de suite. J'essayais désespérément de me réveiller vraiment, d'articuler un son, d'ouvrir les yeux; impossible. Je me rendais compte aussi que je luttais pour retrouver mon souffle, comme si je rêvais que j'étais en train d'étouffer.

Et puis soudain, un choc violent, une douleur aiguë à l'épaule au moment où, tombant du lit, je heurtai le sol. Cette fois j'étais réveillée, toujours haletante comme dans mon cauchemar; j'essayai de me relever, sans y parvenir. J'étais absolument sans force et un voile de panique brouillait mes pensées. Le radiateur avait absorbé tout l'oxygène de la pièce et je ne respirais plus que les vapeurs toxiques de l'oxyde de carbone. Autrement dit, j'étais en train de m'asphyxier. Si je n'étais pas tombée du lit, je ne serais jamais sortie de cet état comateux; mais même par terre, à demi éveillée, luttant pour reprendre mon souffle, je n'avais la force ni de bouger ni d'appeler à l'aide.

Je commençai à ramper centimètre par centimètre en direction de la porte; plusieurs fois, je perdis conscience. Je ne sais pas combien de temps il me fallut pour l'atteindre. Certainement longtemps. J'étais presque inanimée. Je savais que j'étais en train de mourir, je suffoquais; mais au lieu de me laisser aller, je sentis qu'il restait quelque part en moi un désir forcené de vivre, capable d'accomplir un miracle. Ce que l'on appelle l'effort surhumain. Des réserves prodigieuses. Lentement, oh, si lentement, petit à petit, je me soulevai jusqu'au moment où mes doigts agrippèrent la poignée de la porte et l'ouvrirent. Je basculai en avant dans le couloir, inconsciente. Par chance, Rossano Brazzi, qui s'était attardé, me trouva et fonça chercher un médecin. Je ne respirais plus. Bouche-à-bouche, piqûres, soins d'urgence, agitation frénétique. J'eus de violentes migraines pendant une semaine. Le médecin m'a dit que j'avais frôlé la mort d'un cheveu.

Rossano Brazzi était l'incarnation parfaite du don Juan latin plus vrai que nature. Impeccablement coiffé et habillé, il savait détendre l'atmosphère la plus tendue; toujours en scène, imitant, paradant, envoyant des œillades séductrices dans toutes les directions et passant son temps à fredonner « Some Enchanted Evening ». Il venait de terminer la version filmée de *South Pacific* et nous déversait à grands flots ces « enchanted evenings ». C'était un partenaire merveilleux.

Le maire de Ghadamès avait quatre femmes dont la plus âgée tomba gravement malade pendant la réalisation de *la Cité disparue*. Sa dernière femme était jeune et belle, mais il gardait un attachement profond pour sa première épouse qui restait sa favorite. La maladie de celle-ci le plongea dans l'angoisse. Il fallait l'opérer d'urgence et Ghadamès ne comptait aucun hôpital. Par ailleurs, il faisait nuit et pas un avion n'aurait pu atterrir sur la piste non éclairée et très rudimentaire, une sorte de tôle ondulée qui subsistait depuis la dernière guerre.

En apprenant ce qui se passait, je demandai à être conduite auprès du maire. Je m'étais liée d'amitié avec lui et avec sa première femme, et je lui proposai mon aide. Je m'en fus trouver l'assistant pour lui demander de mobiliser toutes les lumières, projecteurs et véhicules dont nous disposions pour le film. On les plaça de part et d'autre de la piste. Il était près de minuit et, comme toujours dans le désert, on gelait. Tout le monde attendait dans le plus grand silence afin de pouvoir repérer le ronronnement du petit appareil alerté par radio.

Dès que l'on entendit le bruit des moteurs, toutes les lumières furent allumées d'un coup et le pilote put atterrir. On hissa immédiatement à bord la civière sur laquelle était allongée la malade ; un médecin et une infirmière l'attendaient. Ils installèrent avec précaution la vieille femme dans l'étroite carlingue qui ne pouvait contenir aucun passager supplémentaire.

Quand il vit les portes se refermer, le maire s'effondra. Je passai mon bras autour de ses épaules et le réconfortai de mon mieux tandis que l'avion commençait à rouler. Avant même que le film fût terminé, la malade, tout à fait guérie, était de retour au village. Elle n'aurait certainement pas survécu si nous n'avions pas mobilisé toute l'équipe de tournage.

Je venais donc de faire trois films américains coup sur coup, au fil desquels j'avais successivement incarné une fille à soldats espagnole, une paysanne grecque et une gamine des rues arabe. Aucun de ces rôles ni de ces films ne laissa un souvenir impérissable, mais Carlo sut les utiliser habilement pour obtenir ce qu'il convoitait : mon contrat à Hollywood. Et il y parvint. La Columbia traita avec lui pour quatre films; on était en 1957, j'avais vingt-deux ans.

Je me sentais engagée vis-à-vis de Carlo, mais mal à l'aise : engagée à quoi? Question sans réponse. Presque trois années s'étaient écoulées depuis ce jour inoubliable pendant le tournage de *la Fille du fleuve*, où Carlo était venu m'offrir un diamant comme cadeau d'anniversaire. Jusque-là, nous nous étions vus en cachette, mais pendant les extérieurs de ce film, il était descendu au même hôtel que moi et l'équipe savait certainement à quoi s'en tenir. Je m'en moquais. Je l'aimais, je le voulais, et malgré les sinistres prédictions de ma mère, je sentais que tout finirait par s'arranger. Sinon, eh bien, c'est que je me serais trompée. J'en souffrirais, bien sûr, mais les seules personnes qui ne commettent jamais d'erreur sont aussi celles qui ne font rien. L'erreur fait partie du prix que l'on doit payer pour vivre pleinement sa vie.

Ma mère continuait à me chapitrer au sujet de Carlo. Elle ne l'aimait pas. « Un Italien n'abandonne pas ses enfants, me disait-elle. Il lui arrive de prendre du bon temps ici ou là, mais il revient toujours auprès d'eux. » Le fait que Carlo eût deux jeunes enfants me tourmentait. Qu'il fût marié aussi, naturellement, mais, comment dire, j'avais le sentiment d'avoir toujours connu Carlo, d'avoir autant de droits sur lui que n'importe qui, qu'il était depuis longtemps mon père et mon mari. J'étais particulièrement attirée chez lui par sa douceur. Lorsqu'il s'agit de juger un homme, je fais appel à des critères très personnels. A-t-il le courage de pleurer quand il est malheureux? A-t-il suffisamment de cœur pour ne pas tuer les animaux? Est-il tendre dans ses rapports avec une femme? La véritable masculinité n'ignore pas la douceur et la gentillesse, qualités auxquelles j'ajouterais, pour ma part, l'intelligence, la compréhension, la tolérance, le sens de la justice, l'éducation et une haute tenue morale. Si seulement les hommes savaient comme l'on gagne facilement le cœur d'une femme avec la tendresse et combien nombreuses sont celles qui se hérissent devant les assauts des don Juans patentés!

Un autre de mes critères consiste à prendre la mesure de ses défauts. Je ne pardonne pas la mesquinerie, l'arrogance ou la cruauté.

D'après ce que me disait Carlo de ses rapports avec sa femme, je savais que leur union avait perdu quelque chose d'essentiel, qu'elle survivait seulement en raison du *modus vivendi* qu'ils s'étaient fixé. Ils vivaient sous le même toit, mais plus comme mari et femme. C'est pourquoi, si Carlo la quittait pour moi, je savais qu'elle en souffrirait moins que si elle avait encore été amoureuse de lui.

Elle, je ne l'ai jamais rencontrée — elle s'appelait Giuliana Fiastri et était la fille d'un général — mais j'admirai profondément la dignité et la maturité dont elle fit preuve pendant toute cette longue et éprouvante période. C'était une femme sans rancœur ni hostilité, une femme qui, ayant admis que son union appartenait au passé, essaya de rendre la transition aussi facile qu'elle le put pour Carlo, pour ses enfants et pour elle-même.

Mais comme l'Italie ne reconnaissait pas le divorce, même l'attitude de sa femme n'aidait pas Carlo. Il demanda l'annulation de son mariage en prétendant que lorsqu'il avait épousé Giuliana, il ne croyait pas au sacrement du mariage; l'argument était insuffisant et l'annulation lui fut immédiatement refusée. Les chances que son mariage soit un jour dissous demeuraient on ne peut plus incertaines. Même si j'avais terriblement besoin de Carlo comme compagnon de vie, même si je me sentais incomplète sans lui, même si je souhaitais désespérément fonder un foyer avec lui, avoir des enfants de lui et confondre ma vie avec la sienne, j'étais bien décidée à ne pas me laisser piéger dans le rôle de maîtresse attendant naïvement que soit dissoute une union indissoluble. C'était un dilemme pénible, qui me troublait profondément.

Voilà où en étaient les choses quand nous prîmes l'avion pour Beverly Hills où Cary Grant attendait avec impatience mon arrivée. Carlo savait que je pensais toujours à lui. Mon intuition me disait qu'il allait mal supporter l'intérêt réel que me portait Cary. Je ne savais pas très bien comment il résoudrait son problème, mais le fait est que, depuis trois ans, les choses n'allaient pas trop mal pour lui et qu'il serait probablement satisfait de les maintenir aussi longtemps que possible dans cet état idyllique.

Hollywood. *La patria del cinema.* Le rêve timide de naguère devenu réalité. Une arrivée triomphale. Un accueil éblouissant. Une suite élégante au Beverly Hills Hotel, des fleurs partout, des corbeilles enrubannées remplies des plus beaux fruits de la Californie, une pile d'invitations, des flopées de journalistes, l'interminable litanie des présentations et des interviews, une limousine à ma disposition, la valse des couturiers, une cabine particulière près de la piscine, la standardiste répétant : « Hello, Miss Loren, que puis-je pour vous, Miss Loren? », les signes de main à la grille des studios, une loge royale entièrement redécorée à neuf : Hollywood.

L'hommage de l'aristocratie du cinéma — les stars, ces créatures irréelles qui peuplent l'écran du Teatro Sacchino soudain présentes comme par un coup de baguette magique, souriantes, me serrant la main, me parlant, m'appelant par mon nom. Mais ce n'est pas moi, non, je suis assise, timide et invisible dans un coin, en train de regarder Sophia Loren à l'heure de la gloire, dédoublée comme toujours, laissant l'autre Sophia, la star d'aujourd'hui, la Sophia, à l'incroyable crinière de lion sous l'éclat des projecteurs. Une réception monstre en son honneur au Romanoff. Et là, un premier aperçu des mœurs hollywoodiennes en la personne de Jayne Mansfield. Les photographes assiègent ma table; arrivée tumultueuse de Jayne Mansfield, dont je n'ai jamais entendu parler, dans une robe au décolleté plus que plongeant. Elle s'assied à côté de moi et, comme par hasard, un sein imposant jaillit de sa robe sous les flashes des photographes. Bienvenue à Hollywood.

La réception que donne chez lui Clifton Webb en mon honneur. Un vrai conte de fées : Danny Kaye, Gary Cooper, Gene Kelly, James Stewart, Fred Astaire (je commence par regarder ses pieds), Frank Sinatra, Joan Crawford, Barbara Stanwyck, Cary Grant, Claudette Colbert, Merle Oberon, June Havoc, Fred MacMurray et d'autres, et d'autres encore, la liste d'appel de tous mes héros et héroïnes; mais, hélas, Tyrone Power était en train de tourner un film en Angleterre. Je ne suis jamais arrivée à le rencontrer. Il est mort trop jeune.

Hollywood scintille de promesses; par contre, les films ont un éclat plus discret. C'est d'abord *Désir sous les ormes* d'après l'inoubliable pièce d'Eugene O'Neill, amoindri, fade, parce que tourné en studio et non en extérieurs, et aussi parce que entre Anthony Quinn et moi, le courant ne passait pas.

Je retrouve le même problème avec *l'Orchidée noire*. En 1953, nous avions tourné ensemble, Anthony Quinn et moi, *Attila, fléau de Dieu*, une nullité insipide et banale qui me valut ma plus désagréable expérience d'actrice : une scène où Anthony m'embrassait goulûment tout en dévorant une côtelette d'agneau dégoulinante de graisse. J'espérais qu'à Hollywood, nous allions prendre notre revanche sur ce triste épisode, mais, aussi bon acteur que soit Anthony, notre association à l'écran ne remporta pas les suffrages du public. C'est bizarre, nous aurions dû au contraire former un couple parfait. La Paramount fit un nouvel essai l'année suivante, avec *la Diablesse en collant rose*, mais là encore l'étincelle refusa de jaillir. Dans ce film, le grand George Cukor me fit jouer comme si j'avais été une marionnette, du moins est-ce l'impression que j'eus à l'époque. Et qui plus est, affublée d'une perruque blonde. Il m'obligea à copier ses intonations, ses gestes, ses expressions; jusqu'à ses mouvements d'yeux. Chaque journée de tournage était un cauchemar; j'avais l'impression de ne plus être moi, que l'on m'avait forcée à abandonner mon identité d'actrice. J'ignorais tout de cette nouvelle technique et elle me démoralisait. Cukor ne m'expliquait pas ce qu'il voulait : il m'ordonnait de l'imiter avec le maximum de précision. Avec un peu de courage, j'aurais dû lui dire : Non, Mr. Cukor, je ne suis pas d'accord sur ceci ou cela, puis-je essayer à ma façon, laissez-moi inventer, créer — mais je me sentais trop novice devant ce metteur en scène chevronné et mondialement connu. Plus tard, j'ai compris qu'il m'avait beaucoup appris et le film comporte de bonnes choses, pas assez cependant pour en assurer le succès commercial à l'époque. Il me semble qu'on en a reconnu la valeur par la suite; en tout cas, c'est un de mes films préférés.

A New York, je tournai *Une espèce de garce* avec Tab Hunter comme vedette masculine. Cette fois, l'association fut désastreuse. Sans espoir. Nous nous annulions réciproquement.

Le seul bon film que j'ai fait à Hollywood fut *la Péniche du bonheur*, avec Cary Grant. Nous formions un couple idéal à l'écran, ce qui comptait au moins pour moitié dans le succès de l'entreprise. Mais quand je réfléchis à cette période hollywoodienne — je n'ai pas tourné là-bas depuis —, je pense que si les réalisateurs ne surent pas m'utiliser, la faute ne leur en incombait pas. A cette époque, le cinéma américain cantonnait les acteurs italiens dans les rôles de gangsters et de serveuses. Les réalisateurs se refusaient obstinément à accepter les actrices étrangères telles qu'elles étaient, ils étaient toujours persuadés qu'il fallait en faire autre chose. Et c'est ce qui s'est passé, ils ont essayé de me changer.

Carlo Ponti. Le problème de Sophia est celui de tous les grands acteurs : elle a une personnalité extrêmement forte à l'écran et, de ce fait, elle ne trouve pas facilement de partenaire. (Comme le déclarait *Time*, elle n'aurait fait qu'une bouchée des « grands » de Hollywood.) Rares sont ceux qui ont eu la carrure nécessaire pour s'imposer face à elle dans un film, pour dominer la situation quand le scénario l'exigeait. On peut citer Cary Grant, Mastroianni, Richard Burton, Peter O'Toole, Clark Gable et Gregory Peck. C'est peu si l'on songe qu'elle a tourné plus de soixante films.

Pendant que je me trouvais à Hollywood, Sinatra termina les scènes en suspens d'*Orgueil et Passion*, les décors du studio servant de toile de fond. Ma sœur et moi le voyions de temps à autre, et il se montrait toujours amical et serviable. J'avais apporté dans mes bagages un disque que j'avais fait en Italie. Des chansons italiennes romantiques. J'ai une assez jolie voix et j'aime chanter. Frank fut commis de donner son opinion. Il écouta le disque quelques minutes, puis l'arrêta. « Laisse tomber, dit-il. En fait, c'est ta sœur qui devrait chanter. Avec la voix qu'elle a et du travail, elle pourrait arriver à quelque chose. Ta sœur a vraiment l'étoffe d'une chanteuse. »

Venant de Sinatra, plutôt avare de compliments en général, c'était un bel éloge, et l'on put croire pendant un temps que ma sœur allait se lancer dans la chanson. Elle aurait pu faire une merveilleuse comédienne; une sensibilité à fleur de peau, de l'humour, plus que jolie, dansant particulièrement bien, elle avait tout pour faire une carrière de vedette. Seul lui manquait le tempérament voulu. Elle ne possède pas l'énergie nécessaire, le sens d'un métier qui passe avant tout, la force de concentration indispensable. Si l'on veut progresser dans un métier difficile, chanter, jouer, écrire, que sais-je, il faut croire en soi, en ce que l'on est, dans le talent que l'on a et dans ce que l'on veut en faire. Il faut savoir encaisser les coups qui vous désarçonnent et l'injustice de certains revers. Il n'existe pas de code de conduite pour venir en aide aux débutants. C'est pourquoi les gens dotés d'un talent médiocre mais d'une énergie indomptable vont beaucoup plus loin que d'autres dont le talent est cent fois supérieur. Cet élan intérieur est, j'en suis convaincue, quelque chose d'inné et personne ne vous aidera à l'acquérir. Je revois encore ces deux premières années à Rome, ces perpétuelles rebuffades que n'adoucissait jamais la moindre lueur d'encouragement, tous ces essais ratés; et pourtant, j'ai tenu bon, je me suis accrochée à la foi que j'avais en moi, et à ce que je me sentais capable d'accomplir. Je n'étais pas un génie, mais je travaillais comme un bagnard; d'ailleurs, je n'aurais pas voulu être un génie car, comme l'a dit quelqu'un, le génie ne peut compter que sur lui-même.

Si bien qu'au bout de quelque temps, ma sœur a renoncé aux possibilités qui s'offraient à elle et elle est rentrée en Italie. Elle disait qu'elle avait le mal du pays mais qu'elle reviendrait vite. Elle n'est jamais revenue. Elle a fini par se marier, elle a eu deux enfants, et elle n'a jamais tiré parti de sa voix.

« Qui a inventé le cœur? Qu'on me le dise et qu'on me montre l'endroit où on l'a pendu! » C'est ce que je me disais souvent car mes doutes et mes incertitudes quant à Cary et Carlo me tourmentaient de plus belle depuis mon arrivée à Hollywood. J'avais dû faire quelques raccords avec Cary pour *Orgueil et Passion*, et nous nous voyions très souvent. Il se montrait toujours aussi charmeur et aussi séduisant. Les raccords terminés, il se mit à me téléphoner tous les jours et à m'envoyer des fleurs. La présence de Carlo ne nous dérangeait pas; souvent je décrochais l'appareil alors que Carlo se trouvait dans la même pièce. Il devait en souffrir, mais il n'en parlait jamais. Pas davantage qu'il n'évoquait l'impasse à laquelle avait abouti sa situation conjugale. Il s'était séparé de sa femme, mais depuis sa tentative, assez peu convaincue, d'annulation de son mariage, rien ne laissait croire qu'il eût des projets concernant notre avenir.

Ce qui ne voulait pas dire, pour autant, que je ne remettais pas les choses en question. De toute évidence, la présence de Cary exerçait une certaine pression sur Carlo, et ce dernier en était conscient. Moi aussi. Je sais qu'une femme peut devenir assommante quand elle harcèle un homme, surtout s'il est marié, mais si je ne brusquais pas les choses, si je ne créais pas une crise, rien ne se produirait jamais. Un homme marié ne demande qu'à se cramponner au *statu quo* — attends, ma chérie, un peu de patience —, mais s'il est fortement attaché à sa famille et s'il croit en ce qu'il a créé, il faudra un élément de pression extérieur pour que les choses bougent. Je savais instinctivement que je n'obtiendrais pas de réponse tant que nous ne serions pas en situation de crise; je n'ignorais pas non plus que je courais le risque de voir Carlo replâtrer son union au lieu de se jeter dans mes bras.

Ce risque, je l'acceptai. Si je perdais, c'est que ses sentiments pour moi étaient moins forts que je ne l'avais cru. « Carlo, lui dis-je, je t'aime, je me suis engagée vis-à-vis de toi, mais je ne veux plus continuer à vivre ainsi. Je veux vivre *ma* vie, avoir des enfants de toi, créer un foyer avec toi. Les sermons de ma mère me fatiguent. Je veux être fière d'être avec toi et de sentir à mon doigt une belle alliance. Quand je t'ai rencontré, j'avais seize ans. J'ai plus ou moins vécu avec toi depuis que j'en ai eu dix-neuf. Aujourd'hui, j'ai vingt-trois ans. Cela a assez duré, il y a trop longtemps que j'attends. J'en ai assez des journalistes et de leurs allusions, assez d'avoir à ruser et à éluder. Quitte parfois à manquer d'honnêteté. Ce n'est pas dans ma nature, je déteste agir ainsi. Vraiment, je n'en peux plus, le moment est venu de prendre une décision. Je sais que ce n'est pas facile, je connais les problèmes que tu as à résoudre. Mais ce qui te plaît, dans la vie, ce sont les obstacles, et je sais que tu peux venir à bout de celui-ci si tu en as *réellement* envie. »

Cette fois-ci, Carlo réagit : la crise était ouverte.

Pour moi comme pour lui, car maintenant que je connaissais Hollywood et que je voyais la vie qu'on y menait, mon attitude à l'égard de Cary commençait à se modifier.

Ma première impression de Hollywood fut exactement celle que j'attendais. Un paysage splendide, de somptueuses voitures aux couleurs éblouissantes, les indispensables piscines où l'on nageait peu, une profusion d'hôtels, des drugstores et des supermarchés au contenu aussi fabuleux que leurs dimensions et qu'on aurait pu croire venus d'une autre planète. Ce que je préférais, pourtant, c'étaient les *drive-in* [1] et le plateau qu'on accrochait à la portière de la voiture. Il y avait aussi un plat que je ne connaissais pas jusque-là et dont je raffolais, du fromage de ferme accompagné d'une salade de fruits.

Tout était nouveau pour moi : une *ambiance* [2] qui n'existait nulle part ailleurs, une façon de vivre totalement différente. Les gens avaient tous l'air détendus et en bonne santé; leurs vêtements et leurs manières décontractées me fascinaient. Ma première impression fut qu'il faisait bon vivre là. Mais je compris vite qu'à Hollywood, une seule chose comptait : l'industrie cinématographique. Tout le monde, sans exception, était obsédé par les chiffres. Où que vous alliez, vous entendiez parler de recettes, de coût des prestations, de coût des talents,

1. Drive-in : restaurant en plein air où l'on sert les clients dans leur voiture. *(N.d.T.)*
2. Ambiance : en français dans le texte. *(N.d.T.)*

de prix du négatif, de deuxième exploitation, de liquidation de comptes, etc.; rarement de quelque chose qui puisse indiquer qu'il se passait quelque chose ailleurs dans le monde. Seul comptait le fait de faire un film. Même quand on vous invitait à dîner, la conversation à table se limitait aux derniers potins locaux et, à peine le repas terminé, on voyait apparaître comme par miracle un écran jusque-là caché par un Modigliani ou quelque tapisserie flamande rare, sur lequel votre hôte vous projetait la copie zéro d'un film qu'il avait réussi à obtenir avant tout le monde.

Toutefois, cette expérience hollywoodienne ne fut pas inutile. Je m'initiai à la technique cinématographique américaine; je perfectionnai aussi mon anglais et cessai d'ânonner mes rôles comme cela avait été le cas avec *Orgueil et Passion*. C'était un peu comme si j'étais retournée à l'école. J'appris également que Hollywood ne m'apporterait pas ce que j'espérais en tant qu'actrice. Les rôles d'Italiennes étaient rares et d'un intérêt très limité. Ma carrière ne progresserait qu'en Europe, où je me sentais plus à l'aise et, tout compte fait, pourquoi pas en Italie où je pouvais jouer dans ma langue maternelle.

Dès le début du tournage, Cary se rendit compte d'un changement. Nous n'étions plus aussi libres l'un avec l'autre. Nous continuions à déjeuner souvent ensemble, toujours avec autant de plaisir, mais je pense que je marquais involontairement une distance et que Cary, avec sa finesse habituelle, le sentait.

J'étais mal à l'aise, n'arrivant pas à délimiter nettement mon territoire, oscillant tantôt d'un côté, tantôt de l'autre en quête d'une identité qui continuait à me fuir. Tout ce que je savais, c'était ce que je ne voulais pas : rester indéfiniment dans cette situation bancale avec Carlo, couper mes racines européennes pour m'installer définitivement à Hollywood. Mais que voulais-je alors? A qui, à quoi avais-je envie de dire oui? Tout simplement aux deux seuls hommes qui m'intéressaient.

Vers la fin de *la Péniche du bonheur*, il se produisit un événement totalement imprévu qui résolut le problème. Carlo et moi logions dans un bungalow du Bel-Air Hotel. Nous étions en train de prendre notre petit déjeuner. J'attrapai le journal que l'on avait apporté et, là, au beau milieu de la rubrique de Louella Parson, s'étalait la nouvelle qui transforma ma vie. La veille, rapportait la célèbre échotière, deux avocats mexicains s'étaient présentés devant un tribunal de Juarez et avaient accompli en dix minutes un double tour de passe-passe juridique. D'abord, ils avaient obtenu un jugement qui établissait officiellement le divorce de Carlo et de sa femme; puis, dans la même foulée, et chacun nous représentant par procuration, les avocats avaient échangé les phrases rituelles. A la suite de quoi le juge avait délivré un acte de mariage. Sofia Scicolone, de Pozzuoli, était officiellement et définitivement l'épouse du Dottore Carlo Ponti, de Milan.

Je restais abasourdie. Bien sûr, ce n'était pas exactement le mariage dont j'avais rêvé : deux avocats mexicains dans un tribunal éloigné de plusieurs milliers de kilomètres, en train d'officier à notre place. Mais c'était légal, nous étions mari et femme, Mr. et Mrs. Carlo Ponti, et non pour les beaux yeux d'un réceptionniste d'hôtel, mais parce que c'était vrai. Vraiment vrai.

Carlo me prit le journal des mains, aussi stupéfait que moi. Certes, l'initiative de l'action lui revenait (après que j'eus créé la « crise »), mais il ne s'attendait pas à quelque chose d'aussi vite expédié. S'asseyant à côté de moi, il prit mes mains entre les siennes, me regarda dans les yeux et me sourit. Comme un mari.

Il fallait que je partage ce moment de bonheur avec quelqu'un, que je téléphone, que je crie ma joie! Mais nous n'avions pas d'amis ni personne à qui téléphoner. L'heure la plus solennelle et la plus heureuse de ma vie, et personne à qui le dire.

Ce soir-là, nous avons donc fêté seuls l'événement. Nous

avons dîné aux chandelles dans notre bungalow, et c'est seulement après que je découvris les grains de riz dont ma secrétaire avait parsemé notre lit.

Le lendemain, sur le plateau, un regard me suffit : Cary avait lu la rubrique de Louella. « Je te souhaite beaucoup de bonheur, Sophia », me dit-il. Et bravement, il m'embrassa sur les deux joues. Il ne revint jamais sur le sujet, mais la fin du tournage fut éprouvante. Entre nous, la tension était à couper au couteau.

Il restait encore une scène à filmer, et l'ironie voulut que ce soit précisément *la* grande scène du film, celle où j'épousais Cary tout à fait comme je le rêvais. Le cinéma a de ces caprices grinçants...

De me voir ainsi, mariée radieuse en longue robe blanche, me ramenait aux jours les plus sombres de mon enfance à Pozzuoli, quand je découpais des photos de mariées dans de vieilles revues pour les coller sur mon album. Et voilà que j'épousais Cary dans ce mariage de rêve à l'écran, quelques jours seulement après être devenue officiellement la femme de Carlo. Une longue robe blanche en broderie ancienne au corsage étroit boutonné jusqu'au cou, un simple voile maintenu par un rameau de fleurs blanches, un bouquet de roses blanches, la marche nuptiale de Mendelssohn, une petite fille avec un bouquet, des demoiselles d'honneur, et Cary Grant m'attendant près de l'autel, un œillet à la boutonnière. Un de ces moments où la comédie et la réalité se rejoignent et se fondent.

J'étais si préoccupée par Cary et par ce que je ressentais moi-même que j'avais du mal à penser à ce que je faisais. Cary m'était très cher, il l'est toujours, et je savais comme cela devait être dur pour lui de tourner cette scène, d'entendre le pasteur nous déclarer unis par les liens du mariage, de me prendre dans ses bras et de m'embrasser. Et moi, en mariée d'opérette, je n'étais guère plus fière. Je ne pouvais m'empêcher de penser à ce merveilleux intermède espagnol, à tous les souvenirs qui restaient gravés dans ma mémoire. Je suis très romanesque et très vulnérable, et je chéris profondément tout ce que Cary m'a apporté.

Chapitre 11

Ma félicité conjugale fut de courte durée. Un mois à peine après notre mariage paraissait une déclaration retentissante dans *l'Osservatore della Domenica*, l'organe officiel du Vatican. L'article était dû à un juriste de la Sainte Rote qui, sans citer mon nom, évoquait « une jeune et belle actrice de cinéma italienne ».

« Le divorce civil, pouvait-on lire, suivi d'un remariage civil constituent deux actes gravement illicites et nuls devant Dieu et devant l'Église. Les contrevenants ont péché publiquement et ils ne peuvent plus s'approcher des sacrements.

Aux termes du droit canon, ceux qui contractent une nouvelle union, même s'il s'agit d'un mariage civil, sont considérés comme bigames, bien qu'ils soient liés par une union valide. Les deux parties sont coupables d'infamie (faute attachée au caractère de la personne). S'il y a vie commune, les intéressés sont considérés comme concubins, ce qui peut entraîner jusqu'à l'interdit et l'excommunication. »

En lisant ces mots, je me sentis glacée jusqu'à la moelle des os. J'avais été élevée religieusement; même si j'avais cessé d'aller à la messe, de me confesser et de communier, j'appartenais toujours à la religion catholique, et la menace d'être excommuniée avait quelque chose d'assez terrifiant. Du point de vue du Vatican, l'article était absolument correct, nous avions bel et bien agi à l'encontre des lois strictes de l'Église. Mais ce coup de tonnerre était totalement inattendu. Un grand nombre de catholiques italiens avaient divorcé au Mexique, s'étaient remariés et vivaient en Italie sans s'attirer les foudres de l'Église. Parce que nous étions connus, Carlo et moi allions servir de boucs émissaires, devenir ceux que l'on clouerait au pilori. « Ont péché publiquement », « bigames », « infamie », « faute », « concubinage », « excommunication » : autant de termes qui nous marquaient au fer rouge et amoncelaient sur nos têtes le redoutable mépris de l'Église. Cela au moment précis où nous étions en train de préparer une croisière-lune de miel en Italie. C'était maintenant hors de question, l'Italie nous était interdite. Mon mariage, si longtemps incertain, posait de nouveau les mêmes problèmes insolubles. Je fis une boule du journal et me mis à pleurer amèrement. Pourquoi me persécuter sous prétexte que je voulais épouser l'homme que j'aimais, avoir des enfants de lui, un foyer, une vie digne de ce nom? C'était cela, pécher publiquement? Pour cela que je m'attirais le mépris de l'Église? Plus la colère et le désespoir m'envahissaient, plus mes larmes redoublaient. Ce fut le jour le plus triste de mon existence.

D'autres s'empressèrent de suivre le Vatican sur cette voie et de crier à la perdition. La section masculine de l'Action catholique italienne enjoignit à tous les catholiques de boycotter les films de Sophia Loren — et leur demanda en même temps de prier pour mon âme. D'un bout à l'autre du pays, la presse nous prit à partie. Un magazine publia un article rappelant, avec une certaine nostalgie qu'au Moyen Age on nous aurait brûlés vifs sur la place publique. D'après un autre journal, un porte-parole du Vatican aurait déclaré : « Ces pauvres gens ne sont pas seulement victimes de leur immoralité, ils le sont aussi de leur ignorance. Aux yeux de l'Église, Ponti et Loren vivent en concubinage. »

Quand il rentra à Bel-Air et me trouva en larmes, Carlo réagit vigoureusement. C'est dans sa nature, quand il faut être fort, il l'est. « Écoute-moi bien, Sophia, dit-il. Nous sommes mariés et nous allons le rester. Si ce mariage mexicain ne suffit pas, nous trouverons autre chose. C'est nous qui sommes victimes de l'ignorance; et ce sont ceux qui nous accusent qui manquent de moralité, pas nous. Nous ferons tout ce qu'il faudra. Tu es ma femme, et personne n'y changera jamais rien, un point, c'est tout. »

Les mots de Carlo me réconfortèrent, mais le pire restait encore à venir.

Je lis dans mon carnet : « Les grandes religions n'ont jamais rien fait que d'interdire et d'énumérer la longue liste des choses que vous n'avez pas le droit de faire; mais ce que vous n'avez pas le droit de faire éveille en vous le désir d'améliorer votre condition. »

Nous étions dans l'avion, Carlo et moi; nous quittions Hollywood. Je ne sais plus pourquoi — j'ai dû critiquer la nourriture ou dire une bêtise, rien d'important en tout cas —, Carlo s'est soudain tourné vers moi et m'a giflée. Une vraie gifle sur la joue droite, à laquelle je ne m'attendais pas du tout. Cela m'a fait très mal car il m'a frappée avec la mauvaise main, la gauche, celle qu'on ne contrôle pas. Il tapa de toutes ses forces, ma tête partit en arrière et j'éclatai en sanglots. De rage et d'humiliation. Je voulais immédiatement descendre d'avion. Bien sûr, la gifle n'avait rien à voir avec ce qui l'avait provoquée. Peut-être était-elle due à Cary Grant, à tous ces pincements de jalousie dont Carlo n'avait jamais parlé et qu'il avait supportés si longtemps.

Sans dire un mot, il se tourna et regarda par le hublot.

La tête dans les mains, je pleurais. L'hôtesse, qui passait avec les rafraîchissements, me demanda si elle pouvait faire quelque chose pour moi. Je secouai la tête. Nous n'en avons jamais reparlé. Et nous ne nous sommes pas dit un mot de tout le voyage ni durant les quelques jours qui suivirent.

Ce fut la seule fois où, en vingt-sept ans de vie commune, Carlo me frappa, où il ne sut pas se dominer. Mais je peux encore sentir la douleur et l'humiliation de cette gifle. J'eus mal à la joue pendant plusieurs jours.

Chapitre 12

C'est avec beaucoup d'impatience que j'avais attendu le tournage de mon premier film à Londres, *la Clé*, réalisé par Sir Carol Reed, avec William Holden et Trevor Howard comme partenaires; mais, dès mon arrivée, je sentis que quelque chose n'allait pas. Mes appréhensions furent confirmées lorsque je vis débarquer à l'hôtel Sir Carol et Carl Foreman, producteur et scénariste du film.

Une fois le contrat signé, déclara Foreman, ils s'étaient rendu compte que j'étais trop jeune pour le rôle, c'est-à-dire que Holden était bien trop vieux pour moi; personne ne croirait à notre couple. Le rôle réclamait une femme plus mûre, et Ingrid Bergman, poursuivit Foreman, ne demandait pas mieux que de me remplacer. Mon jeune âge constituait un handicap que je ne parviendrais pas à surmonter. Il espérait que je comprendrais; j'étais une actrice de premier ordre et, naturellement, dès que l'occasion s'en présenterait, Carol et lui s'empresseraient de se mettre sur les rangs pour faire avec moi un film qui soit plus dans mes cordes. J'eus l'impression que Sir Carol n'était pas tout à fait d'accord avec Foreman.

Mon premier mouvement fut de ne pas chercher à compliquer les choses. Mais, après tout, le rôle me plaisait énormément. Sans être un grand rôle, il sortait de l'ordinaire, ce qui est toujours stimulant pour un acteur. Quand je lis un script, je ne regarde jamais la longueur du rôle ni le nombre de prises de vues; ce qui m'intéresse, c'est la nature du rôle et les possibilités qu'il offre. Et celui-ci me tentait. C'était le genre de rôle propre à confirmer mon statut d'actrice et à me faire prendre au sérieux. Aussi, pour la première et la seule fois de ma vie, je dominai mon envie de me ranger platement à leur point de vue : « Désolée, dis-je, mais je ne suis pas d'accord. Le rôle m'intéresse et j'ai pris un engagement. Je ne pense pas que Mr. Holden y voie d'objection. J'ai signé ce contrat, je veux faire le film. »

Mon attitude les plongea dans l'embarras car ils ne s'y attendaient pas. Après tout, je débutais et il allait de soi que je ferais tout pour rester du bon côté de la barrière, c'est-à-dire celui de deux des plus importants cinéastes du monde.

Force leur fut de s'incliner. Moi, je savais que, compte tenu des circonstances, je n'avais plus qu'à me surpasser. On avait prévu une lecture du script, mais je me sentais dans une situation fausse et j'étais sûre d'aller à un échec. J'invoquai donc une vague indisposition et ne me montrai pas. Et pas davantage aux répétitions, toujours sous le même prétexte. Psychologiquement, j'étais mal à l'aise et je ne voulais surtout pas de ce genre de situation où l'on vous attend au tournant : « Montreznous donc ce que vous savez faire... »

D'ailleurs, je n'ai jamais été capable de répéter une scène avant de tourner. Même maintenant. J'assiste aux répétitions techniques en me contentant d'articuler les répliques, mais je ne peux pas jouer tant que la caméra ne tourne pas. Si j'ai en face de moi des acteurs qui ont besoin de répéter pour entrer dans leur rôle, je fais de mon mieux, mais je joue pour la forme, pas vraiment. Je me sens tellement timide, sans défense, quand la caméra ne filme pas. Je ne sais pas où me fourrer. Probablement parce que je suis un amateur, pas un professionnel. L'actrice de métier doit être capable de répéter et de se glisser à fond dans son personnage chaque fois qu'on le lui demande; moi, je n'ai pas eu cette formation et je joue en ne me fiant qu'à mon instinct. Comme à mon habitude, je me dédouble en quelque sorte quand je suis sur le plateau, et l'actrice n'apparaît que lorsque la caméra l'exige. Le mot « moteur » me libère, je redeviens naturelle, mes inhibitions s'envolent, j'oublie tout. La transformation qu'opère en moi le simple fait que la caméra soit en mouvement est un phénomène que je ne peux pas expliquer. Quelque chose de fragile et de mystérieux qu'une analyse trop poussée risquerait de détruire.

Tout en évitant les lectures et les répétitions de *la Clé*, je travaillais d'arrache-pied sur le script dans ma chambre d'hôtel. J'avais lancé un défi, j'étais bien décidée à le tenir.

Je le tins. Après un certain temps d'observation de part et d'autre, Sir Carol et moi commençâmes à nous comprendre et à nous respecter mutuellement. Il était peu démonstratif, très britannique, extrêmement réservé, pas bavard, mais en même temps il savait me diriger et m'épauler. Il me laissait libre de jouer comme je l'entendais et d'exprimer à ma façon mes émotions, ne m'imposant que ce qu'il jugeait nécessaire. Sir Carol faisait confiance à mon instinct, confiance que je lui rendais sans réserve. La relation idéale réalisateur-acteur.

Je dis « idéale », et pourtant c'était l'inverse avec De Sica. Mais lui, c'était un phénomène à part. Pas un seul réalisateur n'aurait été capable de faire ce qu'il faisait. Il jouait tous les rôles, il connaissait par cœur toutes les répliques et il mimait le film d'un bout à l'autre derrière la caméra, interprétant mon rôle, celui de Marcello, des enfants, bref, de tout le monde. C'était une technique d'acteur. Il ne nous demandait pas de l'imiter, il nous indiquait seulement ce qu'il avait dans l'idée, et nous le rendions chacun à notre façon. Ce que d'autres réalisateurs auraient mis une demi-heure à expliquer, De Sica le faisait passer en quelques minutes de mimes, restituant l'essence même de la scène.

Avant la fin du tournage, Foreman me dit qu'il ne regrettait pas que j'aie insisté.

Mon père s'était soudain matérialisé dans ma vie. Je dis bien : « matérialisé ». Il avait décidé de quitter sa femme et ses enfants, m'apprit ma mère, pour revenir vivre avec elle. J'avais installé ma mère dans un bel appartement à Rome et je suppose qu'il avait décidé de prendre les choses en main et de devenir le mari qu'il n'avait jamais été. Il commença même à vouloir me donner des conseils pour placer mon argent.

Je fis nettement comprendre à ma mère que Carlo gérait mes affaires, que j'avais confiance en lui et pas du tout en mon père. Je ne voulais plus aller au-devant de nouvelles déceptions ni de nouveaux chagrins. Peut-être mon père souhaitait-il vraiment m'aider, peut-être aurait-il sagement placé mon argent, mais je m'en moquais. L'argent n'a jamais été pour moi un problème; par contre, je ne supporte pas les passions qu'il fait naître ni la corruption dont il est parfois la cause.

Pour moi, il n'y a rien de pire que d'être trahie par quelqu'un en qui j'ai mis ma confiance. Une confiance totale. Comment pourrait-il en être autrement? La confiance ne se calcule pas; elle exclut, par sa nature même, toute réserve, toute ombre de méfiance, et la seule façon de savoir si quelqu'un est digne de votre confiance, c'est de la lui accorder.

Ce genre de trahison m'a toujours laissé des blessures durables. Mais il y a aussi ceux qui m'ont rendu cette confiance et qui ne m'ont jamais déçue, et rien que pour cela, la vie vaut d'être vécue. En tout cas, c'était un risque que je ne voulais pas courir avec mon père; mieux valait laisser se cicatriser les anciennes blessures et s'estomper leur souvenir.

Après trois années de disputes, mon père quitta ma mère pour les beaux yeux d'une jeune et séduisante Allemande. Il alla vivre avec elle et je n'entendis plus parler de placements mirifiques.

Quelques années plus tard, cependant, il faisait de nouveau son apparition dans mon existence. Cette fois, devant les tribunaux. J'avais plus ou moins déclaré, dans une interview publiée par une revue allemande, que lorsque j'étais enfant, mon père ne m'avait même pas donné une paire de chaussures. Mon père me poursuivit en diffamation. Il jura devant le tribunal que mes affirmations étaient fausses et réclama des dommages et intérêts : j'avais sali sa réputation. Sa plainte fut déclarée irrecevable, mais elle attira un maximum de publicité, ce qui me fut très pénible. Mon père pensait peut-être que je lui donnerais de l'argent pour qu'il retire sa plainte, je ne sais pas. En tout cas, l'incident me fit beaucoup de peine.

En Italie, la loi permet à tout citoyen d'accuser, même anonymement, un autre citoyen. C'est ainsi que lorsqu'il reçut une lettre émanant d'une certaine Luisa Brambilla, de Milan, qui m'était totalement inconnue et qui nous accusait, Carlo et moi, lui de bigamie, moi de concubinage, le procureur fut obligé d'ouvrir un dossier. Dans sa lettre, la signora Brambilla déclarait qu'en sa qualité d'épouse et de mère, elle demandait que des poursuites soient engagées contre nous afin de protéger l'institution du mariage en Italie. La condamnation prononcée par l'Église nous mettait désormais au rang des criminels.

La presse s'empara de l'affaire, et Carlo et moi fûmes pris à partie de tous côtés. Ce fut un déluge de lettres d'accusation expédiées des quatre coins de l'Italie; je fus particulièrement bouleversée par l'une d'elles, signée par un groupe de femmes de Pozzuoli. Nous fûmes également attaqués par les juristes, les médecins, les représentants du gouvernement; jusqu'à l'auguste Ligue pour la sauvegarde de la moralité catholique qui nous accusa « de bigamie et d'adultère public ». Je ne crois pas que le procureur reçut une seule lettre prenant notre défense.

Le jour où se déroula l'audience préliminaire devant le juge, pas un seul de ces accusateurs vertueux ne se manifesta afin de répéter de vive voix ses accusations. La loi italienne ne l'y obligeait pas. Le magistrat signa les mandats du procureur :

si nous posions le pied sur le sol italien, nous étions passibles d'arrestation et de prison. L'accusation de bigamie reposait sur une base très simple : l'Église avait déclaré illégal le divorce mexicain de Carlo. Notre mariage était donc intervenu alors que Carlo était encore l'époux légitime de sa première femme. L'Italie, notre terre natale, nous fermait ses frontières : nous étions des proscrits.

On pouvait dire ce que l'on voulait sur moi, nous juger avec la plus grande rigueur, je restais sur mes positions. Quand je sais au fin fond de moi-même que j'ai raison (et je suis seul arbitre lorsqu'il s'agit de juger ma propre conscience), je ne ressasse pas indéfiniment ce qu'écrivent les journaux et je n'essaie pas d'analyser les raisons qui poussent les gens à me persécuter; et pas davantage à me justifier. J'ai raison, un point, c'est tout. Ma certitude me soutient, je n'ai que faire des accusations des bigots. Je ne saigne pas sous leurs coups, et le doute n'est pas ma province.

Cette Brambilla, je la plaignais; une pauvre femme menant une existence mesquine et superficielle qui l'empêchait de comprendre la force de notre amour, notre ardent désir de vivre ensemble notre vie dans les joies de l'union et de la famille — que, d'après elle, nous étions en train de détruire. Car j'étais fermement résolue à vivre avec Carlo — quitte à supporter les pires avanies — et à mettre au monde nos enfants. Dieu sait que j'avais besoin de toute mon énergie et de toute ma détermination : il nous faudrait dix ans pour atteindre notre but, dix ans de tracas, de frustrations, de chicanes, avant de devenir mari et femme.

Comble d'ironie, le jour même où l'Italie rendait son verdict et me déclarait criminelle, j'étais présentée à la reine d'Angleterre à l'occasion de la projection de *la Clé* devant le couple royal. Mais même un événement aussi simple que celui-là me laissa un goût légèrement amer.

C'était mon premier contact avec la royauté; aidée d'un membre du personnel de la reine, je m'y préparai soigneusement. On m'apprit les subtilités de la révérence et, comme il fallait s'habiller pour l'occasion, j'achetai une très jolie robe. L'après-midi se passa chez le coiffeur qui créa spécialement pour moi une coiffure étonnante surmontée d'un petit diadème.

Ce soir-là, lorsqu'on nous réunit pour être présentés à Sa Majesté, les organisateurs constatèrent avec effarement la présence de ce diadème. Il était hors de question de l'arborer en présence de la reine, me dit-on; seule Sa Majesté en aurait un. J'étais consternée, mais c'était trop tard : impossible d'ôter la petite couronne sans démolir ma coiffure. La reine allait faire son apparition dans quelques minutes.

Maria, sœur de Sophia. La reine Elizabeth fut charmante. Quand Sophia fit la révérence, le regard royal effleura un instant le diadème, mais le sourire de la reine demeura égal. Le lendemain, cependant, la presse s'en donnait à cœur joie. « L'Angleterre a deux reines aujourd'hui, titrait-elle, la reine Elizabeth et la reine Sophia. » La photo de leurs deux têtes couronnées faisait la une de tous les journaux. « Hier soir, l'actrice Sophia Loren, pouvait-on lire à la première ligne d'un article, a tenté de détrôner la reine d'Angleterre... »

D'accord, c'était une énorme gaffe, mais elle valut à Sophia plus de publicité que n'en récolta toute l'équipe de production réunie.

Je tournais *C'est arrivé à Naples* avec Clark Gable; nous étions au beau milieu d'une scène d'amour quand une sonnerie insistante se déclencha dans le voisinage de son poignet. Clark me lâcha sur-le-champ, me tapota l'épaule en me disant « A demain! » et disparut.

C'était cela, Gable. Du métier jusqu'au bout des ongles. Il arrivait à l'heure pile, savait ses répliques à la virgule près, et partait à l'instant précis où sa montre sonnait cinq heures. La journée de huit heures, la montre remplaçant la sirène d'usine.

J'essaie toujours d'établir des relations d'amitié avec mes partenaires masculins parce que le public, plus ou moins consciemment, y est sensible. Et aussi parce que si l'on doit arriver sur le plateau à sept heures du matin, s'embrasser et se retrouver dans le même lit, autant être amis. Naturellement, il y a des partenaires avec qui on accroche mieux que d'autres, mais parmi tous ceux avec lesquels il m'a été donné de tourner (autres que Cary Grant), deux m'ont particulièrement fascinée. Le physique d'un homme m'attire moins que ses autres qualités et j'ai été conquise par le charme, la vivacité, l'esprit, l'intelligence et l'humour de Peter Sellers et d'Alec Guiness.

J'étais en train de tourner *Scandale à la cour* à Vienne lorsque je fus officiellement invitée à assister au festival de Venise. *L'Orchidée noire* faisait partie des films présentés, et j'étais candidate au titre de la meilleure interprète féminine. Mais Carlo et moi redoutions les éventuelles conséquences d'un séjour en Italie où nous étions poursuivis comme criminels. Qui sait si cette invitation n'était pas un piège pour nous attirer là-bas, nous confisquer nos passeports et nous jeter en prison? La loi italienne ne reconnaît pas l'*habeas corpus;* autrement dit, un suspect peut être indéfiniment gardé à vue avant de passer en jugement.

Carlo contacta les organisateurs du festival et leur proposa un marché : puisqu'on le prétendait bigame, il était coupable d'un crime plus grave que le mien, simple concubine; je me rendrais donc seule en Italie, mais avec l'assurance que la police me laisserait librement y entrer et en ressortir. Les organisateurs promirent tout ce que l'on voulut, mais je peux vous garantir que c'est une Sophia plutôt remplie d'appréhension qui mit le pied sur le quai de la gare à Venise. Pour un peu, je me serais attendue à voir les *carabinieri* se jeter sur moi et m'emmener sans autre forme de procès.

Peurs injustifiées; au lieu de *carabinieri*, il y eut pour m'accueillir une foule d'Italiens en fête criant, riant, agitant les mains et une flottille de gondoles sur le Grand Canal scandant mon nom au rythme des avertisseurs. C'était un retour triomphal après quatre ans d'absence, et l'anathème jeté contre moi par l'Église ne semblait pas avoir refroidi l'ardeur des Vénitiens.

Puis ce fut l'émotion intense de s'entendre proclamer meilleure interprète féminine. Debout sur la scène, devant mes compatriotes qui m'acclamaient et m'applaudissaient, recevant la plaque Volpi commémorant cette victoire, j'eus du mal à contenir les émotions diverses qui m'agitaient. On aurait dit que par son ovation délirante, le public voulait me faire savoir que, malgré les impitoyables accusations portées contre moi, je gardais toujours ma place dans son cœur.

Quoi qu'il en soit, je repartis le soir même sans que se soit modifiée un tant soit peu l'attitude des autorités, et Rome nous restait toujours aussi inaccessible.

La réalité était amère : Carlo et moi n'avions pas d'endroit où vivre. Nous étions sans foyer ni pays. Une villa louée sur la Côte d'Azur, un chalet, loué aussi, en Suisse, et nos cœurs toujours tournés vers l'Italie et n'aspirant qu'à y rentrer. En Suisse, lorsque le mal du pays se faisait trop insupportable, Carlo prenait la voiture et nous allions jusqu'au col de la Furka ou du Saint-Gothard, d'où nous découvrions une vue splendide sur les vallées italiennes. C'était peu, mais c'était l'Italie, et nous repartions réconfortés.

Carlo harcelait sans désemparer ses avocats romains pour qu'ils trouvent le moyen d'annuler son crime — son mariage mexicain. Finalement, au bout de cinq ans de joutes et comparutions diverses, l'annulation fut prononcée. Question de chance plus que d'astuce.

La loi mexicaine exige que les serments de mariage soient échangés devant notaire, l'acte étant signé par les mariés et par deux témoins. Or, les avocats qui avaient agi par procuration s'étaient dispensés de ces derniers. Aux termes de la loi mexicaine, cette négligence annulait le mariage; autrement dit, Carlo et moi n'avions jamais été légalement mariés au Mexique, il se retrouvait donc toujours uni à sa première femme et l'accusation de bigamie tombait.

Avant de reconsidérer le cas, le magistrat romain commença par demander que l'acte soit présenté devant le tribunal. Mais l'archiviste de Juarez fouilla en vain les dossiers : le document avait disparu. Il fallut l'astuce des détectives pour le retrouver chez un journaliste italien qui l'avait volé dans l'enceinte même du tribunal. Après avoir étudié le document, le magistrat déclara sans trop s'aventurer qu'il allait soumettre l'affaire aux autorités compétentes.

« C'est le moment de foncer, me dit Carlo. On rentre à Rome et on risque le tout pour le tout. Je ne pense pas qu'on nous fasse des ennuis du moment que nous ne vivons pas ensemble.

— Pas ensemble ?

— Je veux dire : pas ouvertement ensemble. Il va falloir ruser, mais ça va être bon de rentrer au pays. »

Chapitre 13

Carlo Ponti. J'avais projeté de faire *la Ciociara* avec Paramount, George Cukor étant le réalisateur. Ce dernier pensait à Anna Magnani pour le rôle de la mère; Sophia aurait incarné la fille. Mais avant de songer à la distribution, il nous fallait un scénario. Nous avons soumis le roman d'Alberto Moravia aux plus célèbres scénaristes de Hollywood, qui refusèrent l'un après l'autre. Le livre leur plaisait, cependant aucun ne voyait comment en tirer un film. Il n'y a pas d'histoire, se plaignaient-ils, il ne se passe rien; juste des personnages donnés dans une situation donnée, mais l'action ne progresse pas.

Cukor prit l'avion pour Rome afin de soumettre l'idée à Anna Magnani. Elle avait lu le livre, mais elle ne voulait pas entendre parler de jouer la mère si Sophia incarnait la fille. « Elle est trop grande, dit-elle à Cukor. Comment voulez-vous que je sois sa mère si je dois lever la tête pour lui parler ? » Je connaissais Anna Magnani depuis de nombreuses années, et nous étions de grands amis. J'ai essayé de la faire revenir sur son attitude, mais c'était une femme entêtée. « Je jouerai la mère, déclara-t-elle, mais pas avec Sophia pour fille. » Nous en étions donc là. Sans Magnani, le film n'intéressait plus Cukor, qui laissa tomber. J'achetai alors les droits à Paramount, et je demandai à De Sica de prendre la place de Cukor et à Zavattini d'écrire le scénario.

A mon avis, Anna Magnani a commis une erreur fatale en refusant *la Ciociara*. « Sophia Loren fait tous les films que je devrais faire », se plaignit-elle un jour avec amertume. Anna était une femme que je respectais et que j'admirais profondément et, qui plus est, une amie de longue date; si j'avais seulement réussi à la convaincre de tourner *la Ciociara*, la fin de sa vie aurait été bien différente.

De Sica n'avait pas approuvé mon odyssée dans le cinéma anglo-américain; surtout l'épisode hollywoodien qui s'était soldé, en six ans d'absence, par le tournage de dix films. Mais Carlo nous offrait maintenant le projet qui allait nous réunir, le roman de Moravia : *la Ciociara*. Il avait pour cadre l'Italie à l'époque de la guerre et il retraçait certains aspects de la vie pendant cette période que j'avais moi-même vécue à Pozzuoli et à Naples.

Malgré l'échec de Cukor, De Sica espérait convaincre Anna Magnani. C'était en effet un rôle en or, celui d'une veuve de cinquante ans qui se bat farouchement, mais en vain, pour protéger des brutalités de la guerre sa fille de dix-huit ans avec laquelle elle fuit sur les routes de l'exode. J'étais très émue à l'idée de jouer aux côtés d'Anna Magnani, doyenne des actrices italiennes à l'époque. Mais quand De Sica alla la voir pour lui soumettre le projet, elle refusa catégoriquement de tourner avec moi. « Écoute, Anna, lui dit De Sica d'un ton apaisant, tu sais bien que tu peux me faire confiance pour ne pas mettre en valeur l'une plus que l'autre.

— Tu veux vraiment que je sois la mère? C'est entendu; mais pour la fille, je te suggère quelqu'un d'autre : Anne-Marie Pierangeli. Nous irions très bien ensemble. »

De Sica resta sur ses positions. Il mit en œuvre toute sa séduction pour persuader Anna Magnani, mais plus il insistait, plus elle s'ancrait dans son refus. Finalement, pour le taquiner, elle lança : « Écoute, Vittorio, si tu es tellement amouraché de Sophia, pourquoi ne lui fais-tu pas jouer la mère? »

C'était une idée qui n'avait même pas effleuré De Sica, mais maintenant qu'on la lui soufflait, il se demanda si ce ne serait pas, après tout, la solution. Néanmoins, en prenant congé d'Anna il insista une dernière fois : « C'est ton dernier mot pour Sophia?

— Mon dernier, je ne reviendrai pas là-dessus!

— Eh bien, dit De Sica, je pense que je vais suivre ton conseil et lui donner le rôle de la mère. Ce n'est pas bête du tout. »

Il m'envoya un télégramme : Acceptes-tu d'être la mère d'une fille de treize ans? Je répondis immédiatement par l'affirmative. Le rôle était splendide et je faisais la plus entière confiance à De Sica; il saurait me diriger. C'est ainsi qu'Anna Magnani me donna le rôle de ma vie, celui qui allait orienter toute ma carrière.

Jusque-là, j'avais seulement interprété des rôles faits sur mesure. Il me faudrait énormément de travail, je le savais, pour me mettre psychologiquement dans la peau de la femme réaliste, terre à terre, que je devais incarner. « Ce ne sera pas facile, me prévint De Sica. Tu n'as pas encore vingt-six ans et tu dois convaincre dans le rôle d'une femme qui en a dix de plus. Tu as une fille de treize ans. Tu es pauvre, tu as travaillé toute ta vie, mais honorablement, et tu t'es consacrée à l'éducation de la fillette. Tu as mené une existence primitive et toute ton attitude devant la vie reflète ce caractère fruste, simple et direct. La guerre ne t'a pas épargnée, elle t'a fait vieillir plus vite que les années. On va te photographier sans maquillage et t'habiller comme une femme de la campagne s'habille vraiment. En fait, c'est quelque chose que tu as vécu, que tu connais bien. Si tu arrives à te glisser dans ce personnage, à être cette femme, sans te préoccuper de l'allure que tu peux avoir, en donnant libre cours à tes émotions, en laissant tout ce que tu as en toi habiter le personnage, je te garantis que tu tiens le rôle de ta vie. »

Pour me préparer, j'ouvris donc les vannes de ma mémoire et je me laissai de nouveau imprégner par l'atmosphère d'alors : les bombardements, les nuits dans le tunnel, les massacres, les viols, la faim, l'inhumanité qui avait marqué cette période. Je me concentrai surtout sur les souvenirs que j'avais de ma mère pendant la guerre, ses peurs, ses ruses, ses sacrifices, et la façon dont elle avait su nous protéger contre l'horreur de la guerre.

p. 164 : Dans *la Ciociara*, 1960.
p. 165 : Dans *Madame Sans-Gêne*, 1961.

La scène capitale de *la Ciociara* se déroulait dans les décombres d'une église bombardée où je m'étais réfugiée avec ma fille alors que nous fuyions notre village natal bombardé par les avions alliés. Un groupe de soldats marocains surgissaient soudain de l'obscurité et nous violaient sauvagement avant de nous abandonner, physiquement et moralement meurtries, dans l'église en ruine. Il fallait que j'exprime mon impuissance et mon désespoir devant le spectacle de ma fille ainsi brutalisée, elle que j'avais protégée avec une énergie si farouche pendant les mois précédents; devant la perte de l'unique chose à laquelle je tenais encore et qui donnait son sens à ma vie. Je savais que ce serait la scène la plus difficile du film.

La nuit précédant le tournage, je passai de longues heures à me remémorer la peur, encore vivace, qu'avait suscitée en moi la présence des soldats marocains cantonnés au rez-de-chaussée de la maison à Pozzuoli. Je revécus la terreur de ces nuits où, ivres morts, ils avaient martelé notre porte; j'entendis de nouveau leurs grognements et leurs phrases incompréhensibles se répercuter dans le silence terrifié de notre appartement.

On aurait pu croire, compte tenu d'un passé qui avait laissé des souvenirs aussi ineffaçables, que le film allait être un jeu d'enfant. Pourtant, quand j'y repense, ce fut le rôle le plus difficile de ma carrière. Il est très pénible de revivre ses terreurs d'enfant et de faire passer des sentiments très réels dans quelque chose de *joué*. Dans mon souvenir, je revoyais cette période et les traces qu'elle avait laissées avec les yeux et les émotions de la fillette que j'étais alors, tandis que le rôle m'obligeait à les voir avec les yeux d'une femme désespérée. J'ai donc essayé le plus souvent de tracer le portrait de ma mère, de réagir comme j'imaginais qu'elle l'aurait fait si, une de ces nuits à Pozzuoli, les soldats marocains avaient réussi à forcer notre porte et à me violer.

Pendant tout le tournage, je ne cessai de puiser à ce stock d'images et d'émotions pour enrichir mon rôle. Derrière la caméra, le visage compatissant de De Sica et ses yeux vifs suivaient chacun de mes gestes, guettaient chacune de mes intonations et les changements les plus subtils de ma façon d'être, veillant constamment à préserver l'équilibre du film, modérant mon jeu si j'en faisais trop, l'accentuant au contraire le cas échéant. Sans lui, j'aurais été incapable de jouer comme je l'ai fait. Grâce à son aide, j'ai pu interpréter certaines scènes en abandonnant toutes mes défenses, un peu comme un skieur qui foncerait tête baissée pour accomplir un nouvel exploit.

Avant *la Ciociara*, je me contentais d'être une exécutante; cette fois, j'étais une actrice.

A Rome, nous menions une vie étrange, Carlo et moi. Sans cesse sur nos gardes, et obligés de nous inventer une existence absurde pour ne pas nous retrouver sous les verrous au nom de la morale publique — comme le procureur semblait vivement le souhaiter. Nous passions notre temps à brouiller les pistes. Certains soirs, nous restions chez ma mère. Nous changions régulièrement d'appartements en les louant sous un nom d'emprunt. Il nous arrivait aussi de passer la nuit chez des amis. Quand nous dînions dehors, nous arrivions et repartions séparément, ou avec un groupe d'invités. Et, bien sûr, on ne nous voyait jamais ensemble en public. C'était une façon de vivre aussi idiote qu'épuisante. Mais j'avoue que son côté gendarme-et-voleur avait aussi ses charmes. Nous ressemblions à deux amants fuyant la vindicte d'un mari jaloux. Le jeu en valait la chandelle : nous nous trouvions de nouveau à Rome, le temps de l'exil était révolu, et plus que jamais j'appréciais cette ville ainsi que le fait d'être au milieu de mes amis.

Quant aux perspectives de mariage, elles demeuraient aussi incertaines qu'avant. Les mêmes accusations pesaient toujours sur nous. Carlo continuait à être, juridiquement, l'époux de sa première femme. Ses avocats se trouvaient dans une impasse.

Six années s'étaient écoulées depuis que Carlo m'avait donné cet anneau fatal pendant le tournage de *la Fille du fleuve*. La situation restait insoluble.

J'ai supplié ma sœur de ne pas épouser Romano Mussolini. Je n'avais rien contre le nom, et ce n'est certainement pas moi qui irais soutenir que les fautes du père retombent sur le fils. Non, c'était autre chose. Connaissant bien Maria, j'étais convaincue qu'il lui fallait un mari plus fort et plus débrouillard. Romano était un pianiste de jazz plein de talent; Maria l'avait rencontré lors d'un festival de jazz, et je pense qu'elle avait été séduite par ses dons de musicien.

Moi, je voyais surtout un homme bourré de complexes et d'inhibitions, probablement à cause de son passé et de son nom. Ce n'était pas, selon moi, le genre d'homme qu'il fallait à Maria, et je le lui dis quand elle me demanda ce que j'en pensais.

Mais elle ne tint pas compte de mon avis, elle avait décidé de l'épouser et rien ne pouvait la faire changer d'idée. Son obstination eut au moins un résultat positif : elle me permit de faire la connaissance de Rachele Mussolini, l'épouse du dictateur à l'époque où celui-ci régnait en maître sur l'Italie. Elle vivait seule dans une petite ville du nord du pays. C'est une des plus belles femmes que j'aie jamais rencontrées, une des plus extraordinaires aussi. Menue, des cheveux de neige, des yeux bleus étincelants, elle me fit d'abord un accueil réservé — la star arrivant en voiture de luxe — mais quand je repartis, elle m'avait totalement acceptée. Elle me demanda même de rester à déjeuner et nous passâmes un moment inoubliable dans sa cuisine à préparer un sauté de veau aux pâtes.

Malgré son âge, elle débordait de vie et d'énergie; très intelligente et intuitive, elle s'intéressait aux autres et était prête à se battre pour défendre ses idées. Elle parlait de son mari en l'appelant « Il Duce », mais elle ne cherchait pas à l'excuser;

elle se contentait de dire qu'il avait été victime de mauvaises influences. Elle avait fait enterrer ses restes mutilés dans une petite chapelle privée. Son amour pour lui ne s'était pas démenti avec les années, et elle en parlait comme une femme amoureuse parle de celui qu'elle aime. Loin d'être fasciste, elle restait la socialiste qu'elle était au moment où elle avait rencontré Mussolini.

J'éprouvais pour elle une admiration sans bornes. Son mari avait été tué aux côtés de sa maîtresse, Clara Petacci. C'est avec celle-ci qu'il passa sa dernière nuit; tous deux avaient été attirés dehors et tués par une rafale de mitraillette, Clara se jetant devant lui pour essayer vainement de lui faire un rempart de son corps.

Rachele Mussolini ne conservait aucune rancœur à l'égard d'un mari qui lui avait préféré sa maîtresse. Seulement de l'amour. Elle continuait à l'aimer pour tout ce qu'il lui avait apporté. Je me dis qu'il était impossible d'éprouver un amour plus grand que celui de cette femme. Je levai les yeux vers sa ravissante tête blanche penchée vers son assiette, presque dans une attitude de prière. Je l'adorais et je la respectais. Elle était seule, elle menait une existence modeste et frugale; son mari ne lui avait laissé qu'une chose, son nom, un héritage difficile à porter. Et pourtant, elle se consumait d'amour pour lui.

Maria, sœur de Sophia. Sophia essayait de me faire voir avec d'autres yeux Romano Mussolini en me posant des questions. Est-ce quelqu'un de fort, qui saura te donner ce dont tu as besoin? N'est-il pas trop égoïste, trop centré sur lui-même? As-tu réfléchi à ce que tu attends d'un mari? T'es-tu demandé s'il peut te l'apporter?

En fait, j'ai épousé Romano pour deux raisons, qui n'avaient rien à voir avec lui. La première, c'est que je suis tombée amoureuse de sa mère. C'est une femme fantastique, et dès le jour où j'ai fait sa connaissance dans la petite ferme de Forli qui sentait bon le pain frais, avec ses chapelets de *fettucine* en train de sécher devant le feu, cela a été le coup de foudre. J'adore les bébés et les personnes âgées, et Rachele Mussolini était la vieille dame la plus fascinante qui soit, pleine de sagesse, de compréhension, de tact. « Cette maison sera toujours la vôtre, me dit-elle, que vous épousiez Romano ou non. Vous êtes ici chez vous. »

Romano, lui, était bien l'homme faible et égoïste qu'avait deviné Sophia. Qui plus est, il aimait une autre femme quand il m'a épousée. Mais j'étais très jeune, et une seule chose comptait : un homme acceptait de me donner son nom. Le fait qu'il existât quelqu'un désireux de me conduire à l'église et de me donner son nom devant Dieu et devant les hommes reléguait tout le reste au second plan. De plus, à cette époque, Sophia se débattait dans d'énormes problèmes avec l'Église et les tribunaux. Le nom de Ponti, qu'elle avait acquis par son mariage mexicain, venait de lui être retiré. En tant qu'enfants illégitimes, nous avions rêvé du jour où le mariage nous donnerait enfin un nom bien à nous. Or, Sophia venait d'être publiquement humiliée, et sa joie de s'appeler Mme Ponti avait été réduite en cendres par le Vatican. Vous pouvez vous imaginer quelle terrible épreuve c'était pour une femme qui, enfant, avait considérablement souffert des multiples blessures que lui valait son illégitimité. J'ai dû, d'une façon un peu bizarre, épouser Romano Mussolini pour prouver quelque chose à Sophia autant qu'à moi-même.

Le mariage de Maria fut un vrai cirque. Plus de cinq mille personnes s'entassèrent dans l'église de Predappio pour se répandre ensuite sur la *piazza*. Un cauchemar. Les *paparazzi* se faufilaient partout avec leurs appareils, même sur l'autel. On m'a dit qu'en essayant de se frayer un chemin jusqu'au chœur, Romano s'était évanoui et que l'on dut faire appel à un médecin. C'est tout à fait possible, compte tenu de cette cohue démente, encore que je ne l'aie pas vu. Ni grand-chose d'autre, d'ailleurs. Durant toute la cérémonie, un mur d'appareils et de flashes m'empêcha d'apercevoir quoi que ce soit. Je n'ai rien entendu non plus. Le bruit que faisaient les *paparazzi* occupés à jouer

En haut : 1963, le baptême du premier enfant de Maria. A côté de Maria, son mari, Romano Mussolini, dont la mère tient l'enfant. *En bas :* 1963, dans l'appartement où elle passa son enfance. A sa gauche, son oncle et sa tante. Le papier sur les murs a été acheté grâce au prix qu'elle avait gagné à son premier concours de beauté.

des coudes et des mains pour trouver l'emplacement idéal, ajouté au brouhaha des gens à l'extérieur qui essayaient à tout prix d'entrer dans l'église, couvrit les mots du prêtre. Le problème, ensuite, fut de traverser la foule pour parvenir à ma voiture. Il était hors de question d'aller à la réception et je dis au chauffeur de rentrer directement à Rome. Alors qu'il réussissait enfin à se dégager de la cohue des voitures et qu'il accélérait, il renversa un jeune homme sur une Vespa. Le choc fut terrible, le garçon fut tué sur le coup. Une journée horrible, dont il me fallut longtemps pour me remettre.

Le mariage de Maria dura le temps nécessaire pour mettre au monde deux enfants. Mon instinct ne m'avait malheureusement pas trompée. Son mari continua à vivre comme avant, en célibataire. C'est le cas de beaucoup d'Italiens. En général, les femmes entrent totalement dans le mariage, tandis que les hommes n'adhèrent à ce nouveau statut que dans la mesure où il leur convient. Et il convenait fort peu à Romano. Il jouait avec son orchestre, fréquentait le milieu du jazz et, quelques années plus tard, cette union mourait de sa belle mort.

Lorsque j'appris que j'étais proposée pour un Oscar en raison de mon interprétation de *la Ciociara*, je fus aux anges. Je répondis que j'assisterais à la cérémonie de remise des récompenses à Hollywood. Le seul fait de figurer sur la liste des candidates me paraissait déjà un honneur en soi, plutôt rare pour une actrice jouant en italien dans un film italien. Après avoir réfléchi, cependant, je changeai d'avis. La concurrence s'annonçait rude : Audrey Hepburn dans *Breakfast à Tiffany*, Piper Laurie dans *l'Arnaqueur*, Geraldine Page dans *Été et Fumées*, Natalie Wood dans *la Fièvre dans le sang*. Outre cette liste redoutable, il fallait se rendre à l'évidence : depuis que les Oscars existaient, jamais ils n'étaient venus couronner l'interprète d'un film en langue étrangère. Anna Magnani se l'était vu attribuer, mais pour *la Rose tatouée*, une production américaine interprétée en américain.

Je décidai donc d'éviter l'épreuve que constituait le fait d'être là, devant des millions de spectateurs, en train d'attendre le verdict. Si je perdais, je serais capable de m'évanouir de déception; si je gagnais, je m'évanouirais de joie. Et plutôt que de mettre le monde entier au courant de mes émois, mieux valait m'évanouir tranquillement à la maison.

Sincèrement, je ne pensais pas gagner. Toutefois, l'espoir ayant la vie dure, je n'arrivais pas à fermer l'œil la nuit où les résultats devaient être proclamés. Le photographe Pier Luigi vint dans notre appartement monter la veille avec moi. A trois heures du matin (dix-huit heures à Hollywood), j'essayai d'aller au lit, mais impossible de dormir; mon cœur battait la chamade, au point que je revins discuter avec Pier dans le salon. Ni la radio ni la télévision italiennes ne retransmettaient la cérémonie. A six heures, je savais que les dés étaient jetés et que l'Oscar était allé à quelqu'un d'autre. Pier Luigi me prodigua ses condoléances et j'allai me coucher. A dix heures quarante-cinq, sonnerie du téléphone : c'était Cary Grant.

« Ma chérie, tu es au courant?

— Au courant de quoi?

— De ta victoire! L'Oscar de la meilleure interprète! Je suis si heureux d'être le premier à t'annoncer la nouvelle! »

Je ne m'évanouis pas, mais j'avais la tête qui tournait. L'heure la plus mémorable de mon existence.

Récemment, certains acteurs ont remis en cause la valeur et la raison d'être des Oscars. Moi pas. Si vous êtes un acteur de métier, fier de ce que vous faites, vous ne devez pas mépriser le jugement de vos pairs. Du moins, c'est ce qu'il me semble. Je suis fière de toutes les récompenses qui m'ont été attribuées, j'y tiens, et mon Oscar figure à la place d'honneur. On me l'a volé, il y a quelques années, à la villa Marino; les cambrioleurs le croyaient en or massif. J'ai envoyé soixante dollars à l'Academy, qui m'en a aussitôt réexpédié un autre par la poste.

La mère de Sophia. Dans mes rapports avec Sophia, c'est elle qui est la mère et moi la fille. Elle me téléphone régulièrement pour savoir ce que je deviens. Quand je suis inquiète, elle me tranquillise, quand je me sens seule, elle me rassure. C'est une fille merveilleuse! Si humaine. Elle a la douceur, la compréhension venues du cœur qui me manquent. La sérénité aussi. J'ai beaucoup de défauts — je suis trop spontanée, trop soupe au lait, je ne réfléchis pas assez. Mais ces défauts m'ont permis de tenir bon, et cela, Sophia le comprend. Je suis un peu bizarre, je n'ai pas d'amis. Tout ce dont je rêvais pour moi est arrivé à Sophia. C'est comme si je vivais par personne interposée.

Quand nous sommes arrivées à Rome, je ne connaissais personne, pas un chat. J'ai obligé Sophia à ne penser qu'à sa carrière, je l'ai emmenée partout. J'ai consacré ma vie à sa réussite. Dans les milieux cinématographiques, on m'appelait « la Maréchale » parce que je la traînais toujours derrière moi. Si je n'ai pas été en mesure d'aider Maria à faire une éventuelle carrière de chanteuse, c'est que je me suis totalement consacrée à Sophia, et j'étais trop épuisée ensuite pour m'occuper de Maria.

Mais j'ai été récompensée de toute la peine que j'ai prise car tout ce qui arrive à Sophia, c'est à moi que cela arrive. Je suis Sophia. Quand on lui a donné l'Oscar pour *la Ciociara*, j'ai eu l'impression que c'était moi qui le recevais, moi que l'on applaudissait. J'étais comblée. La nuit de leur remise, Sophia m'avait dit d'attendre près du téléphone. J'ai attendu. Tôt le matin, elle m'a appelée : elle avait gagné. J'ai couru jusque chez elle. Le salon était illuminé : projecteurs, caméras de télévision, micros, reporters. Il me semblait qu'ils étaient là pour moi. Tout cela parce que Sophia m'a vraiment fait participer à sa carrière. Tout ce que je désirais, c'est elle qui l'a eu. Je vis dans son reflet, et je suis heureuse.

Ma mère est obsédée par une idée, celle d'avoir raté la possibilité d'une carrière cinématographique parce qu'on ne l'a pas laissée aller à Hollywood quand elle a gagné ce concours Greta Garbo. Mais je me demande si elle aurait eu la patience, la force de concentration, la passion nécessaires pour être actrice de cinéma, et réussir. Ou si elle aurait, comme moi, vraiment aimé *jouer*. Elle a donc vécu sa carrière à travers moi et je lui dois beaucoup car, au début, elle m'a donné l'énergie qui me manquait. Elle parlait pour moi quand la timidité m'empêchait d'articuler un mot, elle me conduisait là où mes jambes refusaient de me porter, elle avait du courage pour deux pendant cette période où j'essuyais refus sur refus sans jamais recevoir le moindre encouragement.

J'ai hérité de certains de ses traits, surtout de ses fréquents changements d'humeur — à la différence qu'elle laisse ses humeurs s'exprimer et fait savoir à tout le monde exactement ce qu'elle ressent à un moment donné (au point de dire aux gens qu'elle n'aime pas pourquoi elle ne les aime pas). Moi, j'ai fini par me rendre compte que si j'en faisais autant, les gens avec qui je travaille et je vis deviendraient fous. Je m'abrite donc derrière un masque qui cache mes sentiments profonds. C'est une chose que j'ai dû apprendre; cela ne s'est pas fait tout seul, mais c'est devenu une seconde nature et cela m'a beaucoup facilité la vie.

Ma mère et Carlo ont environ le même âge. Cela me fait drôle quand j'y pense. Je ne sais pas vraiment ce qu'ils éprouvent l'un à l'égard de l'autre car ils n'ouvrent pas la bouche quand ils sont ensemble; ils paraissent un peu gênés. Peut-être parce que ma mère n'a jamais habité chez nous; peut-être aussi parce que Carlo est très secret de nature. En tout cas, d'après ce qu'ils me disent, je sais qu'ils ont du respect l'un pour l'autre et c'est l'essentiel.

Maria, sœur de Sophia. J'adore chanter. J'avais cinq ans lorsque les gens ont commencé à être attirés par ma voix et par ma personnalité; mais le destin ne voulait pas que je fasse carrière dans la chanson. J'ai essayé en Italie, avec des chansons américaines et napolitaines. J'aime énormément les chansons napolitaines; leurs paroles sont merveilleuses, et elles ont tellement de sentiment!

J'aurais pu tenter ma chance en Amérique. L'occasion s'est présentée, mais je n'ai pas su la saisir, c'est tout. Quand je me trouvais avec elle à Hollywood, Sophia m'a emmenée un soir avec elle à une réception. Sinatra était là. Je l'avais rencontré en Espagne, pendant le tournage d'*Orgueil et Passion*, et il s'était montré charmant et très amical. Ce soir-là, je bus un peu de champagne — je bois rarement, mais quand cela m'arrive, mes inhibitions s'envolent. On a demandé à Sinatra de chanter, ce qu'il a fait. Et savez-vous qui s'est levée et s'est mise à chanter avec lui? Moi, mais oui! Après, je ne pouvais pas croire que j'avais eu l'audace de faire une chose pareille : mêler ma voix à celle de Sinatra! Mais Frank l'a très bien pris, il m'a même encouragée et nous avons chanté plusieurs chansons ensemble pour les invités. Le lendemain, il a dit à Sophia que j'avais l'étoffe d'une chanteuse professionnelle et qu'il voulait prendre ma carrière en main. Il m'a trouvé un très bon professeur de chant et il m'aurait prise sous son aile si je n'avais eu le mal du pays. Les Italiens, et surtout les Napolitains, ont facilement le mal du pays. De plus, ma mère, dans ses lettres, me pressait de rentrer à Rome. Au fond, je suis une femme qui a toujours besoin d'aimer, qui *doit* aimer. Je n'aimais personne à Hollywood, et cela me rendait malheureuse.

J'ai donc abandonné mes espoirs de carrière et l'aile de Sinatra, et je suis rentrée à Rome où je suis vite tombée amoureuse et me suis mariée.

En y repensant, pourtant, je ne crois pas que j'aurais eu, par nature, la détermination qu'exige une carrière professionnelle. J'ai vu par quoi Sophia est passée, les revers, les sacrifices, son obstination, sa concentration, la façon dont elle a lutté pour accéder à la gloire, mais aussi pour protéger sa vie privée; et, sincèrement, je dois reconnaître que je n'avais pas en moi une passion aussi intense. L'artiste est quelqu'un de très particulier et qui se donne totalement à ce qu'il fait. Le talent ne suffit pas; il est le diamant brut que l'artiste polit, taille, monte et fait étinceler à la lumière. Cela à force de confiance en soi, de détermination, de labeur incessant.

La réussite n'a pas fait oublier à Sophia que nous avions renoncé, ma mère et moi, à certaines possibilités, et c'est pour quoi elle m'a fait participer à sa vie et à ses activités. Elle m'emmenait avec elle quand elle tournait en extérieurs; elle me confiait ses secrets, ses rêves, ses déceptions. Elle m'a ainsi permis de faire partie intégrante de sa vie et je m'identifiais tellement à elle que lorsque l'Oscar lui a été attribué, j'ai eu l'impression de le recevoir moi-même.

Le téléphone sonna. C'était Carlo. « Tu es au courant pour Marilyn Monroe? demanda-t-il.

— Non », dis-je.

Une pause. Puis : « Elle est très malade. » Carlo connaissait mon admiration infinie pour Marilyn que j'adorais comme une sœur, bien que je ne l'eusse jamais rencontrée. Je me reconnaissais en elle. Peut-être parce que, l'une comme l'autre, nous étions parties de rien. « Elle ne s'en remettra peut-être pas, continua-t-il.

— Pourquoi me téléphones-tu? Carlo, que se passe-t-il? »

Carlo déteste m'apprendre de mauvaises nouvelles et, quand il ne peut faire autrement, il procède toujours avec précaution. Il savait que celle-ci allait me bouleverser. « Autant te dire tout de suite la vérité : elle est morte. »

Morte. Marilyn. Je ne la connaissais que par ce que j'avais lu sur elle, par ses films et par les photos. Joe Di Maggio, l'athlète; Arthur Miller, l'intellectuel; et les nombreuses rumeurs sur les autres. Mais elle était restée seule longtemps, et peut-être la solitude fut-elle la cause de son geste. L'attente d'un amour qui manquait au rendez-vous, un besoin désespéré d'être aimée et que personne ne semblait devoir combler. Je l'imaginais, je la voyais pâle et morte dans son lit solitaire, et je pleurais pour elle. Elle qui n'était pas du tout ce qu'elle faisait semblant d'être.

Les photos sexy, la pin-up, tout cela n'était qu'un déguisement. J'avais vu une série de photos d'elle, prises sur une plage californienne. Pas de maquillage, pas de transformation en objet sexuel, juste des photos toutes simples. Elle était vraiment belle. Mais avec la solitude déjà inscrite sur son visage. Seule, Marilyn l'a probablement été depuis le jour de sa naissance jusqu'à celui de sa mort. Beaucoup de gens croient qu'elle était obsédée par la peur de vieillir et que ce fut la raison de son suicide. Je crois plutôt qu'elle ne pouvait plus supporter l'insupportable : être seule et sans amis. Sans espoir. Le monde l'avait vidée du désir de vivre. Le harcèlement des journalistes, les hommes qui lui volaient ses émotions sans rien lui donner en échange, ce besoin perpétuel de la poser en déesse de la volupté. Pour ne pas contrarier, elle acceptait cet érotisme de commande. Mais elle n'avait pas besoin de ces artifices : elle irradiait, naturellement, cette sensualité. Seulement, elle l'ignorait.

A mon avis, la sensualité vient de l'intérieur. Les gens ont toujours vu en moi un symbole sexuel, mais quand j'ai joué les rôles qui mettaient l'accent sur cet aspect de ma personnalité, je ne me suis jamais dit : Vas-y, Sophia, sois sexy, allume-les. Il m'est difficile de dire comment je rendais particulièrement sensuel tel ou tel rôle. Je me contentais d'interpréter le personnage tel que je l'imaginais. C'est un registre délicat, et si on l'accentue artificiellement, le public sent que c'est factice et ne suit pas. C'est quelque chose que l'on a ou que l'on n'a pas, sans grand rapport avec les seins, les cuisses ou la moue des lèvres. Marilyn avait un immense talent auquel s'ajoutait une sensualité aussi naturelle que contagieuse. Personne ne peut apprendre à une actrice à être sensuelle, à jouer sensuel. Regardez Jayne Mansfield : un corps percutant; mais on aurait dit une caricature de Marilyn. Et de la sensualité en général.

Quand je joue, c'est mon imagination qui me fournit les

émotions qu'exige une scène. Si le rôle me demande d'allumer un homme, j'essaie réellement de le faire à ce moment précis, sans recourir à des trucs, mais en utilisant ce que Dieu m'a donné pour y parvenir Il y a dans *Une journée particulière* une scène importante au cours de laquelle je séduis Mastroianni, qui est homosexuel. J'ai pensé à cette scène des semaines avant de la tourner, je me suis mise en condition. Et devant la caméra, j'ai bel et bien été cette ménagère prenant l'initiative et menant le jeu amoureux face à l'individu passif incarné par Mastroianni. Je ne trichais pas, j'étais totalement cette femme en train de faire l'amour à ce moment précis.

Je ne pense pas que Marilyn ait procédé ainsi, en partant de la réflexion intérieure. D'instinct, elle jouait avec sincérité. Mais il ne semble pas que son travail, ni grand-chose d'autre, lui ait apporté beaucoup de joies. Si, à dix-sept ans, elle avait trouvé un père comme moi j'ai trouvé Carlo, elle aurait été sauvée. Elle a fini si solitaire, abandonnée, coupée de la vie, qu'elle a choisi l'ultime échappatoire. Elle était ma sœur, et j'aurais voulu la connaître et lui apporter au moins l'amitié. Mais elle était morte, tragiquement. Ce jour-là à Rome, je me suis assise dans l'obscurité et j'ai pleuré pour elle, et mes larmes étaient le mémorial célébrant cette femme que j'avais tant admirée.

Chapitre 14

De Sica avait décidé que dans sa prochaine comédie, *Hier, aujourd'hui, demain*, je ferais un strip-tease ultra sexy, allumeur, ravageur, à faire hurler un homme de désir.

« Enfin, Vittorio, je n'ai jamais assisté à un seul strip-tease de ma vie!

— Ne t'inquiète pas. Les effeuilleuses patentées n'auront plus qu'à aller se rhabiller Pour commencer, je te trouve un professeur; ensuite, on met au point entre nous, tranquillement, un bon petit strip-tease après lequel Mastroianni ne sera plus qu'un magma de lave brûlante! »

Le professeur engagé par De Sica possédait des références imposantes : c'était lui qui mettait en scène les numéros des somptueuses beautés du Crazy Horse. En trois ou quatre séances, il m'apprit les principaux mouvements, déhanchements et ralentis de rigueur. A partir de ces bases élémentaires, j'imaginai avec De Sica un strip-tease dansé avec lequel j'étais censée allumer mon public — un public qui se réduisait à un seul homme, Mastroianni.

Le jour de la prise de vues, je me sentais plutôt nerveuse. En fait, il y avait une semaine que la seule idée de cette scène me rendait malade d'appréhension. Le décor : ma chambre à coucher. Le public : Marcello allongé tout habillé sur le lit. Je demandai à De Sica de faire évacuer le plateau (ce qui m'arrive rarement), à l'exception de l'opérateur posté derrière les deux

Deux scènes bien différentes dans *Hier, aujourd'hui, demain*, 1963.

caméras qui filmaient la scène. Quelque part, un électrophone déversait des flots de musique rythmée. Je souris à Mastroianni; il me sourit. Il voulait le grand jeu, il l'aurait. Lentement, sensuellement, suggestivement, je quittai mes vêtements un à un, balançant chacun d'un geste aguicheur tandis que mon corps ondulait sur le tempo lancinant de la musique. Quand mes mains caressèrent mes bas avant de les ôter d'un geste aussi gracieux que langoureux, c'en fut trop pour Marcello qui se mit à hululer en direction du plafond comme un coyote malade d'amour.

De Sica garda tout — les travaux d'approche, le minutage, la phase d'allumage, la tornade sensuelle déchaînée chez Marcello par mon exhibition. Je me suis rarement autant amusée en tournant une scène. Marcello et moi avions réussi à trouver un script qui nous laissait suffisamment de latitude pour exprimer dans nos répliques toute l'insouciance napolitaine. Carlo avait déjà dans ses tiroirs un autre script qui nous permettait d'utiliser encore davantage ce registre, celui de *Mariage à l'italienne*. Et puis soudain, d'une manière inexplicable, toute l'euphorie que me procurait le tournage disparut. Dieu sait que je n'étais pas préparée à ce qui m'attendait.

Hier, *aujourd'hui*, *demain* comportait trois épisodes tournés respectivement à Rome, Naples et Milan. Nous en étions à l'épisode napolitain quand je commençai à me sentir bizarre, plus du tout moi-même. Après plusieurs jours d'inquiétude croissante, j'eus soudain une inspiration : peut-être étais-je enceinte. Le médecin local que j'allai consulter procéda à des tests, tous négatifs. Mais ce sentiment d'étrangeté persistant, je fis venir un médecin de Rome. Il arriva dans mon appartement napolitain avec une grenouille qu'il avait apportée spécialement. Il lui fit une injection d'urine et nous attendîmes les résultats d'un œil inquiet. Si la grenouille tombait raide morte, j'étais enceinte — du moins selon le docteur; si elle survivait, mes espoirs n'étaient pas justifiés.

Au bout d'un moment, la grenouille commença à se comporter d'une manière bizarre. Elle penchait d'un côté, puis de l'autre, comme prise de boisson. Si elle essayait de sauter, elle perdait l'équilibre. Mais elle ne trépassait pas. Après quelques heures d'observation du batracien, qui semblait encore loin d'avoir une patte dans la tombe, le médecin m'annonça solennellement que j'étais peut-être enceinte, puis que je ne l'étais peut-être pas.

Je le remerciai et il partit. Un peu plus tard, je sortis faire un tour et en profitai pour relâcher la malheureuse bestiole dans la première mare venue.

Cette nuit-là, j'élevai des prières ferventes vers le ciel. Mon Dieu, je vous en prie, faites que je sois enceinte. Je vous en supplie, j'ai tellement envie d'avoir un bébé. J'ai vingt-neuf ans et il est grand temps pour moi d'en avoir un.

Mes prières furent exaucées. Juste avant les dernières prises de vue à Naples, j'eus la confirmation officielle que j'étais enceinte. Ce fut une joie immense. Cela m'était totalement égal que nous ne soyons pas mariés, Carlo et moi. Et si la situation s'en trouvait aggravée, tant pis. Une seule chose comptait : je portais en moi l'enfant de Carlo. Depuis des années, je sentais en moi cette envie d'enfant, une envie intense, insistante. Au début de notre liaison, j'avais souvent parlé d'avoir un enfant. Ma carrière venait de démarrer, Carlo était marié, mais cela ne changeait rien. J'aurais élevé l'enfant seule. Bien sûr, à seize ans et même à dix-neuf, une fille ne sait pas vraiment ce que signifie la maternité et elle ne comprend pas la responsabilité qu'elle entraîne. Quand vous êtes jeune, c'est facile de faire un enfant et de le mettre au monde. Il fallut toute l'autorité de Carlo pour me faire saisir ce que représente le fait d'avoir à élever un enfant. En avoir un à cette époque aurait certainement été une erreur.

Pendant notre séjour à Hollywood, nos relations étaient plus nettes et je ne prenais plus de précautions. Mais je tournais plusieurs films par an, je travaillais comme une brute et je n'avais pas le temps de me demander pourquoi je n'étais toujours pas enceinte.

Lorsque nous rentrâmes en Italie, mon désir d'avoir un enfant s'accentua. Si l'actrice en moi était heureuse et comblée, la femme, la Napolitaine, la porteuse d'enfant, la terre féconde, ressentait une intense frustration. Une idée m'obsédait : j'allais avoir trente ans et je n'avais toujours pas mis d'enfant au monde. Trente ans marque le tournant de la vie d'une femme; c'est l'année pivot, et non quarante ans comme beaucoup le croient. A quarante ans, une femme a déjà défini, en général, les grandes options de sa vie. Mais à trente ans, vous vous sentez brusquement vieille, bien que ce soit faux, et vous vous rendez compte, avec un frisson dans le dos, que c'est maintenant ou jamais qu'il vous faut accomplir vos rêves si vous voulez qu'ils soient autre chose que de simples rêves. Je ne connais pas une femme qui n'ait éprouvé une certaine angoisse à cette période de sa vie. Si elle n'est pas mariée, son anniversaire consacre son célibat; si elle n'a pas d'enfant, elle craint d'être à tout jamais stérile. Pas une femme à ma connaissance n'a salué avec joie son trentième anniversaire. Mais, apparemment, j'allais être l'exception.

Pourtant, en même temps que je me laissais aller à ma joie, je sentais que quelque chose n'allait pas. Une impression diffuse, quelques petites réactions physiques. Je n'en parlai pas à Carlo, aussi heureux que moi de cette grossesse, mais quand le tournage de l'épisode napolitain fut terminé, j'étais réellement inquiète. Les symptômes dont je souffrais n'étaient certainement pas normaux chez une femme enceinte. Je regagnai Rome en voiture pour consulter mon gynécologue. Après m'avoir examinée, il me prescrivit deux ou trois jours de lit, après quoi tout irait bien et je pourrais aller à Milan tourner la troisième et dernière partie du film. Il me recommanda cependant d'être prudente et de voyager en train pour éviter les secousses d'un trajet en voiture. Je suivis ses conseils, mais le problème était que Marcello et moi devions tourner la plus grande partie de l'épisode milanais dans une voiture montée sur un châssis mobile qui lui imprimait des secousses encore pire que celles d'une autoroute.

Je n'eus pas à m'en préoccuper car ma grossesse n'alla pas plus loin que le début du tournage. Le premier soir à Milan, je fus prise de vives douleurs. Carlo ne voulait pas ébruiter mon état pour éviter de voir affluer les journalistes; il fit donc venir à l'hôtel un médecin de l'endroit. Celui-ci me fit une piqûre et me dit que tout allait s'arranger, mais que je devais garder le lit; il n'était pas question de travailler pour le moment. De Sica passa me voir; nous étions trop proches pour que je lui cache la vérité. Il savait à quel point je désirais cet enfant et les larmes lui vinrent aux yeux quand il vit dans quel état d'angoisse me plongeait la crainte de le perdre.

Pendant la nuit, les douleurs s'intensifièrent et je dis à l'infirmière engagée par Carlo pour rester auprès de moi qu'il fallait immédiatement aller à l'hôpital. Elle se préparait à appeler une ambulance. Je pouvais à peine me tenir debout, mais j'insistai pour prendre la voiture afin de ne pas attirer l'attention. C'est tout juste si j'arrivai jusqu'à l'ascenseur, et je faillis m'évanouir en entrant dans la voiture. A l'hôpital, je fus immédiatement admise aux urgences, mais je savais qu'il n'y avait plus d'espoir, que j'avais perdu l'enfant et que personne ne pouvait plus rien pour moi.

Maria, sœur de Sophia. Dès que Sophia m'a téléphoné de Milan, je me suis rendue à son chevet. Je me suis immédiatement fait conduire au service de maternité de l'hôpital. Le couloir retentissait des cris des nouveau-nés. On voyait des rubans roses ou bleus épinglés sur chaque porte. Sauf sur la sienne. Je suis entrée. Elle était dans son lit et elle pleurait. J'ai refermé la porte pour que l'on n'entende plus les cris des bébés, mais ils nous parvenaient quand même.

Sophia parlait d'adopter un enfant. Elle était complètement découragée, elle avait perdu tout espoir. Je lui dis d'être patiente. D'avoir la foi. Qu'elle ne devait pas adopter d'enfant tant qu'elle avait encore le sentiment de pouvoir en mettre au monde. J'ignore si elle m'écoutait. Rien ne la consolait. Mais j'étais sûre qu'elle désirait encore profondément être mère.

Le lendemain, le médecin me fit un curetage; le surlendemain, je recommençai à travailler. Carlo, aussi secoué et déprimé que moi, me demanda de ne rien dire à personne. J'avais l'impression d'avoir été, physiquement, rouée de coups. Dès que j'arrivai sur le plateau, Marcello s'approcha. « Qu'est-ce que tu as? me demanda-t-il. Tu sembles plutôt bizarre. » J'essayai de sourire et haussai légèrement les épaules. Un geste bien napolitain.

« Ne tourne pas autour du pot et dis-moi ce qui s'est passé. »

Inutile de faire semblant avec Marcello, nous nous connaissions trop bien. « Eh bien voilà, dis-je. J'attendais un bébé et j'ai fait une fausse-couche. » Cela me soulageait de pouvoir en parler à quelqu'un. Marcello n'a pas dit un mot. Il m'a regardée, puis a tourné les talons. Et il n'en a jamais reparlé.

Je travaillais tous les jours, du matin au soir, et nous finîmes le film dans les délais prévus. Je souffrais constamment, mais la douleur physique n'était rien comparée à l'immense chagrin que j'éprouvais. Jamais, de toute ma vie, je n'avais douté de moi. J'avais eu à affronter les obstacles les plus décourageants, mais chaque fois avec la volonté réelle d'en venir à bout, la certitude de parvenir à les surmonter. Mais aujourd'hui, devant le fait que j'avais perdu cet enfant sans raison apparente et au bout de trois mois et demi de grossesse, je sentais pour la première fois le tourment lancinant du doute. Et si je ne pouvais pas avoir d'enfant?

Chapitre 15

Il est des moments lumineux sur l'écran de la mémoire.

« On vous demande au téléphone, Miss Loren. Mr. Charlie Chaplin. » Charlie Chaplin ? Moi ? Le saint patron de mes fous rires d'adolescente ? Aussi inaccessible qu'une lointaine étoile piquée dans le ciel obscur surplombant le Teatro Sacchino. Ces jours sombres et sans joie où soudain nos rires fusaient devant Charlot en patins à roulettes fuyant les policiers, tortillant sa moustache en faisant virevolter sa canne, mâchonnant ses lacets de chaussures transformés en spaghettis. Il apportait la joie aux enfants déguenillés de Pozzuoli. Pour moi, il était l'égal d'un demi-dieu.

Or, aujourd'hui, il sonne à la porte du cottage que je loue près d'Ascot. J'en ai la gorge sèche et les muscles du visage figés de nervosité. Des fleurs dans une main, un script dans l'autre. Aussi intimidé que moi. Aussi nerveux. Il me lit le scénario en interprétant tour à tour chaque rôle. Ce n'est qu'une première ébauche, mais il voulait m'en donner une idée. Je n'entends rien : je regarde, fascinée. Il me lirait le bottin londonien que j'accepterais de faire le film.

La Comtesse de Hong Kong traînait depuis vingt ans dans le tiroir de son bureau. On m'a dit qu'il l'avait écrit à l'origine pour Paulette Goddard, puis ressorti et remis à jour après m'avoir vue dans *Hier, aujourd'hui, demain*. Être dirigée par Charlie Chaplin, quelque chose que je n'aurais jamais osé rêver.

Lorsqu'il eut terminé le nouveau script, Charlie Chaplin m'invita, ainsi que Marlon Brando à qui il destinait le rôle masculin, chez lui en Suisse, à Vevey, pour une première lecture. Il y avait là sa femme Oona, la fille d'Eugène O'Neill, une femme exquise, pleine de charme et épanouie, et le fils de Chaplin, Sydney, qui devait également faire partie de la distribution. Chaplin nous installa confortablement et nous lut le script en entier. Une fois de plus, il interpréta tous les rôles, passant sans transition des coquetteries de l'héroïne à la raideur de l'austère consul américain que devait incarner Brando. Il alla même jouer au piano la chanson qu'il avait composée exprès pour le film.

Tout le temps que dura la lecture, Brando somnola, ou fit semblant, le menton sur la poitrine, les yeux clos. Charlie Chaplin ne faisait pas attention à lui et ne paraissait pas s'en formaliser. Moi, je me sentais horriblement gênée. Chaplin n'avait pas réalisé de film depuis presque dix ans, celui-ci avait donc une importance capitale, et Brando dormait.

En fait, il se mettait tout bonnement dans la peau du personnage. J'aimais bien Marlon, je l'aime toujours, et j'éprouvais une grande admiration pour son talent. Je le considère comme un des plus grands acteurs qui soient. Mais l'évidence crevait les yeux : il était mieux fait pour les rôles dramatiques que pour la comédie. Il faut reconnaître, en toute honnêteté, qu'il n'était pas l'acteur qu'il fallait pour *la Comtesse*. Il cessa d'ailleurs de s'intéresser au film dès le début du tournage. Il était mal à l'aise et ne parvenait pas à sentir le personnage. Ce sont des choses qui arrivent. De plus, Chaplin et lui ne s'entendaient pas. Jamais il ne se produisit le déclic indispensable, jamais ne s'établirent ce climat décontracté et ce jeu réciproque qui stimulent l'inspiration et l'invention dont se nourrit la comédie. Ils se heurtaient souvent et, sur le plateau, l'atmosphère devenait de jour en jour plus tendue. Dans une interview, Marlon déclara : « Chaplin n'est pas l'homme des mots; ceux-ci sont parfois son ennemi le plus mortel. » Comme De Sica, Charlie Chaplin n'expliquait pas ce qu'il voulait : il le montrait. C'était un acteur fantastique qui vous faisait comprendre ce qu'il avait dans l'idée en le mimant, et en quelques minutes seulement, alors qu'un autre réalisateur vous l'aurait exprimé, moins bien, avec un déluge de paroles.

J'adorais Chaplin. J'aurais fait n'importe quoi pour lui. Nous nous voyions souvent, même après la fin du tournage. Il passait de longues soirées à évoquer ses souvenirs et il le faisait avec une verve merveilleuse. Il parlait surtout de son enfance à Londres. Il connaissait la mienne; les taudis de Londres et ceux de Pozzuoli se ressemblaient beaucoup. « Pour rien au monde je ne voudrais revivre cette misère et ces souffrances, me dit-il un jour, et pourtant, je ne regrette pas de les avoir connues. Rien que de penser à l'odeur de choux et de haricots, j'en pleurerais de nostalgie. » En l'entendant, je sentais les effluves de *pasta* et de haricots blancs qui baignaient ma jeunesse, et je partageais son émotion.

Il me parla du temps où, gamin, il travaillait à l'orphelinat, le crâne rasé à cause des teignes, tandis que sa mère était internée dans un asile. Il me raconta ses rêves. « On doit être prudent quand on souhaite quelque chose, disait-il, car on est sûr de l'avoir. » Et à propos de l'ambition : « C'est le désir qui rend la chose désirable. Mais si le monde et moi ne sommes pas d'accord, c'est le monde qui doit changer. » Je ne crois pas que c'était de l'égoïsme; Chaplin voulait dire par là que la conformité n'est pas souhaitable pour l'artiste, que celui-ci doit être vrai pour lui-même et seulement pour lui-même. « Les arts n'existent que pour servir l'art par excellence, l'art de vivre. »

Cette sagesse rustique me stimulait. « Ne crains pas de te heurter aux gens, me dit-il un soir à dîner. Même les planètes entrent en collision, et du chaos naît l'étoile. » C'est lui qui me fit connaître le mets le plus exquis que j'aie jamais goûté :

une pomme de terre en robe des champs cuite à l'intérieur d'une papillote, beurrée et recouverte de caviar que l'on déguste avec de la vodka glacée.

Durant l'une de nos discussions, je lui avouai mon goût pour la solitude. « C'est que, dit-il, quand tu es seule, tu es en bonne compagnie. » Je lui dis aussi combien j'étais émue par l'amour qu'Oona et lui éprouvaient l'un pour l'autre. Un amour si généreux, si profond. « J'ai découvert une chose, Sophia, me répondit-il, c'est que l'on doit d'abord avoir réellement vécu avant d'être capable d'aimer. » Il disait aussi : « A mesure que je vieillis, plus je regarde autour de moi et moins je veux voir. » Un jour, des invités le prièrent de se mettre au piano; il refusa. Un peu plus tard, je lui demandai pourquoi la présence d'un groupe de personnes le rendait si timide, en ajoutant que je réagissais moi aussi comme cela. Mais pourquoi ne pas jouer pour des amis? Il ne répondit pas tout de suite, puis : « Je me sens intimidé quand je ne fais pas parfaitement quelque chose. »

La dernière fois que je l'ai vu, il m'a dit doucement : « Tu as un défaut contre lequel il faut lutter, quelque chose que tu dois apprendre si tu veux être une femme vraiment heureuse, peut-être la chose la plus importante dans la vie : apprendre à dire non. Tu ne sais pas dire non, Sophia, et c'est une grave lacune. Moi aussi j'ai eu du mal, mais ensuite, la vie m'est devenue bien plus facile. »

Il avait tout à fait raison. C'est certainement un de mes grands défauts. Mais je ne veux pas ennuyer les gens. Je n'aime pas décevoir. Si je me forçais à dire non, je serais fausse et agressive. C'est dans ma nature, il faut que je m'en accommode. En fait, je dis non seulement après avoir tourné et retourné le problème dans tous les sens, et une fois que ma conviction intime est assez forte pour balayer les derniers doutes. Rien ne peut alors me faire revenir sur ce que j'ai décidé. Mais tant que je ne suis pas sûre, j'ai une patience d'ange, j'essaie de trouver un compromis. Par contre, une fois que je suis décidée, je peux être très dangereuse. Si seulement je pouvais trancher plus vite, dire non plus facilement. C'est ce que disait Chaplin.

Le film rencontra un accueil assez tiède. Les critiques le trouvèrent démodé, les chiffres du box-office furent décevants, et Charlie Chaplin supporta mal cet échec. Ce fut son dernier film. Si *la Comtesse de Hong Kong* avait eu du succès, il en aurait peut-être fait d'autres. En tout cas, ce qu'il m'apprit en tant que metteur en scène et en tant qu'être humain n'a pas de prix.

Charlie Chaplin n'est plus. Et jamais personne ne le remplacera. Je conserve dans mon cœur ses paroles de sagesse, je les écoute souvent, un peu comme l'avare qui compte son or.

Il m'arrive, dans des moments de mélancolie, de fermer les yeux et de voir Charlot s'en aller sur la route, petit bonhomme jouant avec sa canne, avec sa démarche de canard et son melon perché sur le crâne, l'image s'amenuisant peu à peu jusqu'à ne plus être qu'un point lumineux.

Chapitre 16

Finalement, ce fut la première femme de Carlo qui trouva la solution à nos problèmes mexicains. Bien que Carlo fût toujours poursuivi pour bigamie, nous avions pris le risque de vivre de nouveau ensemble. De toute façon, compte tenu de l'attitude du Vatican, il n'y avait aucun espoir de voir un jour la question résolue. Nous vivions depuis huit ans en bigamie et concubinage, et notre sort semblait fixé une fois pour toutes.

Giuliana eut l'idée de génie à laquelle les grands avocats de Carlo n'avaient pas pensé. C'était simple : il suffisait de s'installer en France et de demander la nationalité française. Une fois celle-ci acquise, Carlo et elle, en tant que citoyens français, pourraient divorcer et Carlo m'épouserait (française moi aussi) sans avoir à redouter la persécution des autorités politiques ou religieuses.

Et c'est ainsi que nous nous en sommes sortis. En beauté : le gouvernement français nous accorda par décret, à Carlo et à moi, la nationalité française en remerciement de notre contribution à l'industrie cinématographique de ce pays.

Devenue automatiquement française en sa qualité d'épouse de Carlo, Giuliana Fiastri obtint le divorce pour adultère, et nous fixâmes la date de notre mariage : avril 1966. La cérémonie se déroulerait dans la plus grande intimité. Nous avions un appartement avenue George-V, mais Carlo loua une grande suite à l'hôtel Lancaster et s'y installa seul la veille du mariage. Celui-ci devait être célébré par le maire de Sèvres, aux environs de Paris, qui avait juré le secret. Nous téléphonâmes à ma sœur à Rome et à Basilio à Cannes, en leur demandant de venir nous rejoindre aussi discrètement que possible.

A cette époque, je tournais *la Comtesse de Hong Kong* à Londres. Oona fut la seule à qui je parlai de mon prochain voyage à Paris. Je lui faisais la plus entière confiance et je voulais partager mon bonheur avec elle. Je passai la soirée précédant mon mariage chez une amie à Paris, mais le lendemain, quand l'heure fut venue de partir, j'aperçus par la fenêtre un photographe qui faisait les cent pas devant l'entrée de l'immeuble. Il fallait agir vite, sinon c'en était fait de la cérémonie intime. Mon amie était aussi grande que moi; je lui dis de mettre mon manteau, mon foulard et des lunettes noires, et de se précipiter dans la voiture où attendait le chauffeur. Je partirais cinq minutes plus tard avec son mari qui me conduirait à Sèvres dans sa propre voiture.

Le stratagème réussit. Le photographe se précipita dans le sillage de mon amie et le seul appareil que l'on vit dans la salle de la mairie fut celui d'un ami à qui j'avais demandé de venir prendre la photo traditionnelle. Ce n'était pas le mariage de mes rêves, avec une longue robe blanche en dentelle et une traîne comme celle dessinée par Edith Head pour *la Péniche du bonheur*, mais je me sentais tout à fait à l'aise dans la robe et le manteau jaunes que j'avais choisis pour l'occasion et où j'avais épinglé un petit bouquet de muguet.

La cérémonie fut simple et brève. Importante sans l'être. Une impression bizarre. Bien sûr, ce mariage, après huit ans d'une lutte au cours de laquelle je n'avais pas été épargnée, se chargeait d'un poids tout spécial, mais je ne me sentais pas jeune épousée, j'avais l'impression d'être la femme de Carlo depuis très longtemps. Un peu comme si je lisais dans le journal le récit d'un événement appartenant à un passé très lointain.

J'appelai ma mère à Rome pour lui dire que tout s'était bien passé (elle n'était pas venue parce qu'elle refuse de mettre les

pieds dans un avion). « Tu vois, mammina, dis-je, tu n'y croyais pas, mais ça s'est fait. Nous sommes M. et Mme Carlo Ponti.
— Oui, dit-elle, ça s'est fait, mais pas en blanc et pas à l'église. »
Ma mère voit toujours le côté négatif des choses.

Le Festival du film à Moscou. Meilleure interprète féminine pour *Mariage à l'italienne*. Notre film fut présenté dans une salle qui contenait six mille spectateurs; le public le plus nombreux que j'aie jamais vu. On le projeta en version originale, mais sans sous-titres. La bande sonore avait été baissée au maximum et un interprète placé derrière l'écran traduisait les dialogues en russe. C'est leur méthode, là-bas; ils font rarement appel à des sous-titres.

Je m'étais attendue à passer inaperçue ou presque dans les rues de Moscou : une vedette de cinéma, un produit méprisable et ridicule de la culture occidentale décadente. Mais à ma grande surprise, je vis que les amateurs de cinéma moscovites montraient autant d'enthousiasme et de passion pour les vedettes et les films que partout ailleurs. Je retournai par la suite en Russie pour tourner, avec Mastroianni, *les Fleurs du soleil*, et là encore les gens me firent le même accueil dans la rue; je retrouvais cette expression de surprise et de joie qui se dessine sur le visage des gens quand ils voient en chair et en os une vedette de l'écran. Les Russes demandent rarement un autographe; ils préfèrent vous donner des fleurs, un fruit ou un bonbon pour vous remercier de ce que vous leur apportez. Ils vous mettent sur un piédestal et vous considèrent plus ou moins comme une divinité appartenant à un monde supérieur.

Il me semble que le besoin d'admirer des idoles est aussi essentiel et universel que celui de se nourrir. Les Moscovites n'ont pas de presse cinématographique, ils ne sont donc pas conditionnés par les machines publicitaires de Hollywood; ce qui ne les empêche pas de céder au culte de la super-star. Toujours ce même besoin, lui aussi universel, d'échapper à la grisaille quotidienne. Comme d'habitude, je faisais de mon mieux pour garder les pieds sur terre. Je ne suis pas à l'aise sur un piédestal (j'ai le vertige); il me faut absolument la terre ferme et la compagnie des autres. Les gens qui me rencontrent en sont conscients, je crois; ils sentent que je suis l'une d'entre eux, un membre de leur famille de retour après une longue absence. Je réponds personnellement aux lettres de mes admirateurs, et autrement que par une formule toute faite. Sinon j'aurais l'impression d'escroquer des gens qui s'intéressent assez à moi pour s'asseoir à une table et m'écrire une lettre. J'en reçois des centaines par semaine; il m'arrive de passer des week-ends entiers à envoyer les autographes et les photos que l'on me réclame. Mais c'est une contrainte que j'accepte comme faisant partie de mon existence; de la même façon que j'accepte d'être pratiquement prisonnière des photographes.

Et je ne partage pas le sentiment de ces gens célèbres qui déclarent trouver trop élevée la rançon de la gloire et qui soupirent en public après l'anonymat dont ils jouissaient naguère. Qu'on ne vienne pas me dire que celui ou celle qui démarre une carrière cinématographique ne recherche pas les applaudissements, la réussite et la gloire, appelez cela comme vous voulez. Même si nous supportons mal leur intrusion dans notre vie privée, nous devons beaucoup aux gens qui se déplacent pour voir nos films, qui nous mettent sur un piédestal, violent notre intimité et volent nos secrets. D'accord, perdre cette intimité est payer cher le succès, mais il serait cent fois plus pénible de voir le public rester de glace et de ne susciter chez lui aucune réaction.

La popularité a parfois des conséquences redoutables. Il y a quelques années, alors que nous habitions la villa Marino située à l'extérieur de Rome, nous avons vu surgir un fou qui brandissait une hache tout en hurlant le nom de mon fils, Carlo. Il a commencé par faire voler en éclats la porte d'entrée, puis il a fait violemment irruption dans la maison. J'ai rarement eu aussi peur. C'était un déséquilibré qui s'était échappé de l'asile. A ce qu'il semblait, je lui avais donné un jour un autographe; il hurlait qu'il avait couché avec moi et que Carlo était son fils, et il exigeait qu'on le lui rende. Nous avons réussi à le calmer et à le convaincre de lâcher sa hache. Il était connu d'une bonne dizaine d'hôpitaux psychiatriques. Il passe son temps à m'écrire. Quand nous habitions Rome, nous nous tenions informés de ses allées et venues.

Les vedettes de cinéma connaissent bien ce genre d'incidents. Je reçois des lettres invraisemblables, des lettres de menaces ou carrément pornographiques, sans parler de la gamme aussi variée que prévisible des coups de téléphone émanant de détraqués, parfois à trois ou quatre heures du matin. Maintenant, je jette au panier toutes les lettres non signées, sans même les lire, et je coupe le téléphone dès que ces appels de maniaques commencent.

La publicité ressemble au tigre du proverbe : facile à enfourcher, difficile à chevaucher. Mais si vous aimez donner, comme c'est mon cas, vous trouvez dans la célébrité des compensations inhabituelles. C'est elle qui m'a permis d'atteindre les gens et de les aider en leur consacrant cette attention très particulière qui est le privilège de l'idole. Il y eut, par exemple, ce prêtre que je connaissais et qui est venu me voir pour me parler d'un petit garçon de neuf ans, Paolo Fiocca, atteint d'une grave maladie de cœur. Il était condamné à brève échéance. « Je sais que vous avez rencontré le Dr Barnard, dit le prêtre. Peut-être pourrait-il faire quelque chose pour sauver cet enfant. »

On m'avait en effet présenté le célèbre cardiologue lors d'un de ses séjours à Rome; c'est lui qui avait demandé à me rencontrer. J'avais, naturellement, été ravie de faire sa connaissance. Après le départ du prêtre, j'ai téléphoné au Dr Barnard en Afrique du Sud pour qu'il puisse examiner Paolo. Puis j'ai mis le garçon dans le premier vol en partance pour ce pays.

Il avait beaucoup de mal à respirer; un petit garçon malade, moribond, qui ne faisait que la moitié de la taille normale à son âge. Je m'arrangeai pour lui faire installer un lit dans l'avion et lui trouver une infirmière pour le voyage. Tout cela, je l'ai obtenu simplement parce que j'étais Sophia Loren. Mais je m'étais entendue avec le prêtre pour que mon nom ne fût pas cité.

Le voyage se passa bien et, après l'avoir examiné, le Dr Barnard décida de tenter une opération d'un type totalement nouveau. Il me l'a décrite, mais c'est le genre de détails que ma mémoire ne retient pas; tout ce que je sais, c'est que la principale artère allant au cœur devait être remplacée par une artère en plastique pour permettre au sang d'irriguer suffisamment le cœur. Après l'opération, j'ai souvent téléphoné à Paolo durant son séjour à l'hôpital et, chaque fois, sa voix était un peu plus assurée. Malheureusement, le prêtre qui m'avait juré le secret révéla, dans une interview accordée à un magazine, que j'étais la mystérieuse bienfaitrice à qui l'on devait cette initiative. Il voulait sûrement bien faire, mais j'étais furieuse.

J'ai vu Paolo à son retour. Ses traits avaient perdu cette lividité qui annonce la mort, et dans ses yeux brillait un éclat nouveau, l'éclat de la vie. Depuis, lui et sa famille m'écrivent et m'envoient des photos; récemment, la mère de Paolo, aujourd'hui un solide gaillard de vingt ans, m'a appris qu'il était fiancé. La rançon de la gloire est peut-être élevée, mais cela m'est égal si elle me vaut en échange la vie et le bonheur d'un Paolo.

Où en étions-nous? Ah oui, la Russie. Un autre de mes étonnements fut de constater l'intensité de la ferveur religieuse en Ukraine. Dans toutes les maisons où j'entrais, il y avait une petite table recouverte d'une nappe blanche avec une bougie allumée à côté d'une icône. Peut-être que le cinéma et la religion, chacun à leur manière, stimulent l'imaginaire et les croyances, et que ceux-ci sont aussi indispensables à l'être humain que le pain, le vin et la politique.

Le dernier jour, à Moscou, une femme âgée m'a timidement abordée alors que je sortais de l'hôtel. Elle m'a dit quelques mots en russe — je commençais à avoir quelques vagues notions de cette langue — pleins d'admiration et de gentillesse. Elle m'a tendu une petite gravure, des fleurs des champs dont les nuances avaient doucement pâli avec les années. Le tableau devait être dans sa famille depuis longtemps. J'étais infiniment touchée. On m'a décerné de nombreux hommages et récompenses, mais jamais je ne me suis sentie aussi comblée que ce jour-là où je reçus cet exquis petit cadeau des mains d'une Russe anonyme.

Chapitre 17

Pendant le tournage d' *Héritage et Vieux Fantômes*, je constatai que j'étais de nouveau enceinte. Je me sentais bizarre depuis quelques semaines, mais j'attendais la fin du film pour faire faire les examens nécessaires. Il y avait assez longtemps que je n'avais vu Carlo puisque nous tournions en extérieurs, et comme je ne tombe pas enceinte pour un oui ou pour un non, cette nouvelle grossesse tenait du miracle.

Après ma première fausse-couche, mon médecin m'avait dit que je travaillais trop, que tous mes ennuis venaient de là, que j'étais fatiguée et que je subissais le contrecoup de la tension qui accompagne chaque tournage; bref, il ne fallait pas chercher ailleurs la cause de cet accident. « Certaines femmes peuvent continuer à travailler pendant leur grossesse, m'avait-il dit, mais pas vous. Vous avez perdu votre enfant parce que vous en faites trop. »

J'allais voir un autre médecin, le gynécologue de ma sœur. Elle attendait son deuxième enfant à l'époque et ne jurait que par lui.

Il regarda les résultats des examens. « Vous allez rentrer tout de suite chez vous, déclara-t-il, vous mettre au lit et y rester.

— Mais le film que je tourne en ce moment n'est pas encore fini!

— Vous le voulez, ce bébé? Alors, faites ce que je vous dis, restez allongée. Je ne veux pas vous voir sortir du lit. Moins vous bougerez, plus vous aurez de chances de garder l'enfant. »

Je rentrai tout droit à la maison et je me couchai. Il n'était pas question de faire deux fois la même bêtise. Je téléphonai à Carlo. Il était mon mari, mais il produisait aussi le film.

« Carlo, devine... Je suis enceinte!

— Seigneur, non!

— Je me sens drôle, un peu comme la première fois, mais le docteur dit que tout peut bien se passer si je reste couchée. Je sais bien qu'il y a encore trois jours de tournage, mais tant pis. Prends une doublure et fais des plans d'ensemble que je compléterai plus tard. Enfin, tu fais comme tu l'entends, mais moi, je ne bouge pas de mon lit : *je veux cet enfant.* »

Le film ne posait pas de problème, me répondit-il; par contre, il n'avait pas confiance en ce médecin et il voulait que j'aille en consulter un autre. Moi, j'avais l'impression de pouvoir me fier à celui-ci dont les conseils semblaient pleins de bon sens.

Pendant trois mois, je ne mis pas le pied par terre. Je n'osais même pas m'asseoir pour les repas et je mis au point une technique pour manger allongée sur le dos. Une seule pensée m'habitait : avoir cet enfant. Je ne lisais pas, je ne regardais pas la télévision, je n'écoutais pas la radio, j'essayais de parler le moins possible, je me mettais des boules dans les oreilles pour ne pas risquer de sursauter s'il y avait du bruit, je ne répondais même pas au téléphone et je ne lisais pas mon courrier. Mon esprit était vide de tout sauf de ce bébé. Je passais mon temps à me demander si, intérieurement, tout allait bien. Je n'osais même pas toucher mon ventre de peur de détraquer quelque chose. Jamais je n'ai fait de prison, mais à mon avis ce ne peut être pire que ces mois passés au lit. Malgré mes efforts, je me sentais constamment inquiète et mal dans ma peau. Le médecin m'avait prescrit des piqûres d'hormones; les choses suivaient normalement leur cours, m'assurait-il. Mais il y avait cette petite voix intérieure qui n'arrêtait pas de me dire : « Non, Sophia, ça ne va pas, attention. »

Charlie Chaplin téléphona : il me suppliait d'aller à Londres pour le gala qui devait avoir lieu à l'occasion de la première de *la Comtesse de Hong Kong*. Mais je refusai. Le lendemain du gala, tôt dans la matinée, Brando m'appela pour me dire que j'avais été bien inspirée de ne pas me déplacer. « La critique nous a mis en pièces! » Il me souhaita bonne chance, en me recommandant de ne pas m'inquiéter et de prendre soin de moi.

Le soir où cela se produisit, Carlo se trouvait à Londres. J'étais dans notre villa en dehors de Rome. Il neigeait. Basilio me tenait compagnie. Nous étions en train de bavarder quand j'eus soudain l'impression de recevoir un coup de poignard dans le ventre. La douleur ne lâchait pas. Basilio appela immédiatement le docteur et lui demanda de venir d'urgence. Celui-ci lui répondit de ne pas s'inquiéter, c'était inutile, rien que de très normal. Moi, je savais. Et je ne tenais pas à rester dans cette villa assez éloignée de Rome. Basilio voulait appeler une ambulance, mais je préférais ne pas attirer l'attention. On arrangea un lit de fortune à l'arrière de la voiture et je descendis tant bien que mal l'escalier. Les contractions revenaient régulièrement toutes les dix minutes, comme si le travail avait commencé. Je souffrais beaucoup. Inès, ma fidèle Inès, était à mes côtés. C'est ma secrétaire, mais c'est une sœur aussi.

Quand j'arrivai à l'hôpital, on m'admit immédiatement aux urgences. J'avais le visage tiré et d'une bizarre couleur jaune. Ma mère et le médecin m'attendaient; Carlo devait arriver. Le médecin m'examina. « Juste une petite crise, dit-il, cela va passer. Rien de bien inquiétant. »

Ma mère bondit. « Ne dites pas qu'il n'y a rien d'inquiétant! Moi, je peux vous dire que ça ne va pas et que vous devez faire quelque chose. »

Le médecin tenta de la calmer; mais quand elle est hors d'elle, ma mère ne s'en laisse pas facilement conter. « Vous voulez sa mort ou quoi? Regardez comme elle souffre! Et la couleur de sa figure! Elle est en train de se vider de son sang et vous lui dites de ne pas s'inquiéter ! Il faut absolument faire quelque chose.

— Calmez-vous, chère madame, calmez-vous ! Je lui ai donné un analgésique et un somnifère puissant. Nous allons bien voir ce qui va se passer. On m'attend pour dîner, mais je laisse le numéro de téléphone à l'infirmière ; s'il se passe quoi que ce soit, j'accours.

— Mais elle a des contractions ! C'est un faux travail. Elle est bel et bien en train de faire une fausse-couche ! Vous ne pouvez pas lui donner quelque chose qui arrête les douleurs ? »

Le docteur se raidit. « C'est hors de question. La loi nous interdit d'intervenir de quelque façon que ce soit. Si elle doit faire un avortement spontané, elle le fera, naturellement et même si c'est long, même si c'est douloureux. Je repasserai la voir. »

Et voilà. A mesure que les heures passaient, les douleurs devenaient de plus en plus intolérables ; soudain, vers quatre heures du matin, elles cessèrent, et j'eus l'impression que la vie se retirait de moi. Inès appela le médecin. Elle lui dit de venir sans perdre de temps et de ne pas dire que tout allait bien car j'avais fait une fausse-couche et une hémorragie s'était déclenchée. Il finit par arriver et, vers six heures, on m'emmenait à la salle d'opération pour me faire un curetage. Le second.

Carlo était auprès de moi. Mes trois mois d'inaction forcée m'avaient tellement amaigri les jambes que je tenais à peine debout. Jamais je ne m'étais sentie aussi bas. Comme si cela ne suffisait pas, alors que je me trouvais encore sur la table d'opération, un quotidien romain s'était empressé de publier que j'avais perdu l'enfant que j'attendais. Une épreuve aussi terrible qu'intime étalée complaisamment aux yeux du monde entier.

« Eh bien, dit Carlo avec une gaîté forcée, je vais enfin pouvoir terminer ces trois scènes d'*Héritage et Vieux Fantômes.* » Alors, je m'effondrai et je pleurai, désespérément, comme jamais je n'avais pleuré, et Carlo pleura avec moi. Nous avions

Ci-contre : Carlo Ponti et Sophia Loren.

perdu quelque chose de précieux. Une perte terrible, irremplaçable, qui nous laissait totalement démunis.

Carlo Ponti. Les deux fausses couches de Sophia furent les pires épreuves de ma vie. La première fois, le choc fut énorme. Elle était si heureuse d'être enceinte; moi, je nageais dans l'euphorie. Et puis, cette soudaine retombée, ce chagrin, ce découragement. Jusque-là, Sophia semblait commander à son destin, mais pour la première fois, je commençai à en douter.

Le second accident fut encore pire. Ce n'était pas le choc que j'avais ressenti au premier; plutôt une impression de fatalité qui m'empêchait de trouver les mots voulus pour la réconforter. Une impuissance totale. Sophia souffrait atrocement, comme jamais je ne l'avais vue souffrir. Mais c'était une souffrance morale. Après sa première fausse-couche, je l'avais suppliée de changer de gynécologue; le sien avait beau être professeur, je ne lui faisais pas confiance. Mais Sophia, avec son honnêteté profonde, avait voulu lui donner encore une chance. Tout ce que j'ai pu faire, c'est rester auprès d'elle à l'hôpital, lui tenir la main et sentir dans mon propre corps ses sanglots déchirants.

Inès Brescia, secrétaire de Sophia. J'ai travaillé vingt-huit ans avec Carlo Ponti. D'abord comme script des films qu'il a produits à Rome. J'étais là quand Sophia, qui devait avoir quatorze ou quinze ans à l'époque, est venue faire ses premiers bouts d'essai. C'était une fille sérieuse, très mûre, pas tellement différente de ce qu'elle est aujourd'hui. Elle n'avait jamais encore affronté la caméra, mais j'ai tout de suite été frappée par son sens du cinéma; elle savait ce qu'il fallait faire, comment se déplacer, trouver les repères.

En 1958, alors que Sophia tournait *Une espèce de garce* à New York — j'avais cessé pendant un temps de travailler pour Ponti et je vivais en Amérique —, celui-ci me demanda de devenir la secrétaire de Sophia. C'était il y a vingt ans. Depuis, j'ai consacré ma vie à Sophia et aux siens en échange, car c'est ainsi que je vois les choses, de sa tendresse et de son affection. Un échange équitable. Nous sommes très proches.

J'ai souffert avec elle de ses peines, je me suis réjouie avec elle de ses succès. Mais les pires moments furent, de loin, ces deux fausses couches. Elles lui otèrent tout son courage et sa vitalité. Toute son attitude à l'égard de la vie s'est trouvée remise en question. La seconde fois, j'ai vraiment craint pour elle quand j'ai vu son regard éteint. Ponti accusa lui aussi le choc. Il désirait beaucoup cet enfant, bien plus que je ne l'aurais cru. Pour la première fois, pendant toutes ces années, je l'ai vu déprimé, et à tel point que, durant quelque temps, il a été incapable de se concentrer sur son travail, de manger, de vivre une vie normale. C'est typique des Italiens : nous nous laissons dévorer par notre amour des enfants.

Après sa seconde fausse-couche, Sophia a changé de caractère; elle était devenue très nerveuse et ne contrôlait plus ses émotions. A table, on la voyait soudain éclater en sanglots et partir s'enfermer dans sa chambre. Ponti a fini par se reprendre et il a de nouveau parlé d'enfant. Au fond de lui-même, il était aussi démoralisé que Sophia, mais il se dominait et il essayait de lui redonner courage. Sincèrement, je crois que si Sophia n'avait pas réussi à être de nouveau enceinte, elle n'aurait jamais remonté la pente. Ces accidents l'obsédaient. Pour la première fois, elle échouait dans ce qu'elle entreprenait et elle ne savait pas composer avec l'échec; surtout avec un échec aussi définitif et tragique que la perte de ses deux bébés.

Je me lançai à corps perdu dans le travail en essayant de ne plus penser à ce qui venait d'arriver. Jusqu'à ce point de ma vie, et aussi insurmontables qu'aient été les obstacles, j'avais toujours pu compter sur ma volonté et sur une confiance en moi-même que rien n'entamait. Le fait que je ne pouvais apparemment pas garder un enfant plus de trois mois tournait à l'idée fixe.

« Sophia, arrête de te faire du souci, me dit Carlo. A quoi bon te rendre tellement malheureuse? Si nous devons avoir un enfant, tant mieux; sinon, eh bien, nous pouvons toujours en adopter un si tu en as un tel besoin. Mais te ronger comme tu le fais...

— Comment peux-tu dire des choses pareilles! » J'étais hors de moi. « Toi, tu t'en moques, tu as déjà fait deux enfants avec une autre femme. Moi pas. Je ne veux pas en adopter, je veux un bébé que j'aurai porté dans mon ventre. Et je ne renonce pas. Pas encore. Et je ne veux pas que tu renonces toi non plus. »

Il me fallut bien cinq ou six mois pour que le chagrin et le sentiment de défaite s'estompent suffisamment et que ma nature reprenne le dessus. Une de mes amies, qui avait éprouvé les mêmes difficultés, me parlait d'un médecin merveilleux qui habitait en Suisse et avait résolu ses problèmes. Il s'appelait Hubert de Watteville. Il me dit de venir le voir à Genève avec mon dossier médical et qu'il m'examinerait.

Très mince, grand, la soixantaine, le nez busqué, le Dr de Watteville faisait penser à un oiseau aristocratique; lors de notre première entrevue, il se montra assez distant, et j'éprouvai une légère déception à l'idée de ne pas pouvoir lui parler facilement, comme à un ami. Par la suite, quand nous le connûmes mieux, il se révéla l'homme le plus compréhensif, le plus généreux, le plus attentif que j'aie connu. Lui-même n'avait pas eu d'enfants et il semblait compenser ce manque par les bébés qu'il aidait à venir au monde.

Il me fit une piqûre de Penthotal et procéda à un examen complet, s'assura que les trompes n'étaient pas bouchées, me fit un autre curetage pour être certain que tout était impeccable, vérifia l'utérus, mais ne trouva rien qui pût expliquer ces fausses couches intervenues l'une comme l'autre au cours du troisième mois de grossesse. Plusieurs causes étaient envisageables, me dit-il, mais, quoi qu'il en soit, il ne pouvait rien faire tant que je n'étais pas de nouveau enceinte. Si cela se produisait. J'avais trente-deux ans maintenant et une grossesse, compte tenu de ces antécédents, serait peut-être difficile. L'ordonnance qu'il me prescrivit, pour une femme qui voulait être enceinte, me parut bizarre, c'est le moins qu'on puisse dire. Il me donna une provision de pilules contraceptives pour quatre mois.

« Quand vous n'en aurez plus, nous verrons ce qui se passera », déclara-t-il.

Ce qui se passa surtout quand je commençai à prendre la pilule — c'était la première fois —, ce fut le sentiment d'avoir été mise en veilleuse. Jamais je ne m'étais sentie aussi incapable d'avoir un enfant. Impossible d'émerger de cette dépression sans fond. Du moins, pas par mes propres moyens. La situation semblait désespérée, je me sentais menacée de partout sans rien autour de moi à quoi me raccrocher, sans la moindre lueur d'espoir ni d'encouragement. Rien, si ce n'est une forte confiance en Dieu. Le fait d'avoir été rejetée par l'Église catholique n'affectait aucunement mes sentiments religieux. Jamais je n'ai attendu de miracle de la religion ni cherché dans celle-ci un réconfort plus ou moins voisin de la superstition. Le sentiment religieux tel que je le conçois n'a que faire de l'appareil de l'Église, de ses commandements ou de ses interdits auxquels on doit se plier aveuglément. Les gens, pour la plupart, spéculent sur l'Église un peu comme s'ils allaient déposer de l'argent à la banque, ce qui leur donne l'impression d'accumuler un capital religieux capable de leur rapporter assez de dividendes au paradis pour qu'ils n'aient plus à travailler. Moi, j'ai toujours cru en l'existence d'une force surnaturelle que je pouvais atteindre en priant. Pas les prières traditionnelles du missel que l'on débite comme un perroquet, mais celles que l'on adresse claires et nettes au ciel. Mes prières sont intérieures, silencieuses, adressées à Dieu qui vit en moi. Je ne réclame pas des miracles, ni même vraiment de l'aide. Je cherche seulement la force de croire en moi et dans les gens qui m'entourent. Je suis fermement convaincue que nous pouvons accomplir les miracles dont nous avons besoin si nous avons suffisamment foi en nous-mêmes et en notre mission sur terre. J'ai donc adressé à Dieu une prière intérieure, fervente. Et j'ai repris courage.

Je me suis tournée aussi vers ma grand-mère car je suis sûre que lorsqu'elle est morte, son esprit est entré en moi. Quand j'ai besoin d'elle, elle est là pour m'aider. C'est mon ange gardien. J'ai dirigé mes pensées vers elle, je lui ai parlé, je l'ai écoutée. Et c'est elle qui m'a redonné force et courage.

Je ne crois pas à toute la mise en scène traditionnelle des rites de l'Église; l'encens, l'hostie, le vin me laissent indifférente. Par contre, j'aime méditer dans la sérénité d'un sanctuaire et si je suis dans les parages d'une église, surtout pendant le tournage d'un film, je trouve toujours le temps d'entrer dans ce havre de paix en dehors des heures d'office, et son silence sacré me réconforte. Mais je ne m'agenouille pas, je ne fais pas un signe de croix en me trempant les doigts dans un bénitier. J'ai trouvé ma religion personnelle et je m'adresse directement à Dieu sans passer par l'Église et les prêtres. On peut me traiter de mauvaise catholique, mais je suis profondément religieuse et, pour moi, c'est l'essentiel.

Je faisais une entière confiance à Watteville, mais j'étais si désespérée qu'il me fallait un avis supplémentaire. On m'avait parlé d'un spécialiste new-yorkais. Je le fis venir à Rome par avion, mais, après m'avoir auscultée, il parut plus intéressé par les adresses des meilleurs restaurants de la ville que par mon problème et la façon de le résoudre. Je lui fis une liste de mes restaurants préférés et ne le revis plus.

Quand mes quatre plaquettes de pilules furent terminées, je retournai voir Watteville à Genève, où je restai plusieurs jours à subir des examens et à me faire faire des piqûres d'hormones pour provoquer l'ovulation. Je n'arrêtais pas de me tracasser. Une obsession. « Écoutez, finit par me dire le Dr de Watteville, ce n'est pas la bonne méthode si vous voulez un enfant. Vous allez rentrer à Rome et arrêter de penser à vos problèmes. Nous avons fait tout ce qui était en notre pouvoir pour vous préparer; maintenant, c'est à la nature de jouer. Mais la nature s'en trouvera mieux si vous vous détendez. »

Ma sœur me dit la même chose. Elle me suggéra d'aller passer avec elle une quinzaine de jours dans une ville d'eau du nord de l'Italie, célèbre pour ses sources sulfureuses et ses bains de boue. L'endroit se révéla plutôt déprimant, peuplé d'individus souffrant à qui mieux mieux de rhumatismes, arthrites, bursites et autres maux. Je tins bon treize jours pendant lesquels je me pliai aux rites spartiates de la station. Mon corps se détendit et la tension physique disparut en partie; l'esprit se montrant plus rebelle, ce ne fut que vers la fin du séjour que l'anxiété finit par céder.

Un mois exactement après mon retour à Rome, j'étais enceinte.

Je me précipitai sur le téléphone. Carlo était à Londres. « Oh non! » s'exclama-t-il, et je pouvais l'imaginer en train de se taper la tête de la main. Il redoutait intensément les conséquences que pourrait déclencher une troisième fausse-couche. J'appelai ensuite le Dr de Watteville, qui prit immédiatement l'avion pour Rome.

Je m'installai à Genève dans un petit hôtel situé au bord du lac, près du cabinet du Dr de Watteville. Il me fit un examen urologique réparti sur vingt-quatre heures, et les résultats firent ressortir l'existence d'un déséquilibre hormonal. Ce déséquilibre, me dit-il, était essentiellement dû à un manque d'œstrogènes; il envisageait donc de m'en administrer de façon régulière. On procéderait chaque semaine au même examen urologique pour surveiller le dosage hormonal.

« C'est ce manque d'œstrogènes qui a provoqué mes deux fausses couches?

— Je pense que oui. Mais inutile de revenir sur le passé. Nous allons suivre ce petit être neuf mois durant et l'aider à venir au monde. Malheureusement, compte tenu de votre passé médical, je vais devoir vous demander de rester au lit en bougeant le moins possible.

— Vous voulez dire pendant les neuf mois!

— C'est, à mon avis, préférable. Nous prenons en charge ce bébé, vous et moi, et nous voulons lui donner le maximum de chances. »

Nous les lui avons donc données. C'est-à-dire que, douillettement emmitouflée dans le cocon de la maternité, j'ai hiberné. Le Dr de Watteville me prescrivit des tranquillisants, surtout du valium. Je n'en avais jamais pris, et ils eurent sur moi un effet foudroyant. Je passais le plus clair de mon temps à dormir. Inès me tenait compagnie et Carlo venait régulièrement me voir. Quand le troisième mois commença, je sentis renaître mes inquiétudes. Allait-on assister au même scénario? De nouveau, j'eus cette impression d'irréalité, de vide, qui avait précédé mes fausses-couches. Le Dr de Watteville ou l'un de ses assistants venaient me voir tous les jours; ils perçurent le changement. J'avais une peur panique de perdre, une fois encore, mon enfant.

Mais le docteur m'injecta un dosage particulièrement fort en œstrogènes dont l'effet fut miraculeux; la crise dura à peine vingt-quatre heures et je me sentis de nouveau dans mon état normal.

Pendant le quatrième mois, j'élus domicile dans une suite plus spacieuse, au dix-huitième étage de l'Intercontinental Hotel — sans que cela change grand-chose à la monotonie des jours : je restais vingt-quatre heures sur vingt-quatre allongée sur le dos. Il y avait une deuxième chambre pour Inès et une kitchenette où l'on pouvait faire la cuisine quand j'étais fatiguée des menus de l'hôtel. Je n'ai gardé de toute cette période que des souvenirs assez flous. Pourtant, je me rappelle une histoire qui circulait dans les journaux : je ne sortais pas de ma chambre parce que je veillais jalousement sur une jeune Napolitaine enceinte et que j'attendais avec elle la naissance de l'enfant dont je prétendrais ensuite être la mère.

Inès Brescia. Sophia a vécu dans l'inquiétude les neuf mois de sa troisième grossesse. Je suis restée auprès d'elle — elle n'acceptait que moi — et j'admire encore les sacrifices qu'elle sut consentir pour garder cet enfant. Neuf mois de lit, absolument sans rien faire, même pas répondre au téléphone, et jamais un mot pour se plaindre. Jamais elle ne m'a dit : Inès, je m'ennuie, ou Inès, j'en ai tellement assez d'être dans ce lit. Rien. Elle lisait, dormait, regardait un peu la télévision, c'est tout. Elle ne voyait que Ponti; si mes souvenirs sont exacts, Basilio a dû venir une ou deux fois. En voyant avec quelle détermination elle se retirait en quelque sorte du monde, comme une nonne derrière la clôture, je savais que rien ne viendrait empêcher la naissance de Carlo Hubert Leone Ponti Jr.

Il y eut aussi un moment très émouvant. Quand la treizième semaine fut entamée, le Dr de Watteville apporta dans ma chambre un appareil destiné à écouter les battements de cœur de l'enfant. Grâce à un amplificateur, je pourrais moi aussi les entendre. Je retins mon souffle : la première preuve concrète de la présence en moi d'un être vivant. Le docteur brancha l'appareil, puis il commença à promener sur mon ventre le disque du stéthoscope. Cinq minutes. Dix. Rien, le silence. Pas un son. Le Dr de Watteville vérifia le branchement de l'appareil. Tout était en ordre. De nouveau, il déplaça lentement le disque sur mon ventre, mais sans réussir à capter un seul battement. Une bouffée d'angoisse me monta à la gorge. Cinq minutes s'écoulèrent encore dans un profond silence. J'avais du mal à respirer, je m'attendais au pire. Le stéthoscope avait exploré la totalité de mon ventre sans le moindre résultat. Un vent de panique. Des mots se heurtaient dans ma tête : « grossesse nerveuse », « grossesse extra-utérine ». Et puis soudain, le miracle. Le bruit le plus beau, le plus émouvant, le battement rythmé et régulier du cœur de mon bébé. Des larmes de joie m'inondèrent les joues tandis que je laissais échapper de petits gémissements involontaires de soulagement. J'aurais passé la nuit entière à écouter ce tendre tam-tam. Mais le médecin débrancha son appareil et repartit avec son matériel sous le bras. Je venais de vivre une des plus belles minutes de ma vie.

Et il y eut la première fois où je sentis le bébé bouger. Pas le coup de pied vigoureux auquel je m'attendais d'après ce que j'avais lu ou entendu dire; non, juste un effleurement léger comme un battement d'ailes de papillon, là, dans mon ventre. Ce qu'il y avait de merveilleux dans la maternité, c'étaient les surprises qu'elle me gardait en réserve; sa progression n'avait rien de la rigueur méthodique dont on vous parlait dans les livres. Chaque étape du développement de mon bébé fut pour moi une expérience unique que les mots ne sauraient décrire.

Le Dr de Watteville m'emmena en secret à l'hôpital à cinq heures du matin pour éviter la meute des journalistes du monde entier agglutinés dans le hall de l'hôtel. Il eut l'idée géniale de faire entrer la voiture directement dans la salle de réception dont la porte à double battant s'ouvrait sur l'arrière. Comme l'on avait décidé de pratiquer une césarienne, l'heure de la naissance fut fixée non par la nature, mais par le médecin.

Jamais je n'avais vu Carlo, le plus calme des hommes en temps ordinaire, si nerveux. La veille, il n'avait pas cessé d'arpenter la chambre de long en large en discutant de tout et de rien sans reprendre souffle. A un moment, il était descendu dans le hall où se tenait une exposition de tableaux naïfs. Peu après, il revenait les bras chargés de toiles : ils les avait *toutes* achetées. A cette minute précise, une seule pensée l'habitait : il me fallait cet enfant; il ne réfléchissait pas une seconde à ce qu'allait signifier pour lui, à l'âge de cinquante-trois ans, cette nouvelle paternité. Il avait eu ses deux premiers enfants à une époque où il était jeune et absorbé par sa carrière. Quand ils sont plongés dans leur travail, les hommes perdent souvent le sens des proportions. Ils ne semblent pas comprendre qu'ils ont autant besoin que la femme d'avoir un enfant et n'en prennent, en général, conscience qu'après la naissance. Il se produit une sorte de décalage. Lorsqu'elle souhaite être enceinte, la femme ne fait qu'anticiper sur le désir, plus tardif à se manifester, de son mari. C'est ce qui s'est passé avec Carlo qui, pour la première fois, allait pleinement goûter aux joies de la paternité.

Une césarienne, à la différence d'un accouchement normal, est une réelle intervention chirurgicale. La salle d'opération, les perfusions, la préparation, le ventre que l'on recouvre de sparadrap sauf la partie à inciser, l'éclat aveuglant du scialytique, les phrases en jargon médical qui s'entrecroisent au-dessus de ma tête et ne font qu'accroître mon inquiétude, les instruments, le masque à oxygène déjà prêt, car l'anesthésique n'est donné qu'à la dernière seconde pour ne pas nuire à l'enfant. Le Dr de Watteville penché sur moi, scalpel à la main. Mon Dieu, mais quand vont-ils donc m'endormir? Mon corps se contracte dans l'attente de la déchirure, mais à ce moment précis, je sombre.

Pas suffisamment cependant pour ne pas sentir la fin de l'opération, le moment où l'on me recoud. Une douleur insupportable; j'essaie de crier. Impossible. Je me débats dans un cauchemar où revient sans cesse la même phrase : « Votre enfant est mort », dont l'écho se prolonge à l'infini. « C'était une fille, une belle petite fille, mais le bébé est mort, le bébé est mort. »

En me réveillant, la première chose que je distinguai clairement fut le sourire épanoui du docteur. « Vous avez un garçon magnifique. » J'embrassai l'homme dont l'aide m'avait valu ce présent inestimable. Et puis ce fut Carlo me chuchotant plein de choses douces à l'oreille. Le bébé se trouvait dans la couveuse, mais, quelques heures plus tard, on me l'apporta et on me le mit dans les bras. Il avait un petit pansement sur les fesses à l'endroit où le scalpel du docteur (Watteville était certainement aussi nerveux que nous) l'avait légèrement égratigné. Le bébé avait une jolie frimousse toute ronde, une vraie pomme d'api dans laquelle s'ouvraient deux yeux bleus parfaits. Moment étrange que cette première rencontre avec l'enfant. Un étranger que l'on a placé dans mes bras et qui n'a pas la moindre idée que, quelques heures plus tôt, il était encore en moi. Je restai comme abasourdie, jusqu'au moment où il tourna sa bouche vermeille vers mon sein qu'il agrippa avec ses petites mains et commença à téter. Alors, nous nous retrouvâmes, mère et enfant, et je connus enfin ce bonheur singulier si longtemps différé.

Un problème se posait : que faire des centaines de journalistes accourus du monde entier et qui réclamaient une interview exclusive? On décida d'organiser une conférence de presse monstre dans l'amphithéâtre de l'hôpital d'où les étudiants pouvaient assister aux opérations. Le lendemain de l'accouchement, quatre cent cinquante reporters et photographes s'entassaient sur les gradins. On roula mon lit dans la salle, le bébé à côté de moi, et j'eus l'impression désagréable de tourner une scène de film. C'était plutôt désolant de permettre que la joie tranquille de ces premières heures soit gâchée par le cliquetis des appareils et les éclairs des flashes. J'étais trop faible pour parler. Carlo et le docteur répondirent au tir croisé des questions tandis que j'essayais de sourire aux photographes. « Cet enfant, déclara noblement Carlo à l'assemblée, représente une victoire pour les femmes du monde entier. » Le bébé fut prénommé Carlo Jr., Hubert en l'honneur du Dr de Watteville et Leone en celui du père de Carlo.

Et puis il y eut cette période où je me conduisis comme une idiote. Quand vint le moment de rentrer chez moi, je refusai. Je ne voulais pas quitter l'hôpital. On était en janvier, il faisait froid et il neigeait, et j'avais peur d'exposer l'enfant aux agressions du monde extérieur. Dix jours s'étaient écoulés, mais je ne voulais pas partir. Le bébé était dans la même pièce que moi. Chaque fois qu'il pleurait, le jour comme la nuit, je le prenais dans mes bras. Autrement dit, il pleurait beaucoup parce qu'il voulait qu'on s'occupe de lui. La nuit, je le changeais pour un oui ou pour un non. Et je passais mon temps à lui donner le sein, bien que le docteur m'ait demandé de ne pas le faire. En raison de la césarienne, j'avais peu de lait, mais je nourrissais l'enfant aussi souvent que je le pouvais. J'avais fait poser des bourrelets aux fenêtres pour être sûre qu'aucun filet d'air frais ne pouvait se glisser dans la pièce. J'obligeais ceux qui entraient dans la chambre, infirmières comprises, à mettre un masque. C'était vraiment ridicule, mais j'étais passée par de telles épreuves pour avoir ce bébé que je ne pouvais me résoudre à lui faire affronter le froid et les microbes du monde extérieur.

Pendant un mois et demi, Carlo Jr. et moi sommes donc demeurés à l'abri douillet de notre chambre d'hôpital. La plupart de mon temps se passait à répondre aux centaines de lettres qui m'arrivaient de partout. Elles provenaient de femmes qui me félicitaient, me demandaient conseil, me suppliaient de les aider à résoudre leur problème de stérilité. J'ai ainsi découvert que des milliers de femmes vivaient les mêmes angoisses; certaines avaient des phrases si touchantes pour m'exprimer leur joie devant ma réussite que les larmes me montaient aux yeux. J'étais leur sœur, leur fille, l'enfant qu'elles n'avaient jamais eu. A toutes, j'ai répondu personnellement.

Finalement, au bout de cinquante jours, on me mit à la porte.

Quatre ans plus tard, quand j'ai eu mon second fils, Eduardo, j'aurais donné n'importe quoi pour rentrer tout de suite à la maison. Là encore, j'avais passé huit mois allongée, mais cette fois, avec la sérénité, la confiance, la maturité d'une mère accomplie. J'ai beaucoup plus profité de cette seconde maternité. A cet égard, le métier de mère et celui d'actrice se rejoignent : l'instinct profond est essentiel, mais il a tout à gagner de l'expérience.

Chapitre 18

J'ai dit que j'étais un peu sorcière, et c'est vrai. Je suis dotée de perceptions extra-sensorielles assez remarquables; j'éprouve des prémonitions étranges. Et je suis superstitieuse. J'ai toujours sur moi quelque chose de rouge, même si on ne le voit pas, et cela depuis ma plus tendre enfance. Le rouge est une couleur magique; j'ai toujours été convaincue qu'il me portait bonheur et qu'il repoussait les forces négatives. Ce n'est pas ma seule superstition. A la fin d'une prise de vues, alors que je tournais *Par-dessus les moulins* avec Mastroianni et De Sica, j'ai laissé tomber, dans mon énervement, le miroir que le maquilleur me tendait. Il s'est brisé. Je suis restée figée de panique, comme si le ciel m'était tombé sur la tête. Toute la journée j'ai attendu la catastrophe que ne pouvait manquer d'annoncer cet incident. Le soir, je ressemblais à une loque; l'angoisse m'avait privée de tous mes moyens. En fait, c'est parce que j'y croyais que le mauvais sort avait paru s'acharner sur moi!

Parlons plutôt de mes prémonitions. Un jour, je reçus une invitation pour un gala de bienfaisance qui devait avoir lieu à Bruxelles. La veille du départ, j'eus le sentiment d'une catastrophe imminente et ce fut plus fort que moi : j'annulai ma participation. Marcella Mariani, ex-Miss Italie et jeune actrice pleine de promesses, me remplaça. L'avion qui la ramenait à Rome, et à bord duquel j'aurais dû me trouver, s'écrasa et on retrouva le corps déchiqueté de Marcella Mariani...

L'année dernière encore, j'ai su qu'il allait y avoir un incendie.

Le soir, j'allume souvent une bougie dans le salon, que ma secrétaire éteint en allant se coucher. Ce soir-là, alors que j'étais déjà dans mon lit, quelque chose me poussa à me relever et à me diriger vers le salon. La bougie brûlait toujours; pour la première et unique fois, ma secrétaire avait oublié de l'éteindre. En soufflant la flamme, j'eus la vision très nette d'un énorme incendie. Sur le moment, je n'y fis pas particulièrement attention et je repartis me coucher. Le lendemain à l'aube, les cris de « Au feu! Au feu! » me réveillaient. Les étages inférieurs de l'immeuble que nous habitions à Paris étaient en flammes et une fumée épaisse avait envahi l'appartement. C'était terrifiant. Carlo était absent. Impossible de descendre. Aidée de la nurse, j'enveloppai les enfants dans des couvertures et nous montâmes l'escalier qui conduisait aux combles. On pouvait à peine respirer. Je cassai un carreau avec ma chaussure; quelques instants plus tard, nous étions sur le toit où les pompiers vinrent nous secourir. J'avais été intoxiquée par la fumée et il me fallut une journée d'hôpital pour m'en remettre. Cet incendie, je l'avais bel et bien vu sept heures avant qu'il ne se déclare.

Une autre fois, j'étais en train de dîner à Paris avec Carlo quand, sans que je puisse expliquer pourquoi, je lui demandai si notre villa de Rome était assurée. Il fut pour le moins surpris car, en général, je ne m'occupe guère de ce genre de chose. « Oui, insistai-je, assurée contre le vol.

— Naturellement. Mais pourquoi me poses-tu cette question?

— Je ne sais pas. Une idée qui me passe par la tête. J'ai soudain pensé qu'on pouvait nous cambrioler.

— Ne te fais pas de souci. Nous sommes assurés et la maison est gardée. »

Le lendemain matin, nous apprenions que la villa Marino avait été cambriolée par des malfaiteurs; ils avaient dérobé, entre autres, mon Oscar ainsi qu'une collection de boîtes anciennes de valeur que Carlo avait rapportées des quatre coins du monde.

Quelques années plus tard, j'ai eu la prémonition absolument spectaculaire d'un autre vol, à New York cette fois; je n'y attachai pas plus d'attention qu'à l'ordinaire, mais les conséquences auraient pu être catastrophiques. Nous en étions à notre troisième cambriolage, le deuxième s'étant produit pendant le tournage des *Dessous de la millionnaire* à Londres. J'avais loué une maison dans le Hertfordshire et, ce jour-là, j'étais allée à l'aéroport de Londres chercher Carlo qui arrivait d'Italie. Plusieurs de nos amis se trouvaient dans la maison, ainsi que le personnel. En rentrant, je montai dans ma chambre; le tiroir de la coiffeuse était grand ouvert et mon coffret à bijoux avait disparu. La fenêtre restée ouverte près de la table montrait par où s'étaient introduits les voleurs. Ils avaient pris absolument tous mes bijoux. Des bijoux de valeur, bien sûr, mais auxquels j'étais, sentimentalement, très attachée. Chaque fois que je terminais un film, Carlo et moi avions l'habitude de célébrer la fin du tournage avec un bijou. J'y tenais beaucoup, ils avaient tous une valeur symbolique : ils étaient la preuve tangible de la réussite de la fillette misérable qui avait grandi à Pozzuoli. J'aimais surtout mes colliers. Il y en avait un en brillants et saphirs, avec la bague et les boucles d'oreilles assorties, un autre en diamants montés à l'ancienne, lui aussi avec une bague et des boucles d'oreilles, un triple rang de perles blanches, un collier de chien fait de plusieurs rangs de perles blanches et noires alternés, un ravissant collier en rubis; sans compter les broches, les bracelets, les montres anciennes, les chaînes et les ceintures en or. Le tout d'une valeur globale d'un million de dollars peut-être, et non assuré.

Sur le moment, je mis mon point d'honneur à arborer un flegme très britannique et à garder le sourire, mais le lendemain au studio, alors que j'étais en train de me maquiller, ce sourire se changea brutalement en grimace et j'éclatai en sanglots. Jamais je ne m'étais rendu compte de l'importance que j'attachais à ces bijoux. Chacun commémorait des moments heureux de ma vie avec Carlo; mais ils étaient aussi une assurance contre la misère, la garantie que je ne connaîtrais plus jamais la faim. C'était comme si j'avais perdu un être cher. De Sica, qui faisait également partie de la distribution, vint me trouver dans ma loge. Il s'assit et me tendit son mouchoir.

« Mouche-toi un bon coup et écoute-moi. Tonton Vittorio va te faire un petit laïus sur les larmes et leur inutilité. Qu'est-ce que nous sommes, toi et moi ? Deux Napolitains sans le rond qui ont un jour décroché le gros lot. A quoi est-ce que je passe mon temps ? A gagner de l'argent, à le perdre au jeu et à en gagner de nouveau. Si tu savais combien de fois je me suis retrouvé lessivé à la roulette ou au chemin de fer ! Et alors ? Un ou deux films me remettent à flot. C'est pareil pour toi.

— Non, pas du tout. Tu ne comprends pas ce que signifiaient pour moi ces bijoux. Ils symbolisaient tout le chemin que j'avais parcouru depuis la misère de Pozzuoli.

— Écoute-moi, Sophia. Je suis bien plus vieux que toi, et s'il y a une chose que la vie m'ait appris, c'est qu'on ne doit jamais pleurer sur ce qui est définitivement perdu. »

Nous nous trouvions dans notre appartement du Hampshire House, à New York, lorsque Carlo reçut un câble de Milan lui annonçant la mort de son père. Il lui était profondément attaché et cette nouvelle le bouleversa. Je le conduisis à l'aéroport où il prit le premier avion pour l'Italie.

A mon retour, je restai un moment au salon à bavarder avec Inès et avec le fils de Carlo, Alex, qui était venu nous voir en apprenant la mort de son grand-père. Carlo Jr., âgé de quatre ans à l'époque, était dans sa chambre avec sa nurse. Vers neuf heures, j'allai me coucher. En entrant dans la chambre, j'eus le sentiment très net d'une « présence », que quelqu'un se trouvait dans la pièce. Je vis soudain bouger une ombre noire et sinistre. Avec un hoquet de terreur, je fonçai vers le salon.

Alex et Inès se moquèrent de moi et de mon « ombre noire

et sinistre », mais ils acceptèrent de bonne grâce de m'accompagner dans ma chambre dont ils fouillèrent soigneusement les placards et la salle de bains. Ils regardèrent même sous le lit. Bien entendu, les recherches ne révélèrent aucune « présence » insolite.

Le lendemain matin, très tôt, j'entendis dans mon sommeil des cris lointains et comme étouffés. Je me réveillai en me demandant si ces cris étaient réels ou si j'avais rêvé. J'ôtai les boules sans lesquelles il m'est impossible de dormir, et de nouveau j'entendis les cris, immédiatement suivis de coups sur ma porte. Avant même que j'aie pu répondre, elle s'ouvrit; un homme entra, avec à la main quelque chose qui me parut d'abord être un stéthoscope. Ma première idée fut qu'il s'agissait d'un médecin et que mon fils était malade. Mais quand il s'approcha, je vis que ce que j'avais pris pour un stéthoscope était en fait un large anneau de cuivre auquel étaient accrochées des clefs. L'homme qui le tenait n'était autre que le portier de l'hôtel.

Juste derrière lui se tenait un autre homme, revolver à la main. Il s'approcha du lit et braqua son arme : « C'est un hold-up », annonça-t-il.

Je jouai les idiotes. « Qu'est-ce que vous voulez dire? »

Ce qui eut le don d'énerver le malfaiteur. Il posa le canon du revolver sur mon front. L'arme était munie d'un silencieux. « Ne fais pas celle qui ne comprend pas », dit l'homme. Cette fois, je commençai à avoir réellement peur.

L'homme était affublé d'une perruque et d'une fausse moustache. Il avait le teint olivâtre et portait des lunettes noires. Un peu la tête de Ringo Starr. Son visage était tout près du mien et je voyais qu'il était aussi terrifié que moi. Je pouvais voir aussi qu'il avait des yeux d'un bleu magnifique, limpide, exactement les yeux de Paul Newman. Il m'ordonna de sortir de mon lit et d'aller chercher mes bijoux. J'hésitai, surtout parce que j'aime dormir avec une chemise de nuit très courte et que celle-ci s'arrêtait en haut des cuisses.

Mais le voleur mettait déjà à sac ma coiffeuse. Il vida mon portefeuille de son contenu, deux cents dollars. Il empocha également une bague — un rubis — que j'avais laissée à côté du portefeuille. En entendant Inès pleurer dans l'autre pièce, je compris que c'était elle qui avait crié.

Plus tard, j'appris que trois hommes armés avaient fait irruption dans l'hôtel et ligoté le personnel de la réception, cinq ou six personne je crois, à l'exception du portier, du réceptionniste et du directeur. Ils avaient ensuite exigé la liste des occupants de l'hôtel ayant déposé des valeurs dans le coffre; comme mon nom n'y figurait pas, ils étaient sûrs de trouver dans ma suite ce qu'ils cherchaient, et ils avaient obligé le directeur et le portier à les y conduire. Ceux-ci auraient pu facilement leur montrer une suite inoccupée en prétendant que j'étais partie. Pas du tout : ils les amenèrent directement chez nous, arme au poing.

Lorsqu'elle les avait vus entrer, Inès s'était mise à crier. Un des hommes la frappa à la tête et au visage avec la crosse de son revolver en lui disant de se taire. La nurse avait eu le temps de se précipiter sur le téléphone et de supplier le réceptionniste d'appeler la police. « Du calme, ma jolie, pas de panique, lui avait-il répondu.

— Mais il y a des hommes armés! Appelez la police!

— C'est ça, ma belle, c'est ça, on s'en occupera. »

Pour autant que je sache, le réceptionniste n'a jamais appelé la police. Par la suite, j'ai su que le Hampshire House ainsi que d'autres hôtels étaient régulièrement victimes de cambriolages et que, depuis, la sécurité avait été renforcée.

Dans ma chambre, la tension montait. J'étais sortie du lit comme on me l'avait ordonné, sans plus me soucier de ma tenue. Comme dans un cauchemar, des images de violence me traversaient l'esprit; je ne sais pas pourquoi, je vis avec précision Kennedy au moment où la balle le frappait. Le bandit aux yeux bleus voulait savoir où étaient les « vrais » bijoux. J'avais demandé à Van Cleef et Arpels de me prêter quelques bijoux pour le gala Rockefeller auquel je devais assister ce soir-là — un ravissant bracelet de diamants et de rubis, avec un collier et des boucles d'oreilles assortis. Je répondis que les bijoux se trouvaient dans le dernier tiroir de la coiffeuse. Celui qui semblait diriger les opérations examina la parure d'un œil furieux avant de la fourrer dans sa poche.

« C'est de la camelote, dit-il. Nous voulons la bague. » Je ne connaissais pas le mot « camelote ». « La bague, répéta-t-il, celle que tu portais à la télé, avec David Frost. »

A ce moment-là, je compris ce qui avait attiré les voleurs. J'avais fait une émission avec David Frost qui m'avait interviewée pendant quatre-vingt-dix minutes et pour laquelle Van Cleef m'avait également prêté un diamant de toute beauté. Il devait valoir quelque cinq cent mille dollars.

« Elle n'était pas à moi, expliquai-je. Je l'ai rendue à Van Cleef. » Ce qui était la vérité. L'homme me prit par les cheveux et me fit tomber.

« Bon Dieu! Je t'ai déjà dit d'arrêter de me regarder! Donne-moi la bague, pas cette camelote! » Maintenant qu'il devenait violent, ma peur s'accrut. Si j'avais eu la bague, je la lui aurais remise sur-le-champ. « Où est l'enfant? » demanda-t-il alors.

La panique m'envahit. Le deuxième malfaiteur, qui gardait Inès dans le salon, apparut dans l'encadrement de la porte. « On se tire! » dit-il. Moi, je ne pensais qu'à mon enfant. Je me précipitai vers le placard de l'entrée et saisis un sac sur une étagère. Il renfermait tous mes bijoux. Je le leur jetai au moment où ils se dirigeaient vers la porte d'entrée. Celui qui semblait mener les opérations l'attrapa et ils s'enfuirent.

La leçon ne fut pas perdue. J'avais appris que l'on pouvait payer très cher la vanité, un prix que je ne veux plus jamais avoir à payer. A dater de ce jour, je n'ai jamais plus acheté de bijou de grande valeur, ni de fourrures extraordinaires, ni quoi que ce soit qu'on puisse venir me réclamer revolver au poing et en menaçant les miens.

A la seconde même où les hommes disparurent, je courus vers mon fils et le pressai contre moi. Je savais maintenant que la plus somptueuse rivière de diamants ou parure d'émeraudes ne sont rien comparées au tendre collier des bras d'un enfant autour de votre cou. La police me montra des dizaines de photos de malfaiteurs, mais je n'y trouvai pas mon Ringo Starr aux yeux de Paul Newman. Pourquoi n'ai-je pas cru à mes pressentiments? Car j'en ai eu beaucoup d'autres. Jamais je ne m'y suis fiée et, pourtant, ils m'auraient permis d'éviter les cambriolages, les incendies et autres catastrophes. Mais je n'en suis pas capable et, somme toute. je ferais une bien piètre sorcière.

Chapitre 19

A l'été 1973, Richard Burton vint passer quelque temps chez nous à Rome. Il était la vedette masculine du film que produisait Carlo, *le Voyage*, réalisé par De Sica. Je ne l'avais jamais rencontré, mais il m'appela de Hollywood en me demandant s'il y avait de la place pour lui à la villa Marino et s'il pouvait s'y installer un mois plus tôt que prévu. Cela afin de « se remettre en forme » pour le film. Par ailleurs, il ne voulait pas aller à l'hôtel car, m'expliqua-t-il, les *paparazzi* ne lui laisseraient pas une minute de tranquillité. Dieu sait si je le comprenais. C'était l'époque où les journaux faisaient des gorges chaudes sur son union tumultueuse avec Elizabeth Taylor et rapportaient dans les moindres détails les tirades d'ivrognes, les altercations en public, les réconciliations en privé et les séparations officielles du célèbre couple. Je répondis à Richard que je serais ravie de l'accueillir dans la petite maison réservée à nos invités.

Il arriva escorté d'un médecin, d'une infirmière, d'une secrétaire et de deux gardes du corps. J'ignorais qu'il venait d'entamer une cure de désintoxication; c'est ce qu'il voulait dire par « se remettre en forme ».

Nous sympathisâmes immédiatement. Il était toujours très épris d'Elizabeth, et lorsqu'il voulait parler d'elle, ce qui lui arrivait souvent, je ne demandais pas mieux que de l'écouter. Il nageait beaucoup, et pas une seule fois il ne sortit le soir. Il aimait déjeuner sur la terrasse au bord de la piscine avec les enfants et moi. C'était un homme pétillant d'esprit et débordant d'énergie, une mine d'or de citations et de bons mots. Il se montrait assez nerveux, ce que j'attribuais aux médicaments et au fait que ce buveur invétéré avait totalement cessé de boire. Pour ne rien arranger, il était au régime. L'après-midi il nous arrivait de faire un scrabble et, malgré l'étendue de son vocabulaire et de ses connaissances littéraires, je gagnais immuablement; ce qui suscitait chez lui des torrents d'imprécations entrecoupées de jurons gallois. Comment pouvait-il se laisser battre, dans sa langue natale, et par une paysanne illettrée qui plus est! Peter O'Toole eut les mêmes réactions quand je testai sa force au scrabble. En fait, ni l'un ni l'autre n'étaient très sûrs de leur orthographe, et sur ce point les rudiments de latin appris en classe m'avantageaient. C'était une pure délectation que de triompher de ces deux adversaires aussi érudits que pleins d'humour.

Juste avant le début du tournage, Carlo m'apprit une triste nouvelle : De Sica devait être opéré (il souffrait d'emphysème aigu et refusait de s'arrêter de fumer), ce qui retardait le film d'un bon mois encore. Carlo savait que Richard adorait De Sica et il me demanda de le mettre moi-même au courant. Comme prévu, cette nouvelle le bouleversa, mais il me dit que si j'étais d'accord, il aimerait poursuivre sa cure à la villa Marino. Dans nos discussions, Richard ne cessait de se tenir pour responsable de ses problèmes avec Elizabeth. Moi, je jouais les psychiatres en pansant son ego blessé et en le réconfortant. C'était facile car je commençais à éprouver une réelle affection pour lui et mes compliments étaient sincères.

Quand tout fut prêt pour le tournage, Richard reçut un coup de téléphone d'Elizabeth. Le premier depuis son arrivée à Rome. Elle se trouvait hospitalisée à Los Angeles où l'on devait l'opérer, et elle réclamait sa présence. Paniquée à l'idée de l'intervention, elle voulait Richard et seulement lui, il fallait absolument qu'il vienne. Nous étions un vendredi, le premier tour de manivelle

Ci-contre : Dans *Une bonne planque*, 1971.

était prévu pour le lundi suivant. Carlo laissa partir Richard à une condition : il devait être rentré à Rome le surlendemain.

Le vendredi soir, Richard s'envolait pour Los Angeles par la route du Pôle. Après un voyage de douze heures, il resta auprès d'Elizabeth toute la journée du samedi et, fidèle à sa parole, regagna Rome le dimanche soir. Le voyage avait été éprouvant à la fois sur le plan physique et moral et, peu après, il s'installait avec ceux qui l'accompagnaient dans un hôtel de Rome car il avait besoin d'un peu de solitude.

Quelque temps après son opération, Elizabeth débarquait à son tour à Rome où elle aussi tournait un film. Richard alla l'accueillir à l'aéroport; il souhaitait vivement une réconciliation. Elle vint déjeuner à la villa. Richard était tendu, elle, amusante et charmante. Mais on la sentait partagée et incertaine. Elle revint une ou deux fois à la villa avec lui, mais il était clair que les choses tiraient à leur fin. Tout le monde s'en rendait compte, sauf Richard; le cœur serré, nous le voyions changer à vue d'œil. Il devenait agressif, voire violent.

Puis une nuit, je fus réveillée par la sonnerie du téléphone. C'était Richard. Il venait d'avoir une longue discussion avec Elizabeth, et elle lui avait fait nettement comprendre que tout était totalement, définitivement, irrémédiablement fini entre eux et qu'elle ne reviendrait jamais vivre avec lui. « Elle a parlé de divorce, Sophia, marmonna-t-il d'une voix étranglée, et ce ne sont pas des paroles en l'air. Elle ne reviendra jamais. Je suis seul, je ne sais pas quoi faire. Aide-moi, Sophia, j'ai vraiment besoin que tu m'aides. » Je lui dis que j'étais seule avec les enfants et couchée, que Carlo était absent; le mieux, c'était de prendre un somnifère pour essayer de passer une bonne nuit, nous discuterions de tout cela le lendemain matin.

Il raccrocha. J'appelai sa secrétaire à son hôtel. Elle allait venir immédiatement à la villa pour être auprès de Richard lorsqu'il arriverait. Le lendemain, je le cherchai, mais il passa la journée à dormir et ne se montra pas à la piscine. J'essayais de voir comment l'aider, mais que dire et que faire dans ce genre de situation ?

Richard garda un bon souvenir de son séjour à la villa Marino et des relations d'amitié que nous avions nouées. L'année suivante, nous tournâmes ensemble *Brief Encounter* pour la télévision.

Je ne l'ai pas revu depuis, mais il me donne l'impression d'avoir repris le dessus. Son interprétation dans *Equus* à Broadway lui a valu un succès considérable et son nouveau mariage semble lui avoir particulièrement réussi. Je lui souhaite d'être heureux. Mais pendant la période difficile où j'ai appris à le connaître, il m'est apparu comme un de ces rois des tragédies shakespeariennes, grands et puissants, que broie un jour la roue du destin.

Chapitre 20

La dernière fois que je vis De Sica, ce fut le jour du dernier tour de manivelle du *Voyage* dont il dirigeait la réalisation. Durant tout le tournage, mal remis de son opération, il n'avait cessé de connaître des hauts et des bas. Le cœur n'y était plus, et ce n'est qu'occasionnellement que l'on retrouvait derrière la caméra le De Sica habituel, étincelant de cette verve et de cette invention qu'il avait toujours su nous communiquer. Pourtant le dernier jour, alors que Burton et moi tournions une scène ayant pour cadre un cabaret, il s'était montré le De Sica que nous connaissions, plein d'entrain et de joie de vivre. La veille, j'avais fait quelque chose qui ne m'était encore jamais arrivé : je lui avais demandé une photo dédicacée. Et ce matin-là il me la tendit, une belle photo sur laquelle il souriait : « Quand tu avais quinze ans, tu m'as dit : oui. »

Cette phrase me remplit de joie; notre union cinématographique datait en effet de mes quinze ans. Une fois la scène terminée, Richard, De Sica et moi nous séparâmes avec d'affectueux « au revoir ». De Sica resta sur le plateau pour faire quelques prises de vues supplémentaires des danseuses sur la scène du cabaret. Je l'embrassai et il me dit : « On se revoit bientôt à Paris. » Et je me dirigeai vers ma loge. Mais quelque chose me poussa à rebrousser chemin pour regarder une fois encore De Sica. Il était assis sur l'avant-scène dans une pose caractéristique, jambes écartées, souriant, plaisantant avec les girls en attendant qu'on ait fini de régler la caméra. Une fille lui dit quelque chose; il renversa la tête et éclata de rire, de ce rire qui n'appartenait qu'à lui. Ce fut la dernière image que j'emportai de lui : assis là, sur la scène, hurlant de joie.

Un ou deux mois plus tard, un soir, j'étais en train de lire. J'eus brusquement envie de jeter un coup d'œil à une pièce de théâtre écrite cinquante ans plus tôt par Eduardo De Filippo, *Filomena Maturano*. On me l'avait chaudement recommandée et je pris le livre sur l'étagère pour voir si j'étais capable de retenir un ou deux des longs monologues. Si j'y arrivais et si De Sica acceptait de régler la mise en scène, peut-être pourrait-on examiner cette suggestion de plus près.

La sorcière et ses prémonitions. Le surlendemain, Carlo m'appelait de Rome. Rien qu'au son de sa voix, je sus qu'il se préparait à m'annoncer, avec le maximum de précautions, une mauvaise nouvelle.

« Tu savais que De Sica était à Paris? me demanda-t-il.

— Non.

— Eh bien si. Et il est très malade.

— Où est-il maintenant?

— Eh bien, toujours à Paris... On l'a conduit hier à l'hôpital américain...

— Mais il faut que j'aille tout de suite le voir!

— ... Et ce matin, eh bien... ce matin, il est mort. »

Je restai pétrifiée. Impossible de dire un mot. Atone. Anesthésiée. Mon esprit ne fonctionnait plus, mes sens étaient incapables d'assimiler la nouvelle. Je ne pouvais comprendre que De Sica, *Vittorio De Sica*, n'était plus. Je ne pleurais pas, je ne voulais pas des mots compatissants de rigueur. J'allai dans ma chambre et je fermai la porte à clé. Je m'assis sur une chaise près de la fenêtre et regardai les toits de Paris dominés dans le lointain par la masse blanche du Sacré-Cœur. Et puis, comme si l'on avait commencé à projeter un film, des images passèrent devant mes yeux, celles des heures qui avaient soudé notre amitié au fil des ans depuis notre première rencontre à Rome quand j'avais quinze ans et notre premier film ensemble, *l'Or de Naples*, qui m'avait lancée. Comme ma mémoire dessinait avec précision la silhouette de De Sica mimant mon rôle derrière la caméra, les larmes me brouillèrent soudain la vue et je fus secouée d'énormes sanglots tandis que je revivais notre odyssée cinématographique, depuis *la Ciociara* jusqu'à *Mariage à l'italienne.* « Comme les années s'envolent, et combien peu l'on oublie. »

J'appelai l'hôpital américain; il fallait absolument que je voie De Sica avant que son corps soit emmené à Rome. Mais sa famille avait donné des ordres très stricts : personne ne serait admis près du cercueil. J'ai passé la journée à appeler, j'ai bien dû donner une cinquantaine de coups de téléphone, mais je n'arrivais à joindre personne. Aux heures de deuil et d'affliction, une famille a le droit de réagir comme elle l'entend, mais il fallait à tout prix que je voie De Sica.

Le lendemain, j'étais de nouveau pendue au téléphone. Le cercueil se trouvait toujours à l'hôpital américain. Finalement, une oreille compatissante voulut bien m'écouter. Je priai, je suppliai, je promis de venir seule et de ne rester que quelques minutes. On finit par m'accorder, à contrecœur, gain de cause. Pour une fois, j'appréciai ce que mon nom pouvait faire pour moi.

Dans la soirée, je me rendis à l'hôpital, accompagnée d'Inès. On me conduisit le long d'un grand couloir sombre situé dans les sous-sols, au bout duquel s'ouvrait une porte. J'entrai seule. La pièce était petite, basse de plafond, seulement éclairée par un cierge qui brûlait à côté du cercueil déjà fermé. Près de celui-ci, un matelas gardait encore le creux laissé par le corps de De Sica. L'empreinte de sa tête sur l'oreiller; une légère marque là où ses cheveux s'étaient appuyés. La flamme du cierge vacilla. Quelque part dehors, assez loin, un chien aboyait. Sinon, le silence. Jamais je ne m'étais trouvée dans un endroit aussi désolé. Tellement peu à l'image de De Sica. J'appuyai mes bras sur le cercueil, posai ma tête dans leur creux et méditai. Je pensais à lui. Et soudain le sentiment d'une perte irréparable m'envahit, la perte de cet homme que j'aimais, la perte d'une partie de moi qui serait enterrée avec lui. Je pensai à beaucoup de choses et je priai pour son âme. Mes larmes sur le bois du cercueil.

J'allai à Rome pour l'enterrement. Une épreuve pénible. La cérémonie se déroula dans une énorme cathédrale devant une foule compacte. Des photographes partout. Quand le cercueil de De Sica fut porté à l'intérieur de l'église, les gens applaudirent — ils l'avaient déjà fait à mon entrée. (Il y eut aussi des applaudissements à l'enterrement d'Anna Magnani; l'ultime hommage à l'artiste.) Je pense qu'ils m'avaient applaudie pour tout ce que j'avais réalisé avec De Sica.

Pendant la cérémonie, je n'eus qu'une idée, cacher mes larmes aux photographes. Quand je ne pus les retenir, ce fut à qui me serrerait de plus près pour obtenir le meilleur cliché. Je fis de mon mieux pour dissimuler mon visage derrière l'homme qui se trouvait devant moi. C'est horrible de ne pas pouvoir pleurer en paix en de tels moments. Aucun respect du chagrin ni du lieu; aucun respect des morts. Me voir refuser une minute de recueillement pour dire adieu à un homme que j'aimais.

Un officier de police à Rome. Nous possédons un dossier concernant deux tentatives d'enlèvement sur la personne de Carlo Ponti. En fait, c'est grâce à la première que nous avons pu faire échec à la seconde. Le premier incident s'est déroulé en fin de soirée sur la Via Appia, à l'extérieur de Rome. M. Ponti se trouvait seul à bord de sa voiture; il avait travaillé jusqu'à une heure avancée de la nuit à son bureau et il regagnait sa maison située en dehors de la ville. En chemin, il a été contraint d'arrêter son véhicule en raison d'une voiture apparemment en panne qui s'était immobilisée en travers de la route. En ralentissant pour stopper, il a regardé dans son rétroviseur et a vu une voiture ralentir derrière la sienne. Un homme masqué a sauté par la portière ouverte, une arme à la main, et s'est mis à courir en direction de la voiture de M. Ponti, un coupé Alfa Romeo. Quand il a vu l'homme masqué, M. Ponti n'a pas hésité : il a embrayé et a essayé de contourner la voiture immobilisée, placée là de toute évidence pour le contraindre à s'arrêter. L'homme a ouvert le feu. M. Ponti s'est couché sur son siège en appuyant à fond sur l'accélérateur. L'Alfa Romeo a fait un véritable bond en avant. L'homme tirait toujours. Une balle a fait voler en éclats la vitre arrière. Une fois chez lui, M. Ponti a convoqué la police. Son Alfa Romeo était criblée de balles. Nous avons conseillé à M. Ponti de réclamer la protection de la police chaque fois qu'il serait appelé à faire ce trajet tard dans la nuit.

C'est ainsi que M. Ponti a bénéficié de cette protection la nuit où s'est produite la seconde tentative. Lorsqu'il nous a appelés, nous nous préparions justement à envoyer une voiture enquêter au sujet d'un incendie et d'une explosion signalés à proximité de sa résidence; nous avons donc chargé cette voiture de le suivre.

Sur la route, une voiture s'est rangée contre celle de M. Ponti pour l'obliger à quitter la route, mais à ce moment précis, le conducteur a repéré la voiture de police qui se trouvait un peu en arrière et il a pris la fuite. Aux abords de la maison de M. Ponti, nous avons découvert une camionnette sans plaque d'immatriculation dissimulée à l'entrée de la villa. Le moteur tournait; nous avons trouvé à l'arrière une corde, du sparadrap, des seringues hypodermiques et des barbituriques, bref tous les accessoires classiques d'un enlèvement. Si M. Ponti n'avait pas réclamé la protection de la police, il ne fait aucun doute que c'est le sort qui l'attendait. Par la suite, nous avons eu la preuve que l'explosion et l'incendie avaient été délibérément provoqués dans le but de détourner l'attention de la police.

Une amie de Sophia. Il y a deux ans, Sophia a fait une courte escale à Rome, et je l'ai accompagnée à l'aéroport où elle devait prendre l'avion pour regagner Paris.

Sa place était retenue dans le vol de vingt heures, le dernier pour Paris. Nous sommes arrivées en avance, mais quand elle a présenté son passeport au bureau de contrôle, l'officier l'a priée de le suivre. Je l'ai accompagnée dans la pièce où on l'emmenait pour l'interroger. Elle fut soigneusement fouillée; on vida son sac, son portefeuille et son porte-documents. Un dossier concernant un film et le budget de production de celui-ci qu'elle rapportait à Carlo retint particulièrement l'attention des autorités de l'aéroport. Sophia leur demanda de se dépêcher car elle allait rater son avion, mais on lui répondit de ne pas s'inquiéter, qu'elle avait tout son temps. J'ai appris par la suite qu'on avait retiré ses bagages de la soute afin de les fouiller de fond en comble.

A huit heures, Sophia leur fit remarquer que son avion décollait; les douaniers lui répondirent qu'ils regrettaient, mais qu'elle devrait attendre l'arrivée d'un fonctionnaire romain spécialement commis pour l'interroger.

Au bout de deux heures d'attente, il arriva. C'était un homme qui faisait particulièrement étalage de son importance. Il commença à soumettre Sophia à un tir nourri de questions entremêlées de menaces. Qu'avez-vous fait à Rome aujourd'hui ? Citez-moi tous les endroits où vous êtes allée, les noms des personnes que vous avez vues, et ne cherchez pas à tourner autour du pot ou cela pourrait aller mal pour vous. Puis il a posé des questions d'ordre financier, portant entre autres sur les budgets. « Je n'ai absolument rien fait de répréhensible ou d'illégal, déclara Sophia, mais si vous avez l'intention de me poser ce genre de questions, qui relèvent d'un domaine dont j'ignore tout, je serai dans l'obligation de faire appel à mon avocat à Rome.

— Appeler votre avocat ne fera que rendre les choses encore plus déplaisantes pour vous. Vous n'êtes pas là pour éluder les questions, mais pour y répondre.

— Écoutez, dit Sophia, je suis une actrice, pas une femme d'affaires. C'est mon mari et son conseiller juridique qui s'occupent de ces choses-là. Je vous le répète, je n'ai rien fait qui soit contraire à la loi, je ne passe rien en fraude; mais si vous comptez me faire subir un interrogatoire poussé sur des sujets que j'ignore totalement, je dois contacter l'avocat qui s'occupe de mes affaires à Rome. »

Les avocats de Sophia finirent par arriver. Ils se lancèrent dans une conversation animée avec le fonctionnaire, si technique que j'avais l'impression qu'ils parlaient une langue étrangère. Il est évident que si l'on avait pu révéler la moindre infraction de la part de Sophia, le fonctionnaire se serait empressé de la monter en épingle. Mais il lui rendit finalement son passeport et, sans un mot d'excuses pour l'épreuve qu'il lui avait fait endurer, il repartit pour Rome.

La nouvelle des démêlés de Sophia avec les autorités avait filtré, et plusieurs centaines de journalistes, photographes, reporters de télévision et autres avaient pris d'assaut les couloirs conduisant à la salle où avait eu lieu l'interrogatoire. Sophia n'avait guère d'autre possibilité que de rester virtuellement prisonnière de cette petite pièce en attendant d'être délivrée par le premier vol du matin en direction de Paris. Le hasard voulut que ce soit un avion de la Japan Airline, qui décollait à 4 h 30.

La nuit fut longue; huit heures s'écoulèrent entre le moment où nous fûmes conduites dans cette pièce et celui où l'avion quitta la piste. La foule des journalistes attendait toujours derrière la porte. Les journaux et les télex du monde entier encombraient les lignes téléphoniques pour essayer de se faire une idée de ce qui s'était passé. Il n'y avait personne pour aider Sophia à gagner l'avion.

Je la pris solidement par le bras et nous nous frayâmes un passage au milieu des journalistes qui avaient attendu huit heures d'affilée et n'entendaient pas rentrer bredouilles. Ils agrippaient Sophia, lui agitaient des micros devant la figure et essayaient par tous les moyens de lui faire dire au moins quelques mots. Elle regardait droit devant elle, comme hypnotisée, sans voir personne, les lèvres serrées; nous finîmes, à force de pousser et de bousculer, par atteindre le guichet de la JAL.

Son mutisme n'eut pas l'effet escompté car, le lendemain, les journaux étaient pleins de ses déclarations rapportées « mot pour mot » et dans lesquelles elle disait pis que pendre de l'Italie, la qualifiait de pays de cauchemar et jurait qu'elle n'y remettrait jamais plus les pieds. Les reporters régalaient leurs lecteurs en racontant en détail comment les inspecteurs avaient découvert un million de lires en sa possession ainsi que des objets de valeur cousus dans l'ourlet de sa robe; on se livrait même à des spéculations sur la durée de la peine qu'elle aurait à purger pour ses crimes.

Carlo Ponti. Je continue à espérer qu'un jour les choses s'arrangeront et que nous pourrons rentrer chez nous en Italie.

C'est peut-être un rêve insensé, mais je suis, par nature, un rêveur incorrigible et, au fil de cette vie qui a été la mienne, je me suis mis à beaucoup aimer les rêves insensés.

Chapitre 21

Je ne crois pas avoir mis autant d'espoirs dans un film que dans *l'Homme de la Manche*, ma première et unique comédie musicale; mais le mauvais sort sembla, dès le départ, s'acharner sur ce projet. D'abord ce fut l'indécision du producteur quant au choix du réalisateur, puis quant aux lieux de tournage. Fallait-il tourner en extérieurs en Espagne, ou en studio à Rome? On opta finalement pour Rome, alors que le film aurait eu tout à gagner des magnifiques paysages espagnols. Rien ne saurait remplacer le mouvement des nuages ni l'ondulation des collines, et aucune soufflerie n'a jamais produit quelque chose qui puisse se rapprocher un tant soit peu de la douce brise qui caresse les plaines de la Nouvelle-Castille.

Le film me réservait néanmoins quelques compensations, dont la moindre ne fut pas l'apparition de Peter O'Toole dans mon existence. Enjoué, spirituel, paillard, excessif et complètement fou; mais fou comme on aime. Bien que noctambule et fêtard, il arrivait à l'heure précise sur le plateau, et toujours sobre. Nous passions notre temps à jouer au poker et je fus sidérée de voir qu'il trichait encore plus que moi. C'est un homme d'une culture stupéfiante et qui sait vous stimuler l'esprit.

Quand je me trouve avec des gens que je ne connais pas très bien, je suis comme un vrai papier de tournesol, je réagis à leur contact et si ce contact est positif, je me mets au diapason.

J'adorais discuter avec Peter, dont la conversation se situe toujours à un niveau supérieur. Une véritable communication s'établissait d'emblée; nous échangions des idées, analysions nos impressions, nous amusions de réflexions idiotes ou sensées, ou bien carrément absurdes. Il est rare de rencontrer des gens qui sachent éveiller ainsi chez leur interlocuteur l'esprit de repartie, un art pour lequel Peter se montre particulièrement doué. Il arrivait à me faire dire des choses drôles, à sortir de moi des idées dont je ne me serais jamais crue capable; et, plus important, il me faisait souvent voir les choses sous un angle différent, grâce à son érudition masquée par beaucoup d'humour.

Comme ni l'un ni l'autre ne nous étions jamais distingués par nos talents musicaux, l'idée de chanter nous terrifiait. J'avais déjà chanté dans des films — une fois dans *la Fille du fleuve*, une fois avec Gable dans *C'est arrivé à Naples* et une autre fois avec Peter Sellers dans *les Dessous de la millionnaire*, mais des chansonnettes, rien à voir avec une comédie musicale. De plus, celle-ci présentait l'inconvénient — à ce point de vue — d'avoir eu un succès monstre à Broadway. La plupart du temps, nous travaillions tranquillement en studio, mais il y avait un air que je devais enregistrer en direct car il était indissociable de l'action. Ce matin-là, quand je fis mon apparition sur le plateau et ouvris la bouche pour chanter, je me retrouvai complètement aphone. J'eus un instant de panique, mais O'Toole me prit à part et m'assura que ma laryngite était purement psychosomatique. L'infirmière prit pourtant ma température : j'avais une forte fièvre. Et pas psychologique que je sache. Mais Peter ne voulait pas en démordre.

« C'est dans ta tête que ça se passe, Sophia. Tu piques un 40° et tu perds ta voix uniquement parce que tu ne veux pas chanter devant autant de monde. »

Il avait tout à fait raison. Deux jours plus tard, dans l'intimité d'un petit studio d'enregistrement, je retrouvais ma voix et enregistrais la chanson que mon larynx bloqué avait refusé de laisser passer devant toute la foule du plateau.

Peter ne se sentait d'ailleurs pas tellement à l'aise. Quand arriva le grand jour, c'est-à-dire celui où il devait enregistrer « The Imprevisible Dream », la seule chanson vraiment digne de ce nom du film, il me demanda de venir lui tenir la main. Et dans la version originale, la chanson est en fait interprétée à la fois par Peter et par un chanteur professionnel dont on intercala la voix au mixage.

Au moment précis où le film s'achevait, je découvris que j'étais enceinte du futur Eduardo. Je me couchai séance tenante; pour neuf mois. Peter terminait encore quelques scènes, mais il me téléphonait chaque jour avec l'affection chaleureuse dont seul est capable un véritable ami. Une fois le film achevé, il vint me faire ses adieux. Il m'apportait en cadeau un énorme œuf d'autruche sur lequel il avait écrit : « Avec toute ma tendresse, Peter. » J'aime vraiment beaucoup Peter et chaque fois que nous nous retrouvons, même si nous ne nous sommes pas vus depuis longtemps, nous reprenons notre conversation là où nous l'avions laissée. J'avoue avoir particulièrement apprécié ce qu'il déclara un jour dans une interview : « Plus je voyais Sophia et plus elle me paraissait comestible. »

J'adore les comparaisons culinaires; c'est probablement mon côté cuisinière. Et personne ne me fera figurer dans un menu d'une façon aussi appétissante que le fit Noel Coward. Nous avons passé plusieurs soirées ensemble quand je tournais *Lady L.* avec Paul Newman en Suisse, où Noel avait une maison. Jamais je n'oublierai ce premier dîner chez lui avec Peter Ustinov, le réalisateur du film. Noel voulut absolument me faire goûter au *bullshot*, un mélange détonant de consommé et de vodka qui me plongea dans le flou pour le restant de la soirée, pas assez cependant pour m'empêcher d'apprécier le festival étourdissant de mots d'esprit auquel se livrèrent les deux hommes. Epicurien dans l'âme, Noel déclara : « Sophia aurait dû être sculptée dans des truffes au chocolat, comme cela le monde entier aurait pu la dévorer. » Je me suis sentie très flattée.

L'Homme de la Manche était fini depuis longtemps et j'attendais Eduardo à Genève, quand je reçus un disque de la bande originale du film. Je ne l'avais pas vu, mais je savais que la critique s'était montrée réservée et que ce ne serait pas un succès commercial. Je plaçai le disque sur l'électrophone; aux premières notes, j'éclatai en sanglots. Ces airs me remettaient d'un coup en mémoire cinq mois de travail acharné, d'angoisses, de difficultés, d'espoirs et de déceptions. J'aimais ce que j'entendais; c'était plein de vie et de drôlerie, et je pleurais sur tant d'efforts déployés en pure perte, ceux de Peter, de Jimmy Coco et les miens. C'est un métier cruel. On exige tellement de nous, on réclame tout notre enthousiasme et toute notre foi pour ensuite nous régler notre compte en quelques mots et rayer d'un trait de plume notre travail. Mais comment « rayer » cinq mois de votre vie? Je pleurai donc sur nous tous. Je sais bien que, si les dieux de l'échec sont facilement éveillés, il en va de même de ceux du succès, et l'actrice professionnelle apprend à ne pas se désoler parce qu'un film est raté. Mais, je l'ai déjà dit, je ne suis qu'un amateur, je le serai toujours, et quand j'ai mal, je pleure.

Je suis chaque fois aussi étonnée de voir à quel point j'ai du mal à me sentir bien dans un film, à avoir l'impression de faire du bon travail. Je passe mon temps à me demander si je saurai exprimer les émotions qu'exige le scénario, si je serai à la hauteur de tous ceux qui sont là pour m'aider, du chef accessoiriste au metteur en scène. On dirait toujours que je travaille comme si c'était une question de vie ou de mort. Comme si je craignais de nouveau d'avoir faim. J'apprends mon rôle plusieurs semaines avant le tournage afin de m'en imprégner et de faire vraiment sortir de moi les répliques. Jamais je ne pourrais faire comme Marcello qui n'y jette jamais un coup d'œil avant d'arriver au studio. Les dialogues ont beau être difficiles, il attend le jour du tournage pour les apprendre. Au début, il est mort de trac, mais il a besoin de ce trac pour jouer et il ne fait aucun doute que la méthode lui réussit. Je serais totalement incapable de jouer dans de telles conditions.

Quand je fais un film, je le vis. Je ne joue pas, au sens où l'on fait semblant. Je *suis* mon personnage, je *vis* les situations. Lorsque j'ai en face de moi un acteur rompu à toutes les ficelles du métier, surtout un acteur de théâtre, j'éprouve toujours un sentiment d'infériorité; mais, à mon avis, trop de métier nuit à la spontanéité, à l'imprévu. Or, c'est précisément l'imprévu qui donne l'élan créateur à l'interprétation. Au théâtre, les gestes, la voix, les tics passent mieux qu'au cinéma. Quand la caméra se met en mouvement pour un plan rapproché, elle révèle tout, rien n'est laissé dans l'ombre; et si l'acteur ne ressent pas vraiment ce qu'il exprime, si l'émotion réelle est remplacée par la technique, rien ne viendra éveiller l'émotion du public.

C'est pourquoi je suis sur des charbons ardents avant de tourner une scène difficile. Un abîme de doute; l'impression de perdre tous mes moyens. Les années n'ont rien arrangé, au contraire, car mon regard est devenu plus critique; j'attends plus de moi qu'il y a dix ans, je veux donner davantage encore. Mais ce souci de perfectionnisme risque aussi de tout faire basculer. Quelle que soit l'émotion à traduire — colère, chagrin, passion, hystérie — et aussi intensément que je me plonge dans ce vécu temporaire, je n'en dois pas moins tenir les rênes d'une main ferme, dominer la situation et non être dominée par elle. Les scènes intimes et sensuelles font appel à l'imagination, au désir réel, et il est évident qu'il me serait impossible de répondre aux exigences techniques de ce genre de scène. Par ailleurs, le cinéma exige que la même scène soit tournée plusieurs fois sous un angle différent, avec des plans rapprochés ou des

Ci-contre : Dans *Une journée particulière*, 1977.

plans d'ensemble, et chaque fois le jeu de l'acteur doit être identique pour que les plans puissent coïncider au montage. C'est un des aspects les plus difficiles de ce qui est demandé à l'acteur de cinéma : dominer ses émotions tout en donnant l'impression qu'il se laisse mener par elles.

Il y avait, dans *la Comtesse de Hong Kong*, une scène où je devais exprimer la montée de mon émotion, culminant avec les larmes, en réponse à une longue tirade de Brando. La scène était filmée en un seul plan rapproché de mon visage. Je savais que ce serait difficile et que j'aurais du mal à la recommencer plusieurs fois. Aussi ai-je demandé à Chaplin de se mettre en dehors du champ et de me guider du geste, comme un chef d'orchestre dirige ses musiciens, ralentissant le crescendo si j'allais trop vite ou au contraire m'amenant à l'explosion finale. Tout a marché comme sur des roulettes et une seule prise de vues a suffi.

Les larmes et les émotions qui les accompagnent ne vont pas toujours de soi en raison de l'atmosphère de bonne humeur qui règne en général sur le plateau où tout concourt à vous distraire. J'ai souvent beaucoup de mal à me mettre dans l'état d'esprit voulu. Je n'aime pas faire évacuer le plateau ni jouer les rabat-joie. Mais je me suis aperçue qu'avec un minimum de concentration, j'arrive à me fermer à tout ce qui m'entoure, à faire le vide, et à créer en moi le climat qui saura faire naître les larmes réclamées. Je fais même semblant d'écouter ce que disent les gens autour de moi, mais en fait, je suis à des lieues, en train d'imaginer quelque horrible tragédie propre à me mettre en condition.

Par contre, les scènes comiques ont tout à gagner de l'excitation et de la gaieté ambiantes, qui stimulent efficacement l'acteur. Encore que jouer une comédie américaine et une comédie italienne soient deux choses tout à fait différentes. La comédie américaine est écrite pour être drôle, les répliques sont percutantes, les situations doivent susciter les rires; alors que la comédie italienne est sérieuse et que le rire naît d'un moment tragique ou spectaculaire qui fait ressortir le comique des personnages, des particularismes locaux ou même, en mettant les choses au mieux, de la race humaine. *Mariage à l'italienne*, avec Mastroianni, constituait l'exemple parfait d'une comédie italienne réussie.

Marcello et moi voyons les choses de la même façon, c'est-à-dire à l'italienne. Mais notre association va bien plus loin; nous sommes les éléments interchangeables d'un même corps. Nous fonctionnons sur la même fréquence; nous nous sommes rencontrés pour la première fois en l'an X de notre ère à Pompéi, lui conduisant son char et moi vendant des statuettes sur la Via Dei. Quand nous jouons ensemble, nos âmes se rencontrent. L'hyperbole la plus extravagante ne réussirait pas à décrire cette symbiose devant la caméra; nous sommes aussi indissociables que Saturne et son anneau.

Nous partageons aussi une franchise parfois un peu rude; nous ne déguisons jamais rien, ce qui présente d'ailleurs des inconvénients. Récemment, nous sommes allés en Amérique pour le lancement d'*Une journée particulière*. Nous passions dans le show de Dick Cavett à la télévision, et celui-ci a commencé à interroger Marcello sur la réputation de l'amant latin et de ses prouesses amoureuses. Après plusieurs questions du même style, visiblement destinées à faire passer Marcello pour le prototype du genre, ce dernier, avec son honnêteté coutumière, lui a déclaré avec un accent à couper au couteau : « A dire vrai, Dick, je ne suis pas un baiseur terrible. »

Dans le studio, tout le monde en a eu le souffle coupé. J'ai aussitôt rectifié : « Excusez-le, Dick, il ne maîtrise pas tout à fait l'anglais et il croit qu'en Amérique, on peut tout dire. En fait, il veut seulement dire qu'il n'est pas une machine à faire l'amour. Qu'il a ses insuffisances, comme tout le monde. »

Marcello m'a regardée : « Pas du tout, j'ai bien dit ce que je voulais dire : je ne suis pas un baiseur terrible. »

Silence. Puis Cavett a enchaîné avec un entrain que démentait son pauvre sourire : « Et si vous nous parliez de vos hobbies ? »

Rideau.

Chapitre 22

« Combien de temps va durer notre amour? Je ne sais pas, trois semaines, trois mois, trois lustres. Plus. Pourquoi toujours vouloir raccourcir l'éternité avec des chiffres? »

C'est ce que je réponds à qui m'interroge sur mon union avec Carlo. Cela fait trop longtemps que nous sommes mariés. La différence d'âge est trop importante. Elle se remarque trop. Nous défions un système qui préfère voir dans le mariage « une désespérance légale où chaque baiser est une victoire sur le dégoût ». J'admire l'intelligence de Carlo, sa tendresse, cette façon qu'il a de s'interposer entre mes problèmes et moi. Non seulement il est mon compagnon de vie, mais il m'aide à vivre. J'aime particulièrement cette phrase de Lawrence Durrell : « Le compagnon l'emporte sur l'amant, et la tendresse aimante sur l'amour et même sur la passion. »

Nous avons bâti notre vie, Carlo et moi, sur une base solide et qui ne nous a jamais fait défaut. Je ne pense jamais à l'âge de Carlo ni à quoi que ce soit; tout ce que je sais, c'est qu'il est l'homme dont j'ai besoin dans la vie.

Ce qui ne veut pas dire qu'il soit sans défauts. Il ne parle pas beaucoup et je dois, en général, deviner ce qu'il pense, ce qu'il attend de moi ou ce qu'il veut que je fasse. Il faut lui arracher les mots de la bouche. Il travaille trop, mais c'est plutôt une caractéristique des gens du nord de l'Italie; ils ne supportent pas de ne pas travailler, de telle sorte que j'ai dû m'y faire.

J'ai aussi appris à accepter le téléphone. Pour Carlo, la vie ne se conçoit pas sans coups de téléphone à donner ni scripts à lire. Depuis que je le connais, je l'ai toujours vu travailler de douze à quinze heures par jour et, à mon avis, cette obsession du travail relève de l'analyste.

Il a fallu aussi que je me fasse au fait que Carlo est un ours. Je n'ai pas eu trop de difficultés, car je ne suis pas très mondaine non plus. Mais je refuse les invitations surtout parce que je sais que Carlo s'ennuiera. Il n'aime pas les contraintes de la vie sociale. Le théâtre ou la musique ne le tentent pas, et si je réussissais à l'emmener à l'opéra ou au concert, il s'endormirait avant que l'orchestre ait fini de jouer l'ouverture. Les boîtes de nuit l'ennuient tout autant, et lorsque Carlo s'ennuie, il dort. Si nous allons à une première et que le film ne l'intéresse pas, je vois soudain sa tête tomber et je n'ai plus qu'à le bourrer de coups de coude pour le maintenir éveillé. Le fait qu'il somnole ne me gêne pas, j'y suis habituée, et cela m'amuserait même. De toute façon, j'ai depuis longtemps décidé qu'il ne s'ennuierait plus; c'est facile : nous fuyons les mondanités.

Cela n'a vraiment pas été un sacrifice pour moi qui n'ai rien d'un pilier de salon. Pendant les six années où nous avons vécu à Paris, nous sommes rarement sortis. J'aime recevoir un ou deux amis à dîner chez moi, pas plus. Ce qui ne m'empêche pas de m'amuser quand, pour une raison ou pour une autre, je suis obligée d'accepter une invitation. Mais le plaisir que j'en éprouve ne mérite pas les affres qui le précèdent. Même les jours où j'ai envie d'aller voir un peu ce qui se passe en ville, la curiosité du public me gâche ma joie; pourtant j'aime bien passer une soirée à danser dans une bonne discothèque ou aller dîner chez Maxim's. Mais cela ne m'arrive que tous les trente-six du mois et encore, ce sont des amis qui me sortent. A part un ou deux dîners intimes chez des amis, Carlo ne sort que pour faire plaisir à quelqu'un avec qui il traite une affaire. Je l'accompagne s'il le désire, je discute, je ne m'endors pas. J'arrive toujours à m'intéresser aux choses et aux gens, probablement parce que je m'attends au pire et que, de plus, je suis très patiente.

Carlo, lui, n'a pas un atome de patience; il bouillonne sous son calme apparent. Vous le voyez le visage impassible, mais il me suffit de le regarder pour savoir qu'il s'ennuie ou qu'il est agacé, même s'il ne laisse rien paraître. Ce doit être la même chose pour lui, car il me connaît aussi bien que je le connais; il respecte mes humeurs et sait les deviner. C'est un homme courtois. Tant qu'il ne s'ennuie pas. Avec moi, il use de diplomatie. S'il me voit un peu déprimée, par exemple, et s'il croit en être responsable, il ne dit rien; par contre, s'il pense que la cause est extérieure, il m'oblige à en parler et m'aide à résoudre mon problème.

Mais je parle rarement à Carlo de mes soucis, qu'il s'agisse des enfants ou de ma famille ou de n'importe quoi. J'aime me débrouiller seule; il a suffisamment de problèmes avec son travail, par la nature même de celui-ci, et il me les confie rarement. J'ignore tout des questions d'argent, de nos investissements, de nos contrats, non parce que Carlo s'est réservé ce domaine, mais parce que cela ne m'intéresse pas. Carlo fait aussi de son mieux pour me protéger contre les mauvaises nouvelles; il me sert un peu de pare-chocs.

Carlo Ponti. Les gens ne comprennent pas notre aversion pour les manifestations mondaines. On nous traite même d'individus asociaux. Mais c'est parce que nous sommes connus que nous devons protéger notre intimité. Il n'est pas question de décider, sur une impulsion, d'aller dîner en ville ou de passer une soirée agréable dans une boîte. A peine avons-nous passé le seuil de notre appartement que nous devenons la proie des journalistes et des badauds. Les exigences sociales qui accompagnent ce genre de métier sont harassantes. Nous recevons tous les jours des dizaines d'invitations du monde entier pour des cérémonies officielles, des œuvres de bienfaisance, des soirées de gala et autres manifestations. Les célébrités mondialement connues ne courent pas les rues, et il se trouve que Sophia et moi sommes, double avantage, mariés ensemble. Quand nous sortons, nous devenons des bêtes curieuses. La presse ne nous laisse pas une seconde de répit et déforme outrageusement le moindre de nos propos. Je sais que nous faisons vendre et, dans une certaine presse, le chiffre des ventes l'emporte de beaucoup sur l'honnêteté journalistique.

Nous évitons les invitations privées, car si nous en acceptions une, nous serions obligés d'accepter toutes les autres sous peine de nous brouiller avec tout le monde. Certains pensent que Sophia ne s'amuse pas, qu'elle ne profite pas de la vie parce qu'elle ne sort pas assez. Mais ils ne comprennent pas l'épreuve à laquelle elle est soumise dès qu'elle met le pied dehors. Le public et les journalistes ne la laissent pas tranquille une seconde. Elle doit être perpétuellement sur ses gardes, faire attention à ce qu'elle dit, à ce qu'elle fait, à qui elle parle, à l'expression qui s'inscrit sur son visage. C'est simple : elle est prisonnière si elle sort, et libre si elle reste à l'abri des quatre murs de son appartement.

Carlo montre peu ses émotions. Je l'ai rarement vu pleurer. Il y a deux ans, alors qu'il assistait à une importante réunion à Cannes, sa sœur a téléphoné : leur mère venait de mourir. J'ai décidé de ne pas l'appeler tout de suite, d'attendre que la réunion se termine; se presser n'aurait rien changé. J'ai donc attendu trois heures, et je dois avouer que je me sentais un peu coupable. Quand j'ai fini par le lui annoncer, il n'a rien dit, mais je l'ai entendu pleurer.

Il a pleuré aussi quand il a appris à New York la mort de son père. Il l'adorait et le respectait énormément. Des larmes calmes, une tristesse sans violence.

Mais il y a eu aussi des larmes de joie, quand, après tant de persécutions, d'espoirs déçus, de menaces sur notre bonheur et de tentatives d'intimidation, après tant d'années incertaines, il est entré dans ma chambre à l'hôpital et que je lui ai tendu son fils emmitouflé dans un lange. Moment précieux entre tous où ses larmes ont jailli, et j'ai entendu son cri de joie tandis qu'il prenait son fils nouveau-né dans les bras. Cet aspect-là de lui-même, Carlo ne le montre qu'à moi. Les gens qui ne le connaissent pas bien ne voient que l'homme d'affaires froid et brutal. Mais Carlo est très sensible; c'est l'homme le plus tendre et le plus compréhensif dont vous puissiez rêver, indulgent, attentif, désireux de plaire. Mais, par nature, il ne vous le montrera jamais. Combien d'amis n'a-t-il pas aidés, sans rien attendre en retour ? Je me rappelle qu'il m'a persuadée de signer un contrat avec un de ses amis (un producteur en perte de vitesse), alors que j'étais sûre, après un simple coup d'œil au script, que le film serait un désastre. De plus, je n'aimais pas le producteur, un homme dépourvu de cœur. Le film a bien été un désastre, le producteur n'a pas eu un mot de remerciement pour Carlo, qui ne lui en a d'ailleurs pas tenu rigueur; l'important, pour lui, c'était d'être généreux, même avec un rustre.

Carlo voyage beaucoup, et il est séparé des enfants et de moi plus souvent qu'il ne le voudrait; mais c'est l'inconvénient de ce métier et il en est ainsi depuis que je le connais. Au début, quand j'étais très jeune, je lui en voulais, mais une fois que ma carrière à démarré, j'ai moi-même été absente pendant des périodes assez longues et nous nous sommes adaptés à cette composante de notre existence. Cela m'a permis de découvrir un certain nombre de choses à propos de la solitude. Des choses importantes.

Je viens de feuilleter mon carnet; à ma grande surprise, je me suis aperçue que la plupart des citations relevées concernaient la solitude. « Le vrai bonheur est impossible sans solitude. » J'en suis convaincue. J'ai autant besoin d'être seule que de manger ou de boire, ou d'entendre des rires d'enfant. Aussi bizarre que cela paraisse, la solitude me purifie l'âme. Elle me nourrit et me régénère. Laissée à moi-même, je me tiens parfaitement compagnie. « Comment te défends-tu contre la solitude ? »

— une question de mon carnet. « Monsieur, je suis la solitude. »

Seule, je lis et je vis ce que je lis. Seule, je regarde honnêtement mes sentiments et moi-même. Je mets à l'épreuve des idées nouvelles. Je redresse le cap si je me suis fourvoyée; pour moi, la solitude n'est pas peuplée de miroirs déformants. « La sérénité et la plénitude, ai-je lu un jour, ne se trouvent pas à l'extérieur de l'individu, mais en lui. » La solitude est la gardienne de ma sérénité et de ma plénitude. Quand je suis seule, je ne me sens jamais solitaire. Ce que je pense et ce que je lis me tiennent compagnie. Récemment, j'ai lu dans Tchekhov un passage qui m'a laissé une impression profonde : « Mon destin, depuis le jour où je suis né, fut probablement de ne rien comprendre et si vous, vous comprenez quelque chose, alors je vous félicite. Mes yeux scrutent l'obscurité. Et je ne vois rien. »

Je pense à Tchekhov et au monde qui était le sien. A son désespoir et à sa sensibilité. Et je me demande si, en tant qu'actrice, je suis capable de rendre la force de l'émotion qui s'est emparée de moi à la lecture de ces lignes.

Carlo Ponti. C'est difficile de connaître Sophia. Elle peut se montrer une interlocutrice très agréable si elle le veut, mais elle ne parlera pas d'elle, ni de ses pensées profondes ou de ses sentiments. Moi-même je n'ai que de brefs aperçus sur sa nature profonde. C'est une femme foncièrement honnête, à qui je peux totalement faire confiance, mais il y a une partie d'elle qu'elle ne veut pas livrer, un point, c'est tout.

Je sais qu'elle peut être violente, mais elle ne me l'a jamais montré. Pendant ces vingt années, il lui est arrivé d'être en colère contre moi, mais elle n'a jamais élevé la voix, elle ne m'a jamais rien jeté à la figure, sa colère ne s'est jamais matérialisée. Elle se maîtrise trop. Avec les enfants, je ne l'ai jamais vue vraiment en colère. Avec moi, elle s'est toujours contenue. Si elle sentait qu'elle ne pouvait plus se retenir, elle quittait la pièce et ne m'adressait plus la parole. Comme je me domine beaucoup moi aussi, nous sommes parfaitement assortis. Il m'arrive d'élever la voix dans mon bureau, mais jamais à la maison.

Les Anglais sont les gens les plus jaloux qui soient, mais ils le cachent. Sophia a beau être napolitaine, elle se montre encore plus anglaise que les Anglais quand il s'agit de dissimuler sa jalousie. Mais moi, je vois tout de suite l'étincelle qui jaillit dans ses yeux. Elle ne fait pas de scène, elle conserve un ton égal, mais elle sait que je m'en rends compte et cela lui suffit. Pour ma part, j'ignore la jalousie, elle ne fait pas partie de ma nature.

La chose la plus précieuse qu'apporte Sophia à notre mariage est sa façon de voir la vie; une façon qui n'appartient qu'à elle. Elle possède sa propre échelle de valeurs qu'elle ne remettra jamais en question et le sens inné de ce qui est vrai. Je fais une entière confiance à son jugement car il s'est toujours révélé infaillible, et j'ai plusieurs fois regretté de ne pas l'avoir écoutée. Inutile d'essayer de ruser avec Sophia : vous ne la prendrez jamais en défaut.

Elle possède aussi une oreille d'une sûreté remarquable. C'est elle qui lui donne ce sens de l'équilibre, qui fait que rien chez elle n'est jamais outré, que jamais elle ne prononcera une phrase qu'elle puisse regretter et qui ne soit en harmonie avec sa nature. Elle capte immédiatement une langue étrangère et le rythme des phrases. C'est un des éléments clés si l'on veut comprendre Sophia. Pour citer un exemple : j'ai produit en 1969 un film, *les Fleurs du soleil*, avec Sophia et Mastroianni, qui fut tourné en Russie. Au bout de deux mois, Sophia était la seule de toute l'équipe capable de comprendre un peu de russe et de s'exprimer dans cette langue, une des plus difficiles au monde. Quand le film fut terminé, les Russes donnèrent un dîner en notre honneur. Le Russe le plus haut gradé porta un toast auquel Sophia répondit par un discours improvisé également en russe, levant son verre à la santé de nos hôtes ainsi que des Russes que nous avions rencontrés. Nos hôtes furent très émus de voir qu'une Italienne s'intéressait suffisamment à eux et à leur culture pour s'être donné la peine de leur répondre dans leur propre langue. Quand elle a eu fini, tout le monde s'est levé et a applaudi; une fois de plus, l'oreille de Sophia avait triomphé.

Lorsque Sophia a décidé de faire quelque chose, elle le fait à la perfection.

Nous ne nous disputons pas souvent, et quand nous le faisons, nous restons polis. Ce sont davantage de petits désaccords que de vraies disputes, sans hausser le ton ni claquer la porte. Carlo arrive à me mettre hors de moi en ne répondant pas. Quand il décide de ne pas ouvrir la bouche, je finis en général par aller m'enfermer dans ma chambre. Nous restons parfois plusieurs jours sans nous parler. Dans les cas graves.

Quand je suis vraiment fâchée, je me couche. Je crois aux vertus apaisantes du lit. Même si je suis furieuse, j'arrive à me glisser dans le sommeil comme un enfant. Depuis ma plus tendre enfance, je me suis réfugiée dans le sommeil, et la misère ou la faim n'ont jamais troublé mes rêves.

Mais dormir ne me console pas pour autant, cela retarde seulement la peine. Et quand j'ai de la peine, je deviens incapable de penser ou de raisonner. Je reste donc muette jusqu'à ce que les choses aillent mieux et que je puisse de nouveau ordonner mes pensées. Puis l'un de nous deux reparle à l'autre, pas du point litigieux, mais des enfants, de la maison, du travail; nous reprenons la conversation là où nous l'avions laissée, ces petits riens entre mari et femme. Quelquefois, si l'initiative vient de Carlo, il me téléphonera de l'étranger. Bien sûr, j'accepte toujours de lui parler; quand il est loin, et quelles que soient les circonstances, fâchés ou pas fâchés, il me manque.

Inès Bruscia. Je ne pense pas que Sophia aime s'amuser au sens où on l'entend habituellement. Elle est trop sérieuse. Ce qu'elle aime, c'est rester chez elle et s'occuper. Elle passe en revue sa garde-robe, répond au courrier, fait des listes de courses, étudie les menus, cuisine un peu si le cœur lui en dit. Elle consacre aussi beaucoup de temps à ses enfants, elle leur raconte des histoires ou joue avec eux; ou bien elle bavarde avec une amie au téléphone. Elle lit, un peu moins maintenant qu'elle a les enfants; il lui arrive même de faire un peu de ménage, surtout dans sa cuisine.

Elle se lève toujours très tôt. Quand elle travaille, elle est debout à cinq heures. A l'époque où elle tournait avec Charlie Chaplin, elle se levait à quatre heures et demie en raison de l'éloignement des studios. Elle sort peu quand elle a un film en train. Pour Sophia, le travail est une religion. Sinon, elle commence sa journée aux alentours de six heures, six heures et demie. A midi, elle déjeune avec ses enfants et avec son mari s'il est là. Les menus sont exclusivement italiens.

Les week-ends se passent à l'appartement, en famille. Les enfants envahissent souvent la chambre de leurs parents le matin et grimpent dans leur lit. C'est une ambiance heureuse, aimante, pleine de tendresse. Mais ça, les gens ne veulent pas le comprendre. Surtout la presse. On m'accuse de tracer un tableau idyllique et inexact. En fait, les gens ne comprennent pas qu'on puisse s'aimer, ils ne voient que l'aspect passionnel des choses ; ils ne comprennent pas combien Sophia et son mari ont besoin l'un de l'autre, l'importance que chacun revêt pour l'autre. Quand il est en voyage, Ponti appelle Sophia trois fois, quatre fois par jour. Ils ne peuvent pas se passer l'un de l'autre. Moi, je n'arrive pas à imaginer Sophia sans Ponti, ou l'inverse. Il a besoin de son entrain et de sa vivacité, et elle de son esprit réfléchi et de son bon sens. C'est une Napolitaine, une fille du Sud où l'on a tendance à tout exagérer; lui, c'est le Milanais, l'homme du Nord où au contraire on minimise les choses. Ils sont absolument complémentaires.

Qu'ils aient vingt-deux ans d'écart ne veut strictement rien dire. Je ne m'en rends jamais compte. Ponti ne discute jamais boutique à la maison; on ne parle pas d'argent ni de contrats. Les conversations tournent autour des enfants, de leur scolarité, des petits problèmes des uns et des autres, des projets de voyage, bref de ce qui fait la vie d'un couple. J'ai rarement vu Sophia en colère; quand elle l'est, c'est très rapide, une flamme vite jaillie et aussitôt retombée. Très napolitain, ça aussi. Les gens qui travaillent pour elle lui sont très fidèles — la gouvernante, Ruth, le maquilleur de Sophia, la femme de chambre, la bonne, moi ; de même que les employés de Ponti. Ce qui témoigne de leurs qualités humaines à tous deux.

Les seules fois où je les entends se disputer, c'est en voiture. Ponti conduit trop vite et Sophia proteste toujours, mais il refuse de ralentir. Il ne connaît, lui dit-il, qu'une façon de conduire : vite.

Aussi loin que remontent mes souvenirs, les journalistes se sont toujours empressés d'enterrer notre mariage. Si je vais dîner en ville avec un ami ou si je passe une soirée dans une boîte de nuit pendant que Carlo est en voyage, je le trompe. Si je reste à la maison à ne m'occuper que de ma famille, je lutte pour sauver mon union chancelante. Si je ne tourne pas dans un film produit par Carlo et qu'il engage une autre actrice (soit que je n'aime pas le rôle, soit qu'il ne me convienne pas), je peux lire aussitôt dans la presse que je pleure toutes les larmes de mon corps parce que mon mari vit une passion brûlante avec ladite actrice.

C'est ce que je ne supporte pas dans la célébrité. Impossible d'avoir une vie à moi. Carlo et moi avons fini par nous blinder, mais ces piètres personnages dépourvus du moindre atome de conscience professionnelle, ces obsédés de la plume ou de l'appareil photo, nous harcèlent sans cesse, ne reculant devant aucun subterfuge, aucune bassesse, aucune falsification de la réalité. Il y a des moments où nous sommes à bout, même si nous refusons de démentir leurs insinuations. Le fait que notre mariage tienne est encore la meilleure réponse que nous puissions faire à tous ces ragots de bas étage qui meurent aussitôt nés parce qu'ils ne reposent que sur du vent.

Carlo Ponti. Je ne prétends pas être un enfant de chœur, mais à en croire les journalistes, je passe mon temps à avoir des liaisons. Si j'avais vraiment toutes les aventures que me prête la presse, je n'aurais jamais le temps de produire un seul film. Ils partent du principe que pas de nouvelles, mauvaises nouvelles, et ils s'acharnent à massacrer notre couple. Nos noms font vendre, je suppose, et ils sont prêts à démolir notre mariage et notre vie de famille pour augmenter le nombre de leurs abonnés. Et cela dure depuis que nous nous sommes rencontrés. Pendant le tournage d'*Ombres sous la mer*, en 1956, j'appris qu'un magazine italien mijotait un article à scandale sur Sophia et moi. Le directeur de la publication était un de mes vieux amis; nous étions à l'école ensemble. Je lui ai téléphoné pour lui dire que j'étais au courant, en le suppliant de renoncer à l'article car ma mère était gravement malade (c'était la vérité) et qu'un article de ce genre pouvait avoir pour elle de terribles conséquences. J'étais marié à l'époque, et pour la première fois on aurait révélé la présence de Sophia dans ma vie. Je demandai donc à cet ami de remettre au moins la parution de cet article jusqu'à ce que ma mère se sente mieux. Il allait s'en occuper, m'assura-t-il. La semaine suivante, le magazine publiait le papier en question, qui évoquait avec une rare vulgarité mes relations avec Sophia. J'écrivis au directeur une lettre sanglante à laquelle il ne répondit jamais et qu'il publia encore moins. Je l'ai revu un jour et lui ai dit ce que je pensais de sa façon d'agir, mais il a seulement éclaté de rire en rejetant la faute sur son rédacteur en chef. Ce qui ne l'a pas empêché, quand nous nous sommes mariés, Sophia et moi, de nous adresser un télégramme inattendu où il nous exprimait en termes fleuris ses meilleurs vœux de bonheur.

Cette expérience m'a donc appris très tôt à ne jamais plus faire confiance aux journalistes; j'ai décidé de ne jamais réagir ni me laisser atteindre par leurs insinuations. De voir que Sophia et moi avons survécu à vingt années de piques quotidiennes semble pousser encore plus la presse à nous réserver ses coups les plus bas et les plus ignobles. Dans le monde du spectacle, où les relations sont particulièrement éphémères, nous représentons un phénomène incompréhensible. On dirait qu'ils nous en veulent.

Je suis une femme libre, une femme *libérée* comme je l'entends. J'ai un métier. Je gagne plus d'argent qu'il n'en faut pour être totalement indépendante et assurer mon existence. Je pourrais me retrouver seule sans craindre la solitude. C'est donc en toute liberté que je mène la vie qui est la mienne.

Ce qui ne m'empêche pas de souscrire aux principaux objectifs de la lutte des femmes. Je n'ai jamais adhéré à aucun groupe, bien qu'on m'ait souvent sollicitée, mais je suis entièrement d'accord avec elles : les femmes doivent être aussi libres que les hommes de mener leur vie comme elles l'entendent. Être femme à part entière ne doit pas se limiter aux problèmes d'emploi, de salaires ou de possibilités d'avancement. Les jeunes mères doivent pouvoir préparer leur réinsertion dans la vie active. Une femme qui se marie à vingt ans se retrouve soudain sans rien à quarante ans, une fois les enfants partis. Il ne fait aucun doute qu'elle a droit à une compensation pour ces « années de maternage ». Je verrais assez bien une clause du contrat de mariage qui lui donnerait le quart du revenu annuel brut de son mari.

J'approuve donc les objectifs pour lesquels luttent les femmes, et celui-ci entre autres. Mais, à mon avis, au cours de ces dernières années, les mouvements des femmes sont devenus trop agressifs, trop désordonnés dans leur tactique, et c'est une grave erreur. Même si elles se battent durement, les femmes ne doivent renoncer à leur spécificité ni dans leurs actes, ni dans les idées qu'elles défendent.

Il me semble aussi que trop de femmes du mouvement ont perdu de vue les buts importants et se sont dispersées, qu'elles les ont remplacés par des récriminations qui ne mènent à rien et des bavardages stériles sur la supériorité masculine. Leurs prétendus colloques et conclaves se limitent trop souvent, maintenant, « à un lavage de linge sale en public promu au rang de manifestation officielle ».

Je ne suis pas d'accord avec ces femmes qui veulent l'émancipation totale de la jeune mère. Bien sûr, il est extrêmement difficile de faire marcher une maison et de s'occuper de jeunes enfants tout en essayant de poser des jalons pour l'avenir, mais il ne faut en aucun cas négliger le besoin profond que l'enfant a de sa mère, ni oublier que l'amour que vous porte cet enfant ne saurait être égalé par les satisfactions tirées d'une carrière, même particulièrement réussie. Je sais bien que je suis très privilégiée et qu'il m'est facile de parler ainsi. Mes enfants sont jeunes, ma carrière ne m'absorbe que de façon épisodique et me laisse beaucoup de temps libre pour profiter réellement d'eux.

Quand je travaille, c'est Ruth, la gouvernante suisse qui ne nous a jamais quittés depuis la naissance de Carlo, qui s'occupe d'eux. Elle travaillait comme infirmière à l'hôpital et elle fait aujourd'hui partie de la famille; les enfants l'adorent.

Mais même les mères qui ne bénéficient pas d'une vie aussi protégée pourraient suivre une formation en vue d'une carrière éventuelle si elles touchaient une partie du revenu de leur mari. C'est là, à mon sens, le plus important des buts que se sont fixés les femmes et je les approuve de tout cœur. Par contre, je suis opposée à l'avortement. J'ai eu trop de mal à avoir des enfants; les cicatrices laissées par mes fausses-couches m'empêcheront toujours de les suivre sur ce terrain. Je ne peux pas m'empêcher de penser que ce fœtus enlevé au ventre maternel aurait pu devenir un enfant aussi resplendissant de vie que l'un ou l'autre de mes petits garçons, un enfant qui aurait infiniment apporté à sa mère. Pour moi, l'avortement est la mort d'un enfant; il le tue aussi sûrement que la voiture qui pourrait le renverser dans la rue.

Pourtant, je suis tout aussi convaincue que l'âge des ténèbres est révolu, qu'il ne faut plus que les femmes avortent illégalement dans les officines de charlatans tout juste bons à les charcuter. Une femme dont la grossesse est due à un viol doit se voir reconnaître le droit d'avorter. Une fille jeune, sans mari, qui ne veut pas son enfant et qui n'est pas capable de l'assumer sur le plan émotif aussi bien que financier, doit avoir le droit de le refuser. C'est ce que je me dis si je raisonne; mais, viscéralement, je ne peux pas supporter l'idée qu'on puisse interrompre une vie, serait-ce celle d'un fœtus.

La pilule et les autres méthodes de contraception apportent

la vraie réponse au problème; ce sont elles qui élimineront les enfants non désirés. Je suis pour la contraception, en regrettant que trop de gens, par ignorance ou par tabous religieux, refusent de l'utiliser. Il ne fait aucun doute qu'une campagne d'information en vue d'une régulation accrue des naissances faciliterait les choses; mais, sincèrement, je ne vois pas ce que l'on pourrait faire pour réduire le risque de grossesse chez les filles âgées de treize à dix-huit ans. Vous ne pouvez pas mettre à la pilule une fille de treize ans et je suis consciente des difficultés que rencontrent les parents devant la liberté grandissante des mœurs. Mais ces filles qui commencent si tôt leur vie sexuelle, qu'auront-elles connu? On peut dire ce qu'on voudra, elles ne sont pas préparées au contexte émotionnel qui accompagne leurs actes, et c'est pourquoi la drogue et autres excès exercent de tels ravages parmi les adolescents. Comme l'écrivait un philosophe : « Les adolescents doivent passer par les excès de la pureté. » C'est aux parents de préparer leurs enfants à cette phase et de les aider à en émerger sans encombre.

Mais la famille en tant que groupe, en tant que présence ayant un sens, ne répond plus aux besoins des jeunes. Quand j'étais adolescente, nous formions un tout, ma famille et moi, et je vivais en fonction d'elle, de son code moral, de sa sagesse, de ses interdits, de son approbation et de ses critiques. Cela jour après jour. J'avais de l'importance pour elle et jamais je n'aurais eu l'idée de faire quoi que ce soit qui lui portât préjudice. Ces gamines d'aujourd'hui, livrées à elles-mêmes, manquant de cette force que donne la structure familiale, me font de la peine. Ce n'est pas la pilule ni l'avortement qui les aidera. Mais les parents. Et eux seuls.

Maria, sœur de Sophia. Il n'y a pas longtemps, Sophia et moi regardions un soir la télévision, quand est passée une publicité pour Coca-Cola, montrant un groupe de jeunes en jeans, à bicyclette, sacs de pique-nique au guidon, heureux et riant, pédalant en direction de la plage.

Sophia s'est tournée vers moi : « C'est quelque chose que je n'ai jamais eu », m'a-t-elle dit. Il y avait de l'envie dans sa voix.

« Moi non plus », répondis-je.

Ces jeunes devaient avoir dans les quatorze, quinze ans, l'âge qu'avait Sophia quand elle a commencé à être connue. Elle s'est retrouvée soutien de famille et a endossé la responsabilité de nous faire vivre, celle aussi de nous éviter la honte d'avoir échoué et de devoir rentrer à Pozzuoli.

Je me demande parfois si Sophia a de bons moments dans la vie qu'elle mène. Dans la mesure où le travail en apporte, probablement, mais je pense que ça s'arrête là. S'amuser est une chose qui s'apprend; Sophia a consacré toute sa vie à travailler comme une forcenée et elle n'a tout simplement pas eu le temps d'apprendre à en profiter. Moi, j'ai vécu une vie totalement différente. Très tôt, j'ai décidé que je m'amuserais, et c'est ce que j'ai fait. J'ai appris à sourire à la vie, à prendre les choses comme elles viennent, sans essayer de les changer. Nos tempéraments sont différents : Sophia est née pour être adulte, je suis née pour être perpétuellement une enfant. Elle n'a pas eu d'enfance, moi, je ne suis jamais arrivée à l'âge adulte. Je suis et je reste une enfant.

Sophia, elle, a toujours eu le sérieux d'une adulte. Je sais bien qu'elle ne peut pas décider soudain de s'offrir une journée de détente. Elle a des gens à voir, pas toujours drôles, et il n'y a pas un seul endroit où elle puisse être tranquille. Elle ne peut pas vraiment avoir confiance en quelqu'un; chacun essaie plus ou moins de l'utiliser. C'est pourquoi elle garde ses distances et se méfie; méfiance et mélancolie, deux traits bien napolitains qui produisent automatiquement un certain désenchantement, et c'est pour cela que les Napolitains chantent tellement : pour se mettre un peu de joie au cœur.

Bien sûr, ce qui m'amuse l'ennuie parfois. Simplement, je n'arrive pas à comprendre sa façon à elle de s'amuser; ce qui ne veut pas dire qu'elle ne profite pas de la vie. Mais je crois qu'elle était plus heureuse quand elle vivait en Italie. Elle était totalement différente. Elle souriait davantage, elle se montrait plus spontanée. Néanmoins, je crois qu'elle s'est fait une vie tout à fait agréable à Paris. Quand elle ne travaille pas, elle lit beaucoup, consacre une grande partie de son temps à ses deux fils, cuisine, veille de très près sur sa maison, regarde la télévision, va de temps en temps au cinéma l'après-midi pour se tenir au courant des nouveaux films. Je ne l'ai jamais vue tricoter ni faire des mots croisés pour tuer le temps. Pourtant, au studio, c'est une championne de scrabble et quand elle jouait avec ces deux Anglais tellement sophistiqués et cultivés, Peter O'Toole et Richard Burton, elle gagnait toujours. A Rome, elle avait des soirées poker qu'elle aimait beaucoup, mais pas à Paris. Elle assiste à quelques présentations de collections chez les grands couturiers, mais surtout parce que sa profession l'exige.

Franchement, je pense que Sophia aimerait savoir mieux profiter de l'existence, mais comme je le disais, ça s'apprend, et c'est une question de nature. Sophia a suffisamment d'intuition pour trouver la clé qui saura libérer cette partie de sa personnalité. Elle me fait penser à un sol fertile réparti en strates; plus on creuse, plus on fait des découvertes. Et je suis certaine qu'il existe en Sophia des territoires dont elle-même ne soupçonne pas encore l'existence.

Basilio Franchina. Quand elle était jeune et que le succès commençait tout juste à lui sourire, Sophia se montrait d'une grande méfiance à l'égard des gens qui l'entouraient. En un sens, ils lui faisaient peur. Elle mettait en doute les mobiles de tout le monde — pourquoi me propose-t-on ceci? pourquoi agit-on comme cela? et ainsi de suite. Toujours sur la défensive. A dix-huit ans, on aurait dit un jeune animal splendide, à la grâce sensuelle. Mais chaque fois que quelque chose se produisait, de bon ou de mauvais, elle demandait : pourquoi? Pourquoi cela m'arrive-t-il à moi? Qu'est-ce qu'on me veut? Pourquoi ce raz de marée? Qu'est-ce qui attire soudain tous ces journalistes et tous ces photographes?

En vieillissant, Sophia a commencé à analyser ses peurs. Elle est vive et intuitive, et elle s'est fait peu à peu une idée de ce qu'elle était, où elle se situait dans cette jungle qu'est le cinéma. J'ai remarqué que depuis la naissance de ses enfants, elle se montre nettement plus tolérante, elle sait mieux écouter les gens et les comprendre.

J'ai montré à mon fils qui a neuf ans quelques photos de mon dernier film. « Comme tu as l'air triste, maman », m'a-t-il dit. Puis, me regardant avec attention : « Tu es contente?

— Tu veux dire, dans ce film?

— Non. Je me demande seulement si tu es contente. »

Il se préoccupe déjà du bonheur des autres. C'est un enfant très vulnérable et très sensible, et je sais déjà qu'il en souffrira. J'aimerais qu'il soit différent, qu'il sache mieux se défendre. D'un autre côté, l'enfance ne saurait aller sans quelques chagrins. C'est bizarre, mais une enfance malheureuse ressemble un peu à un trésor que vous gardez avec vous toute la vie. Les adultes qui ont eu une enfance privilégiée sont incapables de comprendre cela. De comprendre que mon enfance misérable m'a donné un grand avantage : les problèmes ou les soucis de ma vie d'adulte n'ont pas de prise sur moi. J'ai vécu des années terribles qui m'ont volé mon enfance, mais il ne m'arrivera rien dans ma vie d'adulte que je n'aie déjà dû affronter plus jeune. Par ailleurs, je suis convaincue que mon talent d'actrice a bénéficié de ces années difficiles. « Tout artiste, puis-je lire sur mon cahier, a le devoir ici-bas de cultiver un peu de tristesse. »

Eduardo est, par tempérament, très ouvert; il prend les choses du bon côté et tout lui est facile, alors que l'aîné est plus renfermé, comme son père. Quand s'est produit cet incendie, nous sommes restés plusieurs heures à geler sur le toit avant que les pompiers ne nous trouvent et nous ramènent dans notre appartement. Le feu avait été maîtrisé dans les étages inférieurs, mais il restait encore un peu de fumée. L'aube blanchissait à peine les toits de Paris. Je conduisis les enfants dans leur chambre, mais Carlo insista pour aller d'abord dans le bureau où se trouve le piano. Quelques mois plus tôt, sans que personne en ait parlé, il avait demandé à prendre des leçons. Dans la pièce qui sentait encore la fumée, il s'est mis à jouer une petite sonate de Bach qu'il aimait particulièrement. Il a joué calmement, avec assurance. Puis il a fermé le clavier et il est allé se coucher.

Chapitre 23

Carlo Ponti. Je pense beaucoup à l'avenir. Je veux que mes garçons vivent dans un monde de liberté et de justice; c'est certainement le problème qui me préoccupe le plus. J'ai toujours rêvé du jour où existeraient des États-Unis d'Europe; c'est à mon avis la seule solution capable de résoudre la crise actuelle de l'humanité, une crise qui va en s'aggravant. Mais cette possibilité semble assez éloignée aujourd'hui. En Europe, la liberté et la justice sont plus que jamais remises en question. C'est pourquoi j'envisage pour nous une vie qui se partagerait entre l'Europe et les États-Unis. En ce moment, le cinéma américain regorge de noms italiens : Scorcese, Coppola, De Niro, Pacino, Puzo, Travolta, Minelli. Là, au moins, nous nous sentirions chez nous.

Je suis arrivé à un stade de ma vie où tout me paraît miraculeux. La vie elle-même est un miracle. Cela m'étonne toujours de voir qu'à mon âge — un âge où la plupart des gens s'installent dans la retraite et attendent passivement la fin de leurs jours — je me sens prêt à recommencer une nouvelle vie. Je me sens jeune. J'ai une femme jeune et belle et deux petits garçons, et je suis tout entier tourné vers l'avenir. Question de nature, je pense; le passé ne m'a jamais attiré. Les films que j'ai faits, les maisons dans lesquelles j'ai vécu, la vie que j'ai menée, tout cela est certainement gravé dans un coin de ma mémoire, mais ce qui m'intéresse, ce sont mes nouveaux films, ma nouvelle maison, la vie de demain. Je suis toujours à la recherche de nouvelles possibilités. C'est ma liberté. Il y a en moi un homme très jeune.

Il arrive un moment dans la vie où, à première vue, vous avez atteint vos objectifs : vous êtes mondialement connue, vous avez accumulé un certain nombre de distinctions prestigieuses, vous êtes heureuse en ménage, vous avez deux fils merveilleux. Que désirer de plus? Pourquoi continuer à travailler, quels mobiles peuvent encore vous pousser à faire des films? La lutte n'a-t-elle pas perdu de son mordant, la satisfaction émoussé l'émerveillement des premiers temps? Eh bien, non. Je doute toujours autant de mon talent d'actrice. Je n'ai pas l'impression d'être allée au bout de mes possibilités, et ce sentiment d'incertitude me laisse toujours dans le même flou. Après toutes ces années, je suis toujours à la recherche de mon identité d'actrice, soumise à cette force intérieure qui m'oblige à désirer des satisfactions encore plus profondes sur le plan professionnel. Le rêve inaccessible.

Ce qui ne veut pas dire, pour autant, que mes ambitions ne se soient pas modérées. Lorsque j'ai dû sacrifier deux années de ma carrière pour avoir des enfants, je me suis aperçue, pour la première fois de la vie, que je pouvais être heureuse en ne travaillant pas. Avant, le travail représentait tout pour moi; je n'aurais pas conçu de vivre sans travailler. Maintenant, j'adore toujours autant mon métier, mais ce n'est plus l'amour du travail pour le travail; je ne tourne que si le rôle me passionne.

D'ailleurs, rôles ou pas rôles, je ne ferai jamais mes adieux définitifs à l'écran. Je ne crois pas que ce soit possible. Comment, s'il est honnête avec lui-même, un acteur peut-il faire ses adieux? Comment peut-il savoir qu'il a vécu le plus important de sa vie? Je ne sais pas combien de fois Sinatra a annoncé son départ, mais cela sert à quoi? Il passera une année à ne rien faire à Palm Springs, et puis il sera de nouveau repris par un besoin irrésistible de revenir, de reprendre les vieilles habitudes, de jouer et de chanter comme il a envie de le faire. Si un acteur éprouve un passage à vide, qu'il arrête de jouer, tout simplement. C'est ce que je ferais si cela m'arrivait. Cela m'attriste de lire que Garbo, qui a plus de soixante-dix-ans aujourd'hui, regrette d'avoir interrompu sa carrière comme elle l'a fait. Malheureusement, les regrets n'y changeront rien.

Personnellement, je ne regrette pas grand-chose. Si je le pouvais, je revivrais les dernières vingt-huit années de ma vie exactement comme je les ai vécues. Bien sûr, j'ai commis des erreurs, mais elles m'ont aidée à apprendre ce que sont les gens et la vie. Ces erreurs ont fait mon éducation, et je me suis efforcée de ne jamais les renouveler. Je ne pense pas en avoir commis d'énormes, juste une quantité de petites erreurs. Surtout des erreurs de comportement, de jugement sur les gens. Comme je l'ai déjà dit, j'ai parfois pâti de mon incapacité de dire non. Les gens à qui vous donnez la possibilité de vous exploiter ne vous estiment pas en tant qu'individu car ils savent qu'eux, à votre place, auraient dit non et s'y seraient tenus. Je me suis laissé entamer par les gens plus obstinés que moi et cela a été ma plus grande erreur. Mais autant prendre les choses avec philosophie et se dire qu'il vaut mieux vivre et se tromper, que passer à côté de la vie en toute sécurité.

Je regrette aussi de ne jamais avoir incarné deux rôles pour lesquels j'aurais donné n'importe quoi : celui de la femme dans *Qui a peur de Virginia Wolff ?* et celui d'*Anna Karenine*. La première fois que j'ai vu *Virginia Wolff*, c'était au théâtre, avec une actrice allemande dans le rôle; j'ai été tellement bouleversée par le personnage qu'avant même que le rideau ne retombe, je demandais à Carlo d'acheter les droits cinématographiques. C'était malheureusement trop tard, et Elizabeth Taylor a été absolument magnifique dans ce rôle; mais je le regrette encore.

Garbo a été, elle aussi, une fantastique *Anna Karenine;* néanmoins, j'avais envie d'essayer. Je m'identifie au personnage et je pense que j'aurais su le rendre à ma façon. Mais d'après Carlo, l'époque ne se prête pas à la réalisation d'un film romantique, surtout à gros budget, et je crois qu'il a raison. Et je le regrette.

Mais j'ai d'autres projets en vue, des petits phares dans le lointain. Il y a notamment un roman italien mettant en scène une Italienne qui émigre à New York et élève ses nombreux enfants. J'ai l'impression qu'il est plein de possibilités. Au train où je vais, je tournerai probablement encore quand j'aurai quatre-vingts ans. Dans *Lady L.*, je jouais d'ailleurs le rôle d'une octogénaire, amusante, tirée à quatre épingles, l'œil vif, un peu tremblotante mais remplie de bonne humeur et de souvenirs heureux, entourée d'une ribambelle d'enfants et de neveux.

J'espère être ainsi à quatre-vingts ans (et il ne me faudra pas quatre heures de maquillage comme dans *Lady L.*). Je me vois avec mes deux fils, mes belles-filles et mes petits-enfants, ma sœur, son mari et leurs enfants, mais surtout avec mon mari, un mari vers qui seront braqués tous les projecteurs et qui me ravira la vedette pour la bonne raison que, quelques mois plus tôt à peine, il aura tout juste eu cent ans.

Chapitre 24

Maria, sœur de Sophia. Mon père est étendu, en train de mourir. Il prend ma main, la porte à ses lèvres et l'embrasse. « Je t'aime », dit-il. Le seul mot d'affection qu'il ait jamais eu pour moi. « Amore », tandis qu'il agonise.

La mère de Sophia. Je ne suis pas une hypocrite. Je l'ai haï tant qu'il vivait, c'était un salaud. Il est en train de mourir. Et alors ? Est-ce que cela efface tout ? Est-ce que cela change l'homme qu'il était ? Non. Je l'ai haï de son vivant et j'aimerais haïr sa mémoire. Mais je suis honnête avec moi-même, et furieuse de me sentir aussi partagée. La haine pour tout ce qu'il m'a fait, mais aussi la pitié et même l'amour quand je revis en mémoire ces moments merveilleux qui ont marqué notre union illégitime.

J'étais sur un plateau à Rome en train de faire des raccords pour *Une journée particulière* quand ma sœur est arrivée à l'improviste : notre père se trouvait dans un état grave à l'hôpital. Je partis aussitôt avec elle. Mon père était dans une chambre avec trois autres malades. Il était squelettique et semblait à bout de forces, et je craignis d'abord d'être arrivée trop tard.

« Nous sommes là, papa, dit Maria. Sophia et moi. »

En entendant notre voix, il ouvrit les yeux et parvint à sourire. « *Sono felice* », dit-il; je suis heureux. Il referma les yeux. On lui avait donné de puissants analgésiques et je partis au bout d'un moment. Je serais bien restée plus longtemps, mais les autres malades avaient des visiteurs qui m'avaient reconnue et je me sentais mal à l'aise. Je voulais être seulement quelqu'un d'ordinaire, venu voir son père malade, non une vedette de cinéma dévisagée par tout le monde, y compris les infirmières et les internes. Ce n'était ni le lieu ni l'heure. Mais avant de partir, je m'arrangeai pour dire quelques mots à la femme avec qui mon père avait vécu pendant ces dix dernières années, une Allemande charmante prénommée Carol. Elle était assise dans un coin et ne bougeait pas. L'état dans lequel se trouvait mon père la bouleversait. Elle lui était totalement dévouée et il représentait tout pour elle.

Ce soir-là, je n'arrêtai pas de penser à mon père. Bizarrement, il était d'une certaine façon l'homme le plus important de ma vie. Je n'avais eu de cesse de lui trouver des substituts : Carlo, mari et père, De Sica, réalisateur et père, et ainsi de suite. Malgré les somptueux cadeaux qui m'avaient été faits depuis, la petite voiture bleue portant mon nom conservait une place de choix dans mon souvenir.

Plus généreuse que moi, ma sœur l'avait souvent revu; c'est elle qui m'avait appris qu'il était malade. Elle me racontait que, lorsqu'il se sentait suffisamment bien pour sortir, il allait voir mes films et restait des heures à me regarder. Je me demandais à quoi il pouvait bien penser, assis seul dans l'obscurité, tandis qu'il m'observait sur l'écran. Se rappelait-il qu'en ces jours lointains de notre enfance, il nous avait non seulement tourné le dos, mais qu'il avait aussi essayé, étrangement, de nous punir. Qu'il avait refusé à Maria de lui donner son nom dans cette salle de tribunal; qu'il me l'avait vendu moyennant un million de lires pour tenter ensuite de revenir sur cet arrangement, probablement pour me soutirer encore de l'argent. Qu'il avait même fait de son mieux pour ne pas me verser les trois mille lires mensuelles qu'il fut obligé de payer, pendant quelque temps pour mon entretien. Se rappelait-il qu'il avait fait appel à la police pour nous chasser de Rome et nous reléguer définitivement à Pozzuoli ? Éprouvait-il le plus léger sentiment de culpabilité en se remémorant, s'il en était capable, le nombre de fois où ma mère lui avait demandé de l'aider quand nous mourions de faim ?

Je ne m'attendais pas à ce qu'il comprenne le chagrin qu'éprouve une enfant marquée comme au fer rouge par son illégitimité, ni même la honte brûlante que l'on pouvait ressentir en entendant sa femme crier, en plein studio, pendant le tournage de *Quo Vadis ?* : « Il n'y a qu'une Scicolone ici ! C'est moi ! » Mais il dut, malgré tout, regretter la poursuite en diffamation, avoir des remords d'entamer une action contre sa propre fille dont il n'avait pas hésité à ternir la réputation. Cette fois, il était allé trop loin et, pendant un moment, j'ai détesté mon père pour ce qu'il avait fait. Mais les années ont passé, j'ai appris à mieux connaître les gens et j'ai compris que la haine détruisait surtout celui ou celle qui l'éprouvait.

Je voyais aussi les choses en face ; mon père ne changerait jamais, et les récriminations ne servaient à rien. Ce qui changea, ce fut l'idée que j'avais de lui et les sentiments qu'il éveillait en moi. Je n'éprouvais plus pour lui de la haine ni du mépris, simplement de la pitié. Il me faisait de la peine car, comme je l'ai dit au début, il aurait pu avoir une vie heureuse et féconde ; mais il la refusa. Il repoussa tous ceux qui ne demandaient qu'à l'aimer et à l'entourer ; on aurait dit qu'il cherchait par tous les moyens à se faire du mal. Vaincu d'avance, autodestructeur. Créant inutilement les problèmes dont il nourrissait sa rancœur et son hostilité. Dieu merci, je n'ai pas hérité de sa nature. Je ne veux pas me détruire, ni moi ni personne. Je suis faite pour donner et pour m'engager à fond, sans penser à ce que je pourrais en tirer. Et cette prédisposition à la générosité m'apporte beaucoup dans mon métier ; que fait l'acteur en effet si ce n'est donner au public ce qu'il éprouve, c'est-à-dire se donner ?

J'avais donc pitié de mon père, incapable de donner son affection et son amour aux femmes et aux enfants qu'il faisait entrer dans sa vie. Peut-être a-t-il entrevu ce vide. Peu avant qu'il aille à l'hôpital, et sur sa demande, ma sœur m'avait amenée dans son appartement à Rome. Je ne l'avais pas vu depuis des années et je le trouvai très vieilli. Je crois qu'il souffrait d'un cancer. Il était très heureux de ma venue, et il m'a fait visiter son appartement en me montrant tous les objets et souvenirs auxquels il tenait.

Nous n'avions pas grand-chose à nous dire, mais il voulait absolument me faire tout voir. Quand le moment vint de partir et que nous nous sommes séparés dans l'entrée, il m'a pris la main et m'a dit : « Lella, je suis fier de toi. »

La seule phrase de tendresse qu'il m'ait jamais dite.

Peu de temps après ma première visite à l'hôpital, Maria vint de nouveau me chercher. « Viens vite, dit-elle, papa est mourant. Vite. »

On avait transporté mon père dans une chambre individuelle. Plusieurs membres de sa famille se serraient dans un coin de la pièce. Je m'aperçus avec stupéfaction que ma mère était là. Elle a une peur panique de la mort. Jamais elle ne va à l'hôpital ni aux enterrements. Il y avait des années qu'elle n'avait vu mon père, mais la fascination qu'il exerçait sur elle jouait encore à l'approche de la mort. Elle avait eu deux filles de lui, et elle n'avait jamais vécu avec un autre homme. Malgré tous les torts qu'il avait eus à son égard, il était le seul homme qu'elle eût aimé. Et en dépit de sa peur obsessionnelle de la mort, elle tenait à être présente au moment où il rendrait le dernier soupir.

Il y avait aussi l'autre femme, Carol. Mais la première femme de mon père, Nella Rivolta, la mère de ses deux fils, était absente. On ne la vit pas non plus à l'enterrement.

Mon père avait un masque à oxygène sur le visage; près du lit, un médecin surveillait l'appareil. Je vis assis au bord du lit, tenant la main de mon père entre les siennes, un homme jeune et beau, la trentaine peut-être. Son visage me rappelait quelque chose, j'avais l'impression de l'avoir déjà rencontré. Carol me conduisit près du lit et nous présenta. C'était Giuseppe, le plus jeune fils de mon père. Il me salua timidement. Cela me fit drôle de faire la connaissance de mon frère près du lit de mort de mon père.

Je m'assis de l'autre côté du lit et saisis l'autre main de mon père. Giuseppe avait un visage doux, tendre. Il me semblait que nous étions de vieux amis. Et il y avait en lui une timidité sur laquelle il était impossible de se méprendre.

La respiration de mon père se fit plus saccadée. Giuseppe s'était tourné vers le distributeur d'oxygène. L'aiguille s'affolait. La main de mon père dans la mienne était froide et inerte. La vie le quittait.

Pas une seconde les yeux de ma mère ne quittèrent le visage de mon père. Carol était assise dans un coin de la pièce, le visage entre les mains. Ma sœur se tenait à côté de ma mère, le regard fixé sur l'appareil de réanimation.

Et puis le médecin coupa l'oxygène, mon père était mort. Je n'avais jamais vu mourir personne. Le médecin ôta le masque du visage de mon père, plaça ses deux mains sur sa poitrine et appuya d'un geste brusque, chassant la dernière bouffée d'oxygène du corps de mon père.

Carol éclata en sanglots. Giuseppe lâcha la main de mon père et se dirigea vers la fenêtre. Je regardai le visage de mon père, maintenant libéré du masque, et quelque chose me poussa à effleurer des doigts sa joue.

« Ciao, papa », dis-je. Et je l'accueillis dans mon cœur. Pour toujours.

Ma mère s'était mise à pleurer, sans essayer de dissimuler ses larmes. Ma sœur pleurait aussi, mais elle s'était tournée vers le mur.

Je m'approchai de la fenêtre; Giuseppe regardait le ciel. Il luttait pour retenir ses larmes. Moi aussi. Lui avait vécu enfant avec mon père, et je pense qu'il ressentait sa disparition d'une façon plus aiguë. Il se tourna et me regarda ; un regard de détresse, d'appel. Je lui tendis les bras, il s'effondra contre moi, donnant enfin libre cours à ses larmes. Moi aussi. Je l'entourai de mes bras et me sentis vraiment sa sœur.

Unis dans notre peine, enlacés, versant des larmes communes, j'éprouvai une bouffée d'amour pour ce nouveau frère qui pleurait dans mes bras. Par une étrange ironie du sort mon père, qui m'avait tellement peu donné dans la vie, me laissait un héritage inestimable, un frère. La joie me submergea, comme si ce garçon avait surgi de ce qui n'était plus que le cadavre de mon père, avec sa chair et son sang, pour m'apporter la tendresse que ce dernier ne m'avait jamais donnée.

Et dans cette chambre mortuaire, je pleurais la mort de mon père et j'exultais parce qu'une nouvelle vie m'était offerte en échange. Ce fut une minute intense, chargée de signification, qui restera présente en moi jusqu'à mon dernier jour.

Appendice

Quelques mots sur les vêtements, le maquillage, les soins de beauté, l'exercice physique et l'art culinaire

L'acteur et le musicien ont beaucoup de choses en commun. Le musicien améliore sa technique en faisant appel à un bon instrument, mais un Stradivarius n'a jamais remplacé le talent. L'acteur est son propre instrument — sa voix, son corps, son allure, sa présence —, mais si le talent fait défaut, là encore l'instrument le plus achevé est inutile et la plus grande beauté ne fera pas la meilleure actrice. Il n'empêche qu'un acteur doué ajoute encore à son jeu s'il tire parti de son physique.

Dès le départ, j'ai su d'instinct ce qui m'allait, qu'il s'agisse de maquillage, de coiffure ou de vêtements, et comment me mettre en valeur. Je n'ai imité personne, je n'ai suivi aucun diktat de la mode avec une passivité d'esclave. Tout ce que je voulais, c'est être moi-même et seulement moi-même; je savais que je n'y parviendrais pas en déformant la réalité ou en trichant, mais au contraire en tirant le meilleur parti de ce que la nature m'avait donné, c'est-à-dire un assortiment de traits irréguliers : un nez prononcé, une grande bouche, un menton trop peu accentué et des pommettes saillantes. D'abord, j'ai voulu y remédier par un maquillage poussé. Je modifiais la ligne de mes sourcils, je changeais chaque semaine de couleur de cheveux, du blond paille au noir aile de corbeau en passant par le rouge carotte. Cela prouvait seulement mon manque de confiance en moi; je n'avais aucune idée de la tête que je voulais avoir, ni, d'ailleurs, de ce que j'étais. Beaucoup de femmes se cachent derrière le maquillage, surtout les jeunes. Or, je sais par expérience qu'une femme trop maquillée paraît plus âgée et gomme tout ce que son visage peut avoir d'expressif.

Après m'être soigneusement examinée à l'écran et sur les photos, je me suis rendue compte que je donnais une impression d'artificiel, que j'avais tout à gagner — et mon jeu par la même occasion — en restant aussi naturelle que possible. J'ai donc renoncé à jouer avec les colorations et j'ai adopté un maquillage discret. J'utilise même un maquillage moins accentué à l'écran que dans la vie normale; plus je suis naturelle, mieux le public réagit. De toute façon, je me maquille très peu. Je souligne les yeux, ce que j'ai de plus réussi à mon avis,en traçant sur la paupière supérieure un trait au crayon qui vient rejoindre un autre trait extrêmement fin dessiné le long de la paupière inférieure. J'aimerais me passer de rouge à lèvres, mais je suis forcée d'en mettre car j'ai les lèvres si foncées que si l'on me photographie sans rouge à lèvres, on dirait qu'elles sont peintes. J'ai aussi trouvé une façon de me maquiller les lèvres qui fait paraître ma bouche moins grande. Pour la peau, j'utilise une crème pour bébé, c'est tout.

Je suis convaincue que la beauté extérieure est liée à la beauté intérieure. Les yeux ne sont pas beaux simplement parce qu'ils sont grands et écartés, mais parce qu'ils expriment aussi le rayonnement intérieur d'une femme. Mes yeux reflètent mon âme. Quand on me connaît bien, on peut dire d'après mes yeux si je suis heureuse ou non, inquiète ou sereine, ennuyée ou intéressée. Pour Carlo, mes yeux sont aussi limpides que les cours de la Bourse; au premier regard, il sait si les valeurs sont en hausse ou en baisse.

Par ailleurs, je suis intimement persuadée que tout ce qui peut aider une femme à surmonter psychologiquement le traumatisme des ans vaut la peine qu'on y consacre tous ses efforts.

L'âge « historique » n'a rien à voir, ou presque, avec l'âge mental, physique ou spirituel. L'âge, c'est d'abord l'idée que vous avez de vous. J'aime beaucoup ce qu'un Français m'a dit un jour : « De trente-cinq à quarante-cinq ans, les femmes sont vieilles. Et puis le démon s'empare de certaines femmes de quarante-cinq ans et elles deviennent belles, mûres, chaleureuses, en un mot, splendides. Ce qu'il y avait encore d'un peu acide a disparu pour faire place au calme. Cela vaut la peine de se donner le mal de les chercher car elles sont un gage d'éternelle jeunesse pour l'homme qui les découvre. »

Quand je dis qu'une femme doit rester naturelle, cela ne signifie pas qu'elle doive renoncer à se maquiller ou à essayer de se mettre en valeur. Toutefois, le maquillage ou tout autre soin de beauté ne doit pas aller à l'encontre de la texture naturelle du visage, mais au contraire l'épouser. Par exemple, on peut joliment maquiller une bouche petite, mais sans la barbouiller de rouge dans l'espoir de la faire paraître plus grande. Ce qui est petit a sa propre beauté. De même faut-il éviter de tuer un teint pâle de blonde avec une avalanche de rouges et de bruns. Le maquillage violent n'est jamais séduisant. J'irais même jusqu'à dire qu'une femme doit *aimer* ses imperfections physiques, ne pas essayer de les gommer mais plutôt de les transformer, de donner l'impression qu'elles soulignent agréablement sa personnalité.

Je ne vais jamais dans les salons de beauté. Je déteste cette atmosphère cancanière et le temps qu'on y gaspille. L'esthéticienne peut me faire tout ce qu'elle veut, j'arriverai à de meilleurs résultats. D'accord, il existe des femmes paresseuses, ou qui veulent tuer le temps, mais la plupart des coiffeurs et des visagistes vous font ce qu'ils ont l'habitude de faire et non ce qui vous va. L'actrice professionnelle est certainement mieux placée qu'une autre femme pour acquérir quelques notions dans ce domaine; mais sincèrement, si une femme est décidée à se débrouiller seule, si elle étudie ses possibilités et cherche ce qui lui convient, comme je l'ai fait, elle obtiendra de meilleurs résultats qu'au salon de beauté local. Regardez donc un visagiste à l'ouvrage sur les clientes du rayon beauté d'un grand magasin : il les maquille toutes sur le même modèle. Il vous assurera que c'est la dernière mode, mais croyez-moi, la mode doit s'adapter à la femme, et non le contraire.

On peut en dire autant des vêtements. Ce n'est pas parce que Dior ou Saint-Laurent ont parlé qu'il faut adopter telle ou telle ligne. Si cela vous va, tant mieux, mais gardez un œil critique et, si vous avez le moindre doute, abstenez-vous. C'est parfait de marcher dans le sillage de la mode, mais attention au mal de mer. La mode est le plus souvent une question d'adaptation; l'important est de se sentir bien dans une robe qui vous va. Moi, si je suis mal à l'aise dans un vêtement, ma soirée est fichue. Je ne m'amuse pas, je ne me sens pas séduisante. C'est pourquoi, une fois que vous avez trouvé votre style, gardez-le comme base à partir de laquelle procéder à quelques variantes, mais habillez-vous pour vous-même.

Encore un mot de mise en garde : ne courez pas acheter la robe qui vous a paru merveilleuse sur une revue de mode. N'oubliez pas que le mannequin qui la porte mesure un mètre soixante-dix, qu'elle n'a pas un atome de poitrine et qu'elle se nourrit depuis des mois de yaourts et de carottes râpées. Dis-moi ce que tu portes et je te dirai qui tu es. Vos vêtements sont le symbole de votre personnalité. La personne qui vous rencontre se fait, consciemment ou non, une idée de vous en fonction de la façon dont vous êtes habillée. L'important n'est pas le prix des vêtements, mais leur forme, leur couleur, la façon dont ils sont portés. Sur certaines femmes, une petite robe imprimée bon marché peut avoir plus de chic qu'une robe sortant de chez un grand couturier. Bien sûr, si vous n'avez pas de problèmes financiers, vous pouvez choisir dans une gamme plus vaste de modèles et de tissus, mais l'élégance est à la portée de n'importe qui, quels que soient les moyens dont on dispose. C'est juste une question de goût; et le goût, ça s'apprend, un peu comme une langue étrangère. Le bon goût en matière de vêtements montre que la personne qui les porte se connaît, et qu'en outre elle sait emprunter à la mode ce qui lui convient. Les modes sont éphémères, les engouements aussi; les robes raccourcissent, rallongent, raccourcissent de nouveau. On ne peut se raccrocher à rien de solide. Les seules valeurs sûres auxquelles vous puissiez vous fier, même si cela vous semble abstrait, ce sont vos rapports avec ce qui vous entoure, l'idée que vous avez de vous et de la personne que vous souhaiteriez être.

Quand la mode change, je manœuvre avec précaution. J'aime être dans le vent et je n'irais pas mettre un triste sarrau d'écolière quand la mode est aux robes dansantes et chatoyantes; mais à vrai dire, le style de base de mes robes s'est peu modifié avec les années. Je reste fidèle à mes vêtements comme à moi-même.

Il est évident que la silhouette joue pour beaucoup, mais je ne me suis jamais fixé d'entraînement draconien. Le seul exercice que j'aime vraiment, c'est nager. Et j'adore marcher sur de longues distances. Mais ne me parlez pas de gymnastique ni d'exercices de ce genre, encore que je m'oblige de temps à autre à faire quelques mouvements le matin. Cela me prend par périodes. Mais je suis une femme active et je fais attention à la qualité des aliments que je mange, ce qui constitue à mon avis un programme aussi bon qu'un autre pour conserver sa ligne.

Pendant le printemps, l'été et l'automne 1968, je me trouvais donc à Genève, volontairement confinée dans mon appartement au dix-huitième étage de l'Hôtel Intercontinental. Le brouillard s'accrochait au sol et me cachait la ville, si bien que j'avais l'impression d'être suspendue dans le ciel et de flotter dans un univers où j'étais le seul être vivant. Seule avec cet immense espoir qui m'aidait à supporter l'ennui. Les médecins m'avaient ordonné d'éviter toute fatigue, et toute mon existence pendant ces mois d'isolement était centrée sur la seule chose qui comptait pour moi : avoir cet enfant.

Que vais-je faire pendant tous ces longs mois? me demandais-je. Comment occuper ces heures interminables, oublier les terribles inquiétudes de l'attente? Aidée de ma fidèle secrétaire, je m'arrangeai pour que la cuisine puisse être faite dans l'appartement. Au début, c'était un jeu, mais cela devint vite une habitude quotidienne. C'est alors que commença une période d'expérimentation gastronomique absolument fantastique. Je fouillai dans ma mémoire, je fis appel à mes souvenirs d'enfance, à ceux glanés au fil des voyages, aux conseils que m'avaient donnés des cuisiniers du monde entier, et petit à petit, mes notes remplissaient le cahier que je gardais à proximité de mon lit.

Je suis tout à fait d'accord avec les gens qui considèrent la cuisine comme un art, j'irais même jusqu'à dire qu'elle est un des beaux-arts. Cuisiner, qu'est-ce que cela veut dire en fait? Cuisiner, c'est associer de bons ingrédients de base — viandes, légumes, herbes, matières grasses, épices, beurre, crème et j'en passe — et créer à partir de là une sauce exquise, une synthèse de saveurs; bref, un petit miracle pas tellement différent de la synthèse de ces choses de la vie dont naît une peinture ou une symphonie. Bien sûr, j'exagère un peu, mais c'est pour souligner le côté créateur de l'art culinaire. Faire la cuisine me passionne, mais c'est en même temps l'activité la plus reposante que je connaisse — je peux d'ailleurs en dire autant de presque tout ce que j'aime faire.

La pauvreté que j'ai connue dans mon enfance m'a appris à quel point il était important de découvrir, d'inventer de nouvelles façons de cuisiner et de rendre savoureux les aliments bon marché et peu variés qui constituaient la base de notre alimentation. A ce point de vue, ma grand-mère m'a laissé un héritage précieux. Grâce à elle, je connais au moins une douzaine de façons différentes d'accommoder les aubergines, un des légumes les moins chers et qu'on trouve en abondance sur les marchés en Italie; et je peux réussir des miracles avec un os ou un morceau de viande filandreux de troisième catégorie.

Une bonne recette ne fera pas automatiquement un bon plat si la cuisinière ne connaît pas exactement la valeur de chaque ingrédient, la force de son feu, le point de fusion parfait, bref toutes ces innombrables nuances que seule une longue expérience *personnelle* des fourneaux permet d'acquérir.

Je fais également appel à quelques onces de psychologie quand je reçois. Avant de prévoir mon menu, je réfléchis aux habitudes de mes invités, à leurs goûts, voire à leur degré de curiosité. Il n'y a pas si longtemps encore, un dîner était prétexte à réunir des hôtes autour d'une table somptueusement décorée où défilaient des plats aussi multiples que compliqués, invariablement préparés en fonction de la *mode*. J'ai lu des descriptions de ces dîners où l'on servait une infinité de plats d'un raffinement extrême, surtout pour éblouir les invités.

Moi, je vois les choses autrement. J'essaie de savoir ce que mes invités peuvent ou ne peuvent pas manger, ce qu'ils aiment et ce qui leur déplaît. S'ils préfèrent manger simplement et sans cérémonie, je ne vais pas leur faire un dîner officiel, tiré à quatre épingles et compliqué. Je choisis toujours le menu qui plaira à mes invités et les rendra heureux d'être à ma table. J'essaie aussi d'inclure une de mes spécialités capable de les surprendre agréablement. Cela peut être quelque chose qu'on a du mal à trouver à cette période de l'année, ou encore un plat régional auquel ils n'ont jamais goûté. Quand je recevais à Rome, par exemple, je faisais des *penne all'arrabbiata*, des macaronis coupés en biais avec une sauce tomate fortement pimentée, une grande spécialité romaine, ou encore des *carciofi alla guidea*, des petits artichauts trempés dans la friture et aussi croustillants que des frites, ou bien de la *ricotta* bien relevée. Quand nous allions, Carlo et moi, dans notre maison située en pleine forêt près du Pô, je servais souvent du gibier de saison préparé de façon inhabituelle, ou je faisais tout simplement des anguilles fraîchement pêchées. Plus jeune, je n'aimais pas les anguilles, mais pendant que nous tournions *la Fille du fleuve* dans la région du Pô, le préfet de l'endroit donna un dîner pour les membres de la distribution, cela dans un coin perdu de la campagne avoisinante. Lorsqu'il annonça qu'il y aurait de l'anguille dans tous les plats, je me sentis défaillir : pour moi, l'anguille était une sorte de serpent de mer huileux et répugnant. Ce soir-là, on nous servit sept plats à base d'anguille, plus délicieux l'un que l'autre, et si on ne me l'avait pas dit, je n'aurais jamais deviné que j'étais en train de manger de l'anguille. Cette expérience m'apprit qu'on ne doit pas juger un plat sur les ingrédients qui le composent mais sur ce que crée, à partir de ces ingrédients, l'alchimiste qui officie à la cuisine.

Une autre chose que j'essaie toujours de faire en prévoyant un menu, c'est d'y glisser une de mes spécialités car je me flatte d'être bonne cuisinière. J'ai essayé toutes les recettes de mes livres de cuisine, et je sais les modifier en ajoutant ou en retirant tel ou tel composant en fonction de mon goût personnel. Mon coup de patte en quelque sorte. J'ai une cuisinière, mais si je veux vraiment faire quelque chose de spécial pour mes invités, je me réserve la préparation d'au moins un plat. Et quand je leur dis : « Je l'ai préparé spécialement pour vous », il s'établit d'emblée une atmosphère sympathique à table.

L'une de mes plus agréables expériences de cordon bleu fut d'apprendre au président Tito à faire les sauces pour les spaghettis. Il nous avait invités dans son île de l'Adriatique, à Brioni, où il a une villa qui donne directement sur la plage. (Avec un tapis rouge allant de la porte jusqu'à l'eau.) Un jour, nous avons monopolisé la cuisine et j'ai préparé tout un assortiment de sauces pour les pâtes, des aubergines à la napolitaine et d'autres spécialités italiennes. Tito prit un tablier et mit la main à la pâte. C'est tellement plus drôle de faire la cuisine à plusieurs. Nous nous sommes bien amusés en mangeant ce que nous avions cuisiné, le tout accompagné d'un délicieux petit vin blanc. Je demandai d'où il venait et Tito, ravi, me montra du doigt une petite vigne que nous pouvions voir depuis la fenêtre de la salle à manger. Chaque année, il présidait personnellement aux vendanges, me dit-il. A la fin de l'été, il invite un certain nombre de ministres et d'amis et tout le monde travaille, coupe les grappes, foule le raisin et met le vin en tonneaux. Des vendanges faites dans la joie et qui donnent chaque année le vin délicieux que nous étions en train de boire.

Tito est l'un des hommes les plus extraordinaires que je connaisse. Je n'arrivais pas à me mettre dans l'idée qu'il avait quatre-vingts ans; quand vous êtes avec lui, vous vous croiriez avec un homme de quarante ans tellement il a de force, de vivacité, d'esprit et de joie de vivre. « La mission la plus difficile que l'on ait à remplir dans la vie, me dit-il un soir, à bord de son yacht qui nous emmenait vers le festival cinématographique de Belgrade, c'est de trouver quelqu'un en qui l'on puisse totalement avoir confiance. » C'est bien mon avis.

Au bout des neuf mois, mon cahier était bourré de recettes. Quand Basilio vint me voir, il le feuilleta et me conseilla vivement de le publier sous la forme d'un livre de cuisine. C'est ce que j'ai fini par faire, avec son aide et celle de son ami Vincenzo Buonassi. Il s'intitule *la Cuisine à l'italienne* *. C'est une sorte d'autobiographie gastronomique, un rappel savoureux de mon séjour d'invalide à l'Intercontinental.

* Éditions Robert Laffont, Paris, 1972. *(N.d.T)*

Filmographie

Sous le nom de Sofia Scicolone

1950	Quo Vadis? [Quo Vadis?]	Mervyn LeRoy
	Cuori sul mare	Giorgio Bianchi
	Il voto	Mario Bonnard
	Le sei mogli di Barbablu	Carlo Ludovico Bragaglia
	Io sono il capataz	Giorgio Simonelli
1951	Milano milliardaria	Vittorio Metz, Marcello Marchesi, Marino Girolami
	Anna [Anna]	Alberto Lattuada
	Il mago per forza	Vittorio Metz, Marcello Marchesi, Marino Girolami
	Il sogno di Zorro	Mario Soldati

Sous le nom de Sofia Lazzaro

1951	E'arrivato l'accordatore	Duilio Coletti
	Era lui... si, si [Quelles drôles de nuits]	Vittorio Metz, Marcello Marchesi

Sous le nom de Sophia Loren

1952	La favorita	Cesare Barlacchi
	Africa sotto i mari [Sous les mers d'Afrique]	Giovanni Roccardi
	La tratta delle Bianche [La traite des Blanches]	Luigi Comencini
1953	Aïda	Clemente Fracassi
	Carosello napoletano [Carrousel fantastique]	Ettore Giannini
	Ci troviamo in galleria [Une fille formidable]	Mauro Bolognini
	Tempi nostri [Quelques pas dans la vie]	Alessandro Blasetti
	La domenica della buona gente	Anton Giulio Majano
	Il paese dei campanelli [Ces voyous d'hommes]	Jean Boyer

	Un giorno in pretura [Les gaîtés de la correctionnelle]	Steno
	Due notti con Cleopatra [Deux nuits avec Cléopâtre]	Mario Mattoli
	Pelligrini d'amore	Andrea Forzano
	Attila, flagello di Dio [Attila, fléau de Dieu]	Pietro Francisci
1954	Miseria e nobilta	Mario Mattoli
	L'oro di Napoli [L'or de Naples]	Vittorio De Sica
	La donna del fiume [La fille du fleuve]	Mario Soldati
	Peccato che sia una canaglia [Dommage que tu sois une canaille]	Alessandro Blasetti
1955	Il segno di Venere [Le signe de Vénus]	Dino Risi
	La bella mugnaia [Par-dessus les moulins]	Mario Camarini
	Pane, amore e... [Pain, amour, ainsi soit-il]	Dino Risi
	La fortuna di essere donna [La chance d'être femme]	Alessandro Blasetti
1957	The Pride and the Passion [Orgueil et passion]	Stanley Kramer
	Boy of the Dolphin [Ombres sous la mer]	Jean Negulesco
	Legend of the Lost [La cité disparue]	Henri Hathaway
1958	Desire Under the Elms [Désir sous les ormes]	Delbert Mann
	House-boat [La péniche du bonheur]	Melville Shavelson
	The Key [La clé]	Carol Reed
1959	Black Orchid [L'orchidée noire]	Martin Ritt
	That Kind of Woman [Une espèce de garce]	Sidney Lumet
1960	Heller in Pink Tights [La diablesse en collant rose]	George Cukor
	It Started in Naples [C'est arrivé à Naples]	Melville Shavelson
	A Breath of Scandal [Olympia] [Un scandale à la cour]	Michaël Curtiz
	The Millionairess [Les dessous de la millionnaire]	Anthony Asquith
	La Ciociara [La Ciociara]	Vittorio De Sica
1961	El Cid [Le Cid]	Anthony Mann
	Madame Sans-Gêne	Christian-Jaque
	Boccacio 70 [Boccace 70] épisode « La riffa » de De Sica	Mario Monicelli, Federico Fellini, Vittorio De Sica

1962	Five Miles to Midnight [Le couteau dans la plaie]	Anatole Litvak
	I sequestrati di Altona [Les séquestrés d'Altona]	Vittorio De Sica
1963	Ieri, oggi e domani [Hier, aujourd'hui, demain]	Vittorio De Sica
	The Fall of the Roman Empire [La chute de l'Empire romain]	Anthony Mann
1964	Matrimonio all'italiana [Mariage à l'italienne]	Vittorio De Sica
1965	Operation Cross Bow [Opération Crossbow]	Michaël Anderson
	Lady L [Lady L]	Peter Ustinov
	Judith [Judith]	Daniel Mann
1966	Arabesque [Arabesque]	Stanley Donen
	A Countess from Hong Kong [La comtesse de Hong Kong]	Charles Chaplin
1967	C'era una volta [La belle et le cavalier]	Francesco Rosi
	Questi fantasmi [Fantômes à l'italienne]	Renato Castellani
1969	I girasoli [Les fleurs du soleil]	Vittorio De Sica
1970	La moglie del prete [La femme du prêtre]	Dino Risi
1971	La mortadella [Mortadella]	Mario Monicelli
	Bianco, rosso e... [Une bonne planque]	Alberto Lattuada
1972	Man of La Mancha [L'homme de la Manche]	Arthur Miller
1973	Il viaggio [Le voyage]	Vittorio De Sica
	Brief Encounter	Alan Bridges
1974	Verdict	André Cayatte
1975	La pupa del gangster [La pépée du gangster]	Giorgio Capitani
	Cassandra Crossing [Le pont de Cassandra]	George Pan Cosmatos
1976-1977	Giocasta [nouveau titre prévu : Angela]	Boris Sagal
	Una giornata particulare [Une journée particulière]	Ettore Scola
1978-1979	Brass Target	John Hough
	Fire Power	Michael Winner
	Fatto di sangue	Lina Wertmuller

IMP. HÉRISSEY À ÉVREUX (EURE).
D.L. 2e TRIM. 1979. No 5180 (23051).